Ana Jeromin

Sonnentänzer

MIX
Papier aus verantwortungsvollen Quellen
FSC® C083411
www.fsc.org

5 4 3 2 1
ISBN: 978-3-649-66885-5

Text: Ana Jeromin
Dieses Werk wurde vermittelt durch die Literarische Agentur
Thomas Schlück GmbH, 30827 Garbsen
Umschlaggestaltung: Ute Kleim
Lektorat: Kristin Overmeier
Satz: Sabine Conrad, Bad Nauheim
Printed in Germany
www.coppenrath.de
Das **@book** erscheint unter der ISBN: 978-3-649-67069-8.

ANA JEROMIN

# Sonnen TÄNZER

COPPENRATH

# Prolog

*Kanada, Old Masset, auf den Haida Gwaii.*

Die Schachtel war aus Horn. Verblichen sah sie aus und gelb vom Licht vieler Tausend Tage und dem Schweiß etlicher Hände, durch die sie gereicht worden war. Schnitzereien zogen sich über die Wände und den Deckel, so fein, dass man sich kaum vorstellen konnte, dass ein Mensch sie hergestellt haben sollte. Im Zwielicht des dämmerdunklen Raums schienen sie sich zu bewegen, fast als wären sie lebendig.

Kate hatte die Schachtel schon oft bewundert. Jedes Mal wenn sie Táan bei seiner Familie daheim besuchte, hatte sie wenigstens eine kleine Weile vor dem Regalbrett im Wohnzimmer gestanden und die gewundenen Linien betrachtet, die zu immer anderen Bildern zusammenflossen, je nachdem, aus welchem Winkel man sie ansah, und hatte sich vorgestellt, wie sich das seidig schimmernde Horn wohl unter den Fingern anfühlen mochte.

Aber niemals, wirklich niemals wäre ihr in den Sinn gekommen, auch tatsächlich nach der Schachtel zu greifen, die laut Táan ein uraltes Erbstück seiner Familie war. Bis zu diesem Abend. Dabei war es nicht einmal ihre Idee gewesen …

Das Herz schlug Kate bis zum Hals, als sie langsam die Hand ausstreckte. Mit gespitzten Ohren horchte sie in die Stille. Sie wusste nicht, was passieren würde, wenn sie jemand im Haus des Chiefs erwischte. Aber sie wollte es lieber nicht darauf ankommen lassen. Noch einmal warf sie einen schnellen Blick zur halb geöffneten Verandatür. Der Südostwind trieb feuchtwarme Abendluft und den Geruch nach Salz und Fisch herein. Draußen war die dunstverhangene Sommersonne bereits untergegangen, doch ein paar letzte Strahlen klammerten sich noch an den indigoblauen Himmel. Die sonst so lebhafte Siedlung von Old Masset war still an diesem Abend, nirgendwo brannte Licht, niemand war unterwegs. Nur aus der Ferne war der Klang von Trommeln und Gesang zu hören. Alle waren zum *Potlatch* gegangen, das die deutschen Gäste, die nun so lange Zeit Teil des Lebens in Old Masset gewesen waren, in die Heimat verabschieden sollte. Auch Kate war dort in der Sporthalle gewesen, hatte gefeiert, gelacht und gesungen. Doch dann hatte diese Stimme sie fortgelockt. Ein Flüstern, das sonst niemand hörte und das ihr befahl …

*Was machst du denn da, Mädchen?*

Kate zuckte zusammen.

Da war sie schon wieder. Die Stimme des Raben.

Und draußen auf dem Verandageländer konnte sie ihn jetzt auch sehen. Ein riesiges Tier, das pechschwarze Gefieder majestätisch aufgeplustert, das sie aus funkelnden Knopfaugen musterte. Kate spürte seinen Blick, als würde sie jemand am ganzen Körper mit einer dieser schwarzen Federn kitzeln.

*Hör endlich auf herumzutrödeln!*

Kate rieb sich über die nackten Oberarme, um die Gänsehaut zu vertreiben, die die Kitzelfederstimme auf ihrer Haut hinterließ. Sie kannte Raben gut. Hier auf den Inseln waren sie überall, man konnte sich vor ihnen praktisch nicht retten, ob nun in der Natur oder in den Geschichten, die die alten Indianer erzählten. Von Xuuyah war dort immer wieder die Rede, dem schlauen Vogel, der das Licht in die Welt gebracht hatte, und noch vieles mehr. Aber ein echter sprechender Rabe war Kate bisher noch nicht begegnet. Sich mit ihm anzulegen, war sicher keine gute Idee. Der Rabe hatte ihr gesagt, sie solle die Schachtel nehmen, also würde sie das tun. Auch wenn ihr das Herz dabei gehörig in die Hose rutschte.

Ehe sie noch länger darüber nachdenken konnte, griff sie nach der Schachtel. Das Horn war warm unter ihren Fingern, geradezu weich, genau wie sie es sich immer vorgestellt hatte. Es schmiegte sich an ihre Haut wie ein kleines Tier, als wollte es sagen: *Schön, dass du mich gefunden hast!*

Kate musste unwillkürlich lächeln, und sie konnte nicht anders, als die Schachtel noch ein wenig zu streicheln. Behutsam folgte sie den Linien und Kerben mit den Fingerspitzen. Eine Sonne war dort abgebildet und ein Adler, der seine Schwingen über sie breitete, als wollte er sie beschützen. Beinahe konnte Kate die Hitze des Lichts auf den Wangen spüren und das Rauschen des Windes in den Federn hören.

*Wir haben nicht ewig Zeit, nun mach schon!*

Kate schloss kurz die Augen. Es war falsch. Ganz bestimmt war es falsch. Aber der Wille des Raben, das spürte sie deutlich, war viel stärker als der ihre. Mit der freien Hand öffnete sie den Reißverschluss ihrer Umhängetasche und ließ die Schachtel hineingleiten.

»Was zum Teufel tust du da?«

Kate erschreckte sich so sehr, dass ihr ein kleiner Schrei aus der Kehle rutschte. Das war nicht der Rabe! Die Stimme war echt gewesen und in der Stille furchtbar laut. Und noch während sie sich umdrehte, wusste sie, wer da gesprochen hatte. Wer sie *erwischt* hatte, obwohl sie doch so vorsichtig gewesen war.

Táan stand im Türrahmen zur Diele und starrte sie ungläubig an. Sein schmales Gesicht war im Dämmerlicht voller Schatten und schlecht zu erkennen, aber eines sah Kate trotzdem ganz deutlich: Er war fassungslos. Und bitter enttäuscht von seiner vermeintlich besten Freundin, die gerade den wertvollsten Besitz seiner Familie stahl.

Ein dicker Klumpen bildete sich in Kates Kehle und ihre Wangen begannen zu glühen. »Ich … äh … also …«, stammelte sie. »Es ist nicht so, wie du denkst!«

»Stell das sofort wieder hin.« Táan sprach ganz leise, aber Kate hörte trotzdem, wie wütend er war. »*Sofort.* Dann vergesse ich vielleicht, was ich gesehen habe.« Er atmete zweimal angestrengt durch. »Weil du es bist.«

*Und weil*, dachte Kate, *du niemals vor Sigai und dem Chief zugeben könntest, dass sie recht hatten.* Die Erkenntnis trieb ihr Tränen in die Augen. *Sie haben es immer gewusst. Ich bin keine gute Freundin für dich. Eine gute Freundin hätte so etwas nie getan!*

Und trotzdem, oder vielleicht gerade deswegen, spürte sie, wie sich ihre Finger um den Riemen ihrer Tasche verkrampften, als wären sie fest entschlossen, die Schachtel auf keinen Fall wieder herzugeben.

»Ich kann nicht«, flüsterte sie. »Ich muss sie mitnehmen. Der Rabe hat es gesagt. Es … tut mir leid!«

An Táans Gesicht war nicht abzulesen, ob er ihr glaubte. Es blieb nur starr vor fassungslosem Zorn. Kate warf einen flehenden Blick nach draußen auf die Veranda, wo immer noch der riesige Vogel saß. Warum gab er ihnen nicht ein Zeichen? Irgendetwas, damit Táan begriff, dass Kate wirklich nicht von allein auf diese hirnrissige Idee gekommen war? Sie konnte sich ja nicht einmal richtig an den Weg hierher erinnern! Überhaupt erschien die ganze Aktion ihr rückblickend wie ein seltsamer Traum, als hätte die Dämmerung sich nicht nur über das Licht, sondern ebenso über die Realität gelegt. Aber wie um alles in der Welt sollte sie Táan das erklären?

Konnten Raben grinsen? Dieser, so schien es, konnte es jedenfalls. Dann schlug er leicht mit den Flügeln und ließ ein spöttisches Schnarren hören. Ansonsten schwieg er. Und Kate hätte heulen können vor Verzweiflung.

Táan aber war ihrem Blick gefolgt, und auch er musterte nun den Raben, der diese Prüfung völlig ungerührt über sich ergehen ließ.

Seine Stirn kräuselte sich. »Xuuyah?«, murmelte er halblaut, und erstaunt erkannte Kate, dass sich etwas Ehrfürchtiges in seine Stimme geschlichen hatte. Die grimmige Entschlossenheit war aus seinem Gesicht verschwunden und verwirrter Ratlosigkeit gewichen.

Atemlos wartete Kate darauf, dass er noch etwas tun oder sagen würde. Konnte er den Raben vielleicht auch hören? War sie vielleicht gar nicht allein?

Doch da schüttelte Táan plötzlich den Kopf, drehte sich um und verschränkte die Arme vor der Brust. Obwohl Kate nur noch seinen Rücken sehen konnte, wusste sie genau, wie verkniffen sein Mund war und wie angespannt sein Kinn, wie immer, wenn er etwas tun musste, was ihm nicht gefiel. Es versetzte ihr einen Stich in die Brust. Etwas sehr Wertvolles hatte in diesem Augenblick einen tiefen

Riss bekommen, das spürte sie deutlich. Vielleicht unkittbar. Vielleicht für immer.

»Es tut mir leid«, flüsterte sie verzweifelt.

»Geh«, entgegnete er kühl. »Wir haben uns hier nie getroffen.«

Kate öffnete den Mund und schloss ihn wieder. Es gab so vieles, das sie noch gern gesagt hätte, und sie hatte nur so furchtbar wenig Zeit dafür. Aber beim Anblick von Táans geradem, stolzem Rücken versagten ihr alle Worte und Tränen schossen ihr in die Augen. Um ein Haar hätte sie die Schachtel doch wieder hervorgeholt, um sie ihrem besten Freund zurückzugeben. Aber sie konnte es nicht.

Ein weiteres Mal ertönte die Stimme des Raben in ihrem Kopf.

*Du bist längst zu weit gegangen, dummes Kind. Nun steh da nicht rum und tu, was er dir sagt!*

Und Kate begriff, dass es ab hier tatsächlich kein Zurück mehr gab. Der Diebstahl war geschehen und nicht mehr rückgängig zu machen, ob sie die Schachtel nun zurückstellte oder nicht. Also drehte sie sich um und rannte mit tränennassem Gesicht über die Veranda auf die Straße hinaus.

# 1

## Besuch aus der Vergangenheit

*Vier Jahre später, Deutschland.*

*Achtundfünfzig. Neunundfünfzig. Dreizehn Uhr siebenunddreißig. Eins. Zwei. Drei …*

In Zeitlupe rückte der Sekundenzeiger der Uhr über der Klassenraumtür voran. Oder zumindest kam es Kathrin so vor, während sie die Sekunden zählte, die bis zum Ende des Unterrichts noch blieben. Seit Stunden lockte von draußen die Sonne an einem kristallblauen Sommerhimmel, rief sie in den Park oder ins Freibad, vielleicht auch in den Wald oder in die Eisdiele – jedenfalls raus aus der stickigen Luft des Schulgebäudes, in dem sie und ihre Mitschüler vor sich hin schwitzten und sich um die Fleißaufgaben drückten, die so kurz vor den Sommerferien wirklich niemand mehr erledigen wollte. Kathrin hatte schon versucht, sich die Zeit mit Schattenspielen zu vertreiben, und dafür begeistertes Kichern von Malin und Felix geerntet, die links und rechts neben ihr saßen und vor Langeweile und Hitze genauso vor sich hinschmolzen. Aber irgendwann war ihr Kopf selbst dafür zu träge geworden, und sie begnügte sich damit, die Uhr zu fixieren, als könnte sie die Zeiger allein durch ihre Gedankenkraft schneller vorantreiben. Aber eher das Gegenteil war der Fall.

Noch dreizehn Minuten.

Kathrin gähnte und zupfte gelangweilt an ihrem alten Indianerarmband herum, drehte an den geschnitzten Perlen aus Horn und kratzte notdürftig die Soßenspritzer vom Mittagessen von den geflochtenen Lederbändern. Das Armband hatte seine besten Tage wirklich vor langer Zeit gesehen. Immerhin trug sie es jetzt schon über vier Jahre. Eigentlich war sie auch viel zu alt für Kinderschmuck. Ihre Hand war inzwischen so groß, dass die Schlinge höchstens noch mit viel Gewalt darüberpasste. Aber auch wenn Kathrin an ihre Kindheit oft mit etwas gemischten Gefühlen zurückdachte – der Tag, an dem Uncle Sam, einer der weisen Männer von Old Masset, ihr das Band schenkte, war wunderschön gewesen. Und deshalb hatte sie es nie übers Herz gebracht, den Talisman einfach von ihrem Arm zu schneiden.

Außerdem – aber den Gedanken verdrängte Kathrin schnell wieder – war es wohl auch ein Zugeständnis. Ein winziges Zeichen für all die Verrücktheiten, für die sie nur dann genug Mut hatte, wenn ihre Freunde es nicht sahen. Weil niemand von ihnen auch nur ahnen sollte, wie wunderlich sie wirklich war. Es war schwer genug gewesen, endlich dazuzugehören.

Ein Wispern riss sie aus ihren Gedanken. »Hey! Kathi!« Malin zupfte am Ärmel ihres Shirts und hielt ihr unter der Bank das Handy hin, auf dem eine Nachricht leuchtete:

Von: Hauke
Good News: Heute Grillen am See 15:30! Pits bringt Bier mit, wir die Würste! Sei kein Ei – sei dabei! ;-P

Malins Augen funkelten. »Kommst du mit?«

Kathrin fühlte ihr Herz augenblicklich schneller schlagen. Das waren endlich mal gute Aussichten! Sie mochte kein Bier, nicht mal mit viel Cola, aber sie mochte Pits. Pits, der eigentlich Peter hieß, zwei Stufen über ihnen war und mit Malins Freund Hauke in einer Handballmannschaft spielte. Sie mochte ihn sogar sehr.

»Aber so was von!« Sie fühlte, wie sich auf ihrem Gesicht ein etwas zu begeistertes Grinsen ausbreitete.

Malin hob den Daumen und erwiderte das Grinsen, während sie vorsorglich nach vorn zu Frau Dehne schielte. Aber die Deutschlehrerin hatte sich in irgendwelche Unterlagen vertieft und schien selbst nicht sonderlich interessiert daran, ob ihre Schüler arbeiteten oder nicht. So war das eben drei Tage vor den Sommerferien.

In diesem Moment ertönte endlich das erlösende Klingeln.

»Oh, Gott sei Dank!« Kathrin war augenblicklich auf den Beinen. Nicht einen Moment länger würde sie hier drin hocken. In den letzten Jahren hatte sich in ihrem Leben einiges geändert, angefangen bei ihrem neuen Spitznamen. Aber manche Dinge lagen ihr einfach im Blut und würden wohl ewig ein Teil von ihr bleiben. Zum Beispiel, dass sie sich bei jedem Wetter am liebsten draußen herumtrieb – und das am besten barfuß. Ihre nackten Sohlen schwitzten seit Stunden in den Sandalen. Sie brannten darauf, den heißen Straßenstaub zu spüren und mit dem schwülen Sommerwind um die Wette zu rennen, sobald niemand mehr in der Nähe war.

»Also, heute Nachmittag geht klar!« Gut gelaunt warf sie sich den Rucksack über die Schulter und strahlte Malin an.

»Perfekt!« Malin wuchtete ihren Stuhl auf den Tisch. Dann schlenderten die Freundinnen nebeneinander die Treppe hinunter auf den Schulhof hinaus.

»Dann geht das heute ja vielleicht endlich mal einen Schritt weiter mit dir und Pits.« Malin grinste und stieß sie mit dem Ellbogen in die Seite.

Kathrin spürte prompt, wie ihr das Blut in die Wangen schoss. »Jaaa, mal sehen«, wehrte sie ab, während sie in Gedanken schon ihren Kleiderschrank nach einem perfekten Outfit durchsuchte.

»Komm schon, das wird! Ich weiß es – du musst dich nur mal trauen.« Malin drückte ihr zum Abschied ein Küsschen auf die Wange. »Also, wir sehen uns dann. Ich warte noch auf Hauke.«

Hauke hatte im naturwissenschaftlichen Trakt Physik und Herr Buschkamp überzog auch kurz vor den Ferien noch gnadenlos jede Stunde. Darauf wollte Kathrin nicht warten, zumal Malin und Hauke auf dem Heimweg jedes Mal aneinanderklebten, als hätten sie sich Monate nicht gesehen. Ein weiterer Grund, warum Kathrin sich wünschte, Pits würde endlich ein paar Worte mehr für sie übrig haben als Hallo und Tschüss. Vielleicht würde sie dieses schreckliche Vermissen dann auch verstehen. Bis dahin aber überließ sie die Turteltäubchen lieber sich selbst und machte, dass sie vom Schulgelände herunter und in die Freiheit kam.

Sie hatte die Schule kaum hinter sich gelassen, als sich hinten in ihrem Kopf etwas regte. Gerade als sie sich nur zwei Straßen weiter an einer Straßenlaterne festhielt, um endlich die Sandalen von ihren Füßen zu fummeln, spürte sie es: ein Kitzeln schwarzer Federn, ein Flügelschlag von Schwingen, die sich ausbreiteten. Sich streckten, dem Licht entgegen.

*Ahhh …* Die Stimme des Raben kribbelte unter ihrer Schädeldecke. *Das wurde aber auch wirklich Zeit. Ich wäre fast erstickt.*

»Xuuyah …« Ein Seufzer schlüpfte über Kathrins Lippen. Seit fast fünf Jahren begleitete die Stimme sie nun, und das Gefühl von Worten, die mit kleinen Käferbeinchen auf ihrer Haut krabbelten, erschreckte sie längst nicht mehr. Sie hatte schon vor einer ganzen Weile die Hoffnung aufgegeben, dass er sich irgendwann von allein verabschieden würde, und sich irgendwie mit dem lästigen Untermieter in ihrem Kopf arrangiert. Das Abkommen, dass der Rabe in der Schule und in Gegenwart von Kathrins Freunden seinen Schnabel zu halten hatte, war hart erkämpft, und Kathrin bedauerte jedes Mal, wenn ihre Schonfrist vorbei war.

*Ich dachte schon, du willst ewig da drin hocken.* Xuuyah klang an diesem Nachmittag besonders ungeduldig. Beinahe konnte Kathrin sehen, wie er mit dem Schnabel klapperte und von einem Bein auf das andere trat. Wie gut, dass die Sonne schien. Wie gut, dass die Aussicht auf ihre Nachmittagspläne sie so vor gelöster, fröhlicher Stimmung übersprudeln ließ, dass ihr keine noch so ätzende Bemerkung irgendetwas anhaben konnte.

»Ich war nicht länger dort als an jedem anderen Mittwoch auch«, erklärte sie ungerührt, während sie über die Bordsteinkante balancierte. Der Stein war glühend warm an ihrer Haut. Sand und kleine Steinchen klebten an ihren Sohlen. Es fühlte sich herrlich nach Sommer an. »Aber ich bin beeindruckt, dass du es trotzdem geschafft hast, den Schnabel zu halten.«

*Abmachung ist Abmachung*, murrte der Rabe, und Kathrin

spürte, wie er sein unsichtbares Gefieder schüttelte. *Was hast du Taugenichts jetzt vor?*

Kathrin musste unwillkürlich grinsen. »Durch den Park rennen. Eis essen, bis mir schlecht wird. Und nachher zum See, das hast du doch mitbekommen.«

*Du willst dich wirklich schon wieder mit diesem bleichen Bengel treffen?* Xuuyah klang ein wenig säuerlich. Aber Kathrin ließ sich davon nicht die Laune verderben. Das wäre ja noch schöner.

»Ja, schon wieder«, erklärte sie betont fröhlich. »Und bald hoffentlich noch viel öfter. Was dagegen?«

Xuuyah krächzte abfällig. *Er ist dumm und kann noch weniger als du. Du solltest lieber noch ein paar Bücher lesen. Das würde mir und dir sehr viel eher weiterhelfen.*

Kathrin seufzte und verdrehte die Augen. »Ich hab es dir doch schon tausendmal erklärt. In den Büchern meiner Eltern steht nichts, was uns weiterhilft. Ich hab sie alle durch. Mehrfach.«

*Und ich habe dir schon tausendmal gesagt, dass du einen anderen Weg finden musst, dummes Ding! Du könntest ja auch mal deinen Grips anstrengen, statt die Nachmittage damit zu verplempern, diesen Nichtsnutz anzuschmachten.*

»Pits ist kein Nichtsnutz, und es geht dich gar nichts an, wie ich meine Nachmittage verbringe.« Jetzt war Kathrin doch ein wenig gereizt – vor allem darüber, dass Xuuyah wirklich wild entschlossen schien, ihre gute Stimmung zu vermiesen.

Aber der Rabe lachte bloß höhnisch. *Ja, geh du nur zum See. Wir werden ja sehen, wie viel Freude du daran haben wirst. Denk daran, auch du musst deinen Teil der Abmachung einhalten.*

Kathrin blieb stehen, schloss die Augen und atmete einmal tief durch. Ganz ruhig bleiben. Nicht provozieren lassen. Dieses Gespräch führten sie jeden Tag mindestens einmal und sie kannte ihren Text. Aber tief drinnen wühlte die Erinnerung sie immer noch auf. »Mein Teil der Abmachung ist längst erfüllt. Ich habe getan, was du wolltest, weißt du noch?«

Xuuyah schnarrte unwillig. *Als ob ich dein schmähliches Versagen je vergessen könnte. Vielleicht sollte ich dich noch ein wenig öfter darauf hinweisen.*

Kathrin schüttelte den Kopf. »Egal was du sagst. Ich gehe heute zum See und werde Spaß haben. Und du wirst so lange still sein. Sonst höre ich nämlich wirklich auf, nach einer Lösung zu suchen. Und zwar für immer. Kapiert?«

Der Rabe krächzte abfällig und gab ansonsten keine Antwort. Aber so leicht ließ Kathrin sich nicht austricksen. Dafür trug sie diesen zermürbenden Machtkampf um ihre Gedanken und Taten schon zu lange aus.

»Kapiert?«, wiederholte sie mit mehr Nachdruck.

Aber der Rabe schwieg beharrlich. Nicht einmal seine Flügel regten sich, um Kathrin zu kitzeln.

»Hey! Federvieh!« Sie stampfte leicht mit dem Fuß auf und sah sich im nächsten Moment reflexartig um, ob sie auch niemand dabei beobachtet hatte. Es war für andere Passanten sicher absonderlich genug, dass ein sechzehnjähriges Mädchen barfuß über den Bordstein balancierte und dabei fortwährend zu sich selbst murmelte. Aber dann auch noch aufzustampfen und sich scheinbar selbst auszuschimpfen, war vermutlich doch etwas zu viel des Guten. »Ob du das kapiert hast, will ich wissen!«, zischte sie leiser, obwohl tatsächlich außer ihr kaum jemand auf der Straße unterwegs war. »Ich will es von dir hören, wörtlich!«

Immerhin hatte sie dem Raben ein weiteres spöttisches Lachen entlockt. *Reg dich nicht so auf, Mädchen. Natürlich habe ich es verstanden. Lauf nur schnell nach Hause, damit wir nicht zu spät kommen. Du wolltest doch sowieso durch den Park rennen, oder nicht? Also lauf nur, lauf!*

Da. Er tat es schon wieder. Kathrin atmete noch einmal tief durch. Selbst wenn er scheinbar klein beigab, versuchte Xuuyah immer noch, sie auszutricksen. Sie hasste es, wenn er ihre eigenen Wünsche so verdrehte, dass sie zu einem Befehl von ihm wurden. Aber Befehle von Xuuyah auszuführen war ein absolutes No-Go, das hatte sie durch bittere Erfahrung lernen müssen. Dann eben kein Wettlauf mit dem Sommerwind. Es war genauso gut, die Welt genüsslich unter den Füßen zu spüren.

»Schön, dass wir uns einig sind«, erklärte sie so kühl wie möglich, während sie mit betont gelassenem Schritt in den Park einbog. »Der Tag wird super. Du wirst schon sehen.«

Das Haus von Kathrins Eltern lag in einer verkehrsberuhigten Wohnsiedlung, deren Gärten direkt an das Wäldchen im Park anschlossen. Als Kathrin dort ankam, hatten der Weg über die Wiesen und den federnden Waldboden ihren Ärger über den Raben längst besänftigt. So schön war der Park im flimmernden Sonnenlicht, dass sie sogar noch ein paar Schlenker und Umwege genommen hatte. Nun blieb ihr zwar nicht mehr besonders viel Zeit, bis sie sich aufmachen musste zum See, aber das war die himmlische Ruhe unter dem Schattenspiel der Buchen allemal wert.

Der Hausflur empfing sie mit angenehmer Kühle.

»Ich bin's!« Kathrin ließ ihre Sandalen unter der Garderobe fallen und horchte auf eine Antwort.

Zunächst erhielt sie keine. Das Haus, so schien es, schlief einen trägen Hitzeschlaf unter der Sommersonne. Aber dann hörte Kathrin Stimmen aus der Küche. Offenbar hatte niemand sie gehört, denn das Gespräch klang nicht, als sei es unterbrochen worden. Ihre Mutter. Ihr kleiner Bruder Moritz. Und jemand Fremdes.

Kathrin runzelte die Stirn. Ihre Eltern hatten gar nicht erwähnt, dass sie jemanden erwarteten. Unschlüssig blieb sie stehen und versuchte zu entscheiden, ob sie direkt die Küche betreten oder vielleicht erst einmal heimlich lauschen sollte.

Doch da öffnete sich schon die Küchentür. Kathrins Mutter Miriam streckte ihren Kopf durch den Spalt und nahm ihr die Entscheidung ab.

»Hab ich doch richtig gehört!« Das sonnengebräunte Gesicht ihrer Mutter strahlte unter den dunklen Stirnfransen und ihre Augen blitzten. Kathrin kannte diesen Ausdruck, und er bewirkte nicht unbedingt, dass sie sich entspannte. So sah ihre Mutter aus, wenn sie triumphierend verkündete, bereits ein Geschenk für sie zu haben, obwohl sie erst in drei Monaten Geburtstag hatte. Wenn sie eine *Überraschung* vorbereitet hatte. Kathrin hasste Überraschungen. Das hatte der Rabe sie gelehrt.

»Wir haben schon sehnsüchtig auf dich gewartet!« Ihre Mutter zwinkerte ihr verschwörerisch zu. »Du hast Besuch!«

Besuch? Kathrin runzelte die Stirn. »Wer denn?«

Natürlich hatte ihre Mutter keineswegs vor, ihr das zu verraten. Oder sie auch nur ein frisches Shirt anziehen zu lassen – eines, das nicht verschwitzt an ihrem Rücken klebte. »Na, komm doch einfach rein!« Sie stieß die Tür auf und zog Kathrin in die Küche.

Und im nächsten Moment war das verschwitzte Shirt egal. Völlig egal.

Denn am Küchentisch, von ihrem kleinen Bruder begeistert bestaunt, saßen zwei Jungs. Und nicht irgendwelche. Kathrin war sich nicht sicher, ob sie die beiden auf der Straße erkannt hätte. Groß waren sie geworden und sehr erwachsen, trotz der Limonadengläser mit den bunten Schirmchen, die vor ihnen auf dem Tisch standen. Doch die Gesichtszüge waren ihr vertraut – die hohen Wangenknochen, die braunen Augen mit den beneidenswert langen Wimpern über den markanten Nasen. Viel zu vertraut sogar.

»Kathi, guck mal!« Moritz' Augen leuchteten. »Es ist …«

»Táan.« Kathrin wusste es, noch ehe ihr Bruder es ausgesprochen hatte. Und neben ihm saß sein Zwillingsbruder Sigai.

»Hallo, Kate«, sagte Táan und lächelte. Aber seine Augen, die in Kathrins Erinnerung so leuchtend tiefbraun funkeln konnten wie das Harz der Ahornbäume, blieben dunkel.

*Er hat sich die Haare abgeschnitten*, dachte Kathrin und wunderte sich verschwommen, warum ausgerechnet diese Erkenntnis sie so schmerzte. Sie hatte seine langen Haare immer gemocht. Nun trug nur noch Sigai den kurzen Pferdeschwanz, den sie von den Zwillingen kannte.

Táans Bruder indes machte sich nicht einmal die Mühe, ein freundliches Gesicht zu versuchen. Und Kathrin wusste nicht, ob sie irre lachen oder vor Verzweiflung in Tränen ausbrechen sollte. Táan. Sigai. Und ihr alter Name: Kate. Hier, zu Hause, in ihrer Küche. In diesem Moment schien die Vergangenheit, die sie seit Jahren so weit von sich geschoben hatte, wie sie nur konnte, bis sie sich zu einem riesigen Berg aufgetürmt hatte, mit einem Mal über ihr zusammenzubrechen.

In ihrem Kopf aber brach im gleichen Moment ein wildes, triumphierendes Lachen aus.

*Das ist ja nicht zu fassen! Endlich! Endlich! Auf diesen Tag habe ich seit Jahren gewartet! Freu dich, Mädchen! Hier kommt jemand, der all deine Fehler ausbügeln kann!*

Kathrin antwortete dem Raben nicht. Stattdessen zwang sie sich nun ebenfalls ein Lächeln aufs Gesicht, auch wenn sie ahnte, dass es nicht überzeugender war als das von Táan.

»Überraschung!« Miriam schien die seltsame Stimmung zwischen ihrer Tochter und den unerwarteten Gästen gar nicht zu bemerken. Sie strahlte über das ganze Gesicht. »Die beiden sind mit einem Austauschprogramm zur Völkerverständigung hier und werden die ganzen Sommerferien bei uns wohnen! Na, was sagst du? Ist das nicht großartig?«

»Wahnsinn«, murmelte Kathrin matt. Völkerverständigungsprogramm! Von wegen! Sie wusste genau, weshalb die Zwillinge hier waren. Táan hatte sie verraten. Nach all den Jahren hatte er sie doch noch verraten. Und in diesem Moment hätte sie wirklich heulen können.

Ihre Mutter allerdings deutete ihre Sprachlosigkeit offenbar weiterhin komplett falsch und das war vermutlich ihr aller Glück. »Moritz war so lieb, den beiden sein Zimmer zu überlassen«, erklärte sie fröhlich und wuschelte Kathrins Bruder durch die Haare. »Er kann ja so lange bei dir auf der Gästematratze schlafen. Für die sieben Wochen wird das doch wohl gehen, oder? Na, was sagst du? Ist das nicht eine super Entschädigung dafür, dass wir dieses Jahr nicht in den Urlaub fahren können?«

Sieben Wochen. Kathrin war, als hätte jemand soeben ihre großen, goldenen Sommerferien in ein schwarzes Loch verwandelt, das alle Fröhlichkeit aufsaugte. Aber ihrer Mutter zu widersprechen war einfach nicht drin. Wie auch? Wie hätte sie ihr erklären sollen, dass sie sich über die lang geplante und höchstwahrscheinlich kostspielige Überraschung überhaupt nicht freuen konnte? Miriam dachte offenbar, Táan und sie wären nach all den Jahren immer noch beste Freunde. Und Kathrin brachte es einfach nicht übers Herz, ihr die Wahrheit zu sagen. Zu dumm nur, dass sie eine furchtbar schlechte Lügnerin war.

»Super«, murmelte sie und wusste, dass ihre Mutter sie spätestens jetzt durchschauen würde. Ihr überraschter Blick sprach Bände.

»Sorry, Mama«, versuchte Kathrin sich zu entschuldigen, obwohl ihr klar war, dass das nicht funktionieren konnte und es vermutlich nur noch schlimmer machen würde. »Ich freu mich, ich hab nur … gerade gar keine Zeit. Weißt du, ich bin mit Malin und Hauke am See verabredet und muss gleich los …«

Wie erwartet, verschloss sich das Gesicht ihrer Mutter augenblicklich. Kathrin sah, dass sie unter allen Umständen ihre Enttäuschung vor den Gästen verbergen wollte. Aber später, das wusste sie, würde es noch ein ordentliches Donnerwetter deswegen geben.

»Na, aber das ist doch super!«, flötete Miriam betont fröhlich. »Dann kannst du die beiden ja gleich mitnehmen und sie deinen Freunde vorstellen. Ein Nachmittag am See klingt doch nach einer *tollen* Unternehmung!«

Kathrin konnte nicht anders, ihr Blick flog wie magisch angezogen zu Táan und Sigai, die noch immer schweigend auf ihren Stühlen hockten. Vage kam ihr in den Sinn, dass die Brüder zumindest ahnen mussten, dass es kaum etwas Schlimmeres für sie gab, als sie mit zu ihren Freunden zu nehmen. Und sie wünschte sich mehr denn je, die Sonne, die durchs Fenster hereinbrannte, würde sie einfach schmelzen, damit sie in den Fugen zwischen den Bodenfliesen verschwinden konnte. »Ich weiß nicht«, stammelte sie. »Vielleicht wollen sie sich heute ja lieber noch ausruhen …«

»Jetzt hör aber auf, Kathrin!«, zischte ihre Mutter. Sie war nun wirklich sehr nah dran, die Beherrschung zu verlieren. Und Kathrin wusste, sie hatte verloren. So lange hatte sie darum gekämpft, ihre Gegenwart und Vergangenheit streng voneinander zu trennen. Aber das war in dem Moment vorbei gewesen, als sie die Küche betreten hatte.

»Tut mir leid«, flüsterte sie und konnte kaum noch verhindern, dass ihr Tränen in die Augen stiegen.

»Klar könnt ihr mit mir zum See kommen. Wenn ihr wollt …«

Táan und Sigai sahen sich an. Es war unmöglich, in ihren Gesichtern zu lesen, aber das musste Kathrin auch nicht. Eigentlich war es egal, was sie dachten. Es war ja sowieso alles zu spät.

»Mama, was hat Kathi denn?«, fragte in diesem Moment

Moritz. Er begriff offenbar überhaupt nicht, warum Kathrin nicht vor Begeisterung völlig ausflippte. Wie sollte er auch?

»Ich weiß auch nicht, Schatz.« Miriam lächelte angestrengt. »Sie ist wahrscheinlich müde von der Schule, sie hatte einen langen Tag. Da war die Überraschung vielleicht ein bisschen viel für sie. *Oder, Kathrin?*« Sie schüttelte den Kopf, wie um zu zeigen, dass sie eigentlich gar keine Antwort mehr wollte. »Komm, Mori. Du kannst mir im Garten helfen. Die drei haben sich bestimmt eine Menge zu erzählen und wollen ein bisschen Zeit für sich.«

Moritz' Augen wurden riesengroß und rote Flecken erschienen auf seinen Wangen. Selbstverständlich wollte er auf keinen Fall gerade jetzt in den Garten gehen. Aber seine Mutter ließ ihn gar nicht erst protestieren. Sie nahm Moritz in ihrer resolutesten Art am Ellbogen und zog ihn einfach nach draußen. Nur ein düsteres Loch aus Enttäuschung und Unverständnis blieb zurück.

Eine Weile blieb Kathrin noch stehen, wo sie war. Ihr Kopf fühlte sich trotz der Hitze wie eingefroren an und ihr Gehirn wiederholte immer und immer wieder nur den einen Gedanken:

*Táan. Ausgerechnet Táan.*

Auch die Brüder schwiegen nun beharrlich. Táans Lächeln war längst verschwunden. Und Kathrin wusste, bei einem Wettstreit, wer das drückende Schweigen länger aushielt, würde sie definitiv den Kürzeren ziehen. Táan und vor allem Sigai waren schon als Kinder unbezwinglich in allem gewesen, was Geduld erforderte – nicht zuletzt, weil Kathrin mit dieser Tugend leider kein bisschen gesegnet war.

»Also ... ich geh mich dann mal umziehen.« Wenn sie zwischen den beiden hindurchsah, musste sie keinem von ihnen direkt in die Augen sehen, das immerhin war praktisch. »Wenn ihr mitwollt, in einer halben Stunde geht's los. Es ... ähm ... ist schön, euch zu sehen.«

Táan und Sigai wechselten einen weiteren Blick. Wie damals schon verstanden sie sich wortlos, führten stumme Gespräche, bei denen Kathrin sich jedes Mal ausgeschlossen und ein bisschen dumm vorgekommen war. Aber diesmal war die Botschaft auch für sie eindeutig. Die beiden hatten ein Anliegen, von dem sie alle drei wussten, was es war. Unklar blieb nur, ob dies der richtige Zeitpunkt für eine Konfrontation war oder ob sie damit noch warten sollten.

Kathrin aber wartete ihre Entscheidung nicht ab. »Dann bis gleich – vielleicht.« Mit diesen Worten floh sie aus der Küche und ließ die Brüder einfach sitzen. Die Tür knallte sie laut hinter sich zu.

## 2

# Ein Nachmittag am See

Táan musterte Kates Rücken, während sie vor ihnen den kleinen Waldweg entlangging. Der See war ganz nah. Táan konnte das Wasser schon riechen und die Holzkohle eines Grills, auf dem Würstchen brutzelten. Ein Sommernachmittag wie gemalt und eigentlich perfekt, um für ein paar Stunden in der Sonne zu liegen und das Leben einfach zu genießen – wären da bloß nicht die düsteren Wolken über ihnen gewesen. Denn auch wenn für alle anderen der Himmel noch immer strahlend blau und die Luft sommerlich leicht war, wusste Táan, dass auch Kate die Schatten auf der Haut spürte. Fast tat es ihm leid, dass er ihren Tag so zerstören musste. Aber dann auch wieder nicht. Sie verdiente sein Mitleid nicht. Sie hatte das Wichtigste gestohlen, was sein Stamm besaß. Was immer heute geschehen mochte, hatte Kate sich selbst zuzuschreiben.

Kate hielt sich kerzengerade, ihre Schritte waren so steif, dass sie staksig wirkten wie die eines Reihers auf Froschfang. Überhaupt schien nicht viel von dem Mädchen übrig geblieben zu sein, an das Táan sich erinnerte. *Fräulein Furchtlos* hatte ihr Vater sie immer genannt. Und Táan hatte Fräulein Furchtlos damals sehr gemocht. Das Mädchen aber, das er jetzt vor sich hatte, war ein ganz anderer Mensch. Distanziert, abweisend. Verkrampft. Táan war sich nicht sicher, ob er enttäuscht oder erleichtert darüber war. Eine Kate, die ihm unsympathisch war, machte vieles einfacher.

Trotzdem ertappte er sich dabei, wie sich ein Lächeln in seine Mundwinkel stahl, als er daran dachte, wie er einen Blick auf ihre Fußsohlen erhascht hatte, während sie sich die Sandalen anzog. Nackt und schwarz vor Schmutz. Eine Kiefernnadel aus dem Wald klebte darunter, aber sie schien sich daran überhaupt nicht zu stören. Es hatte sich wohl doch nicht alles geändert.

Neben Táan räusperte Sigai sich leise. Natürlich. Táan konnte vor seinem Zwilling nichts verbergen, ob er es nun versuchte oder nicht. Und Sigai, das wusste Táan, hatte das Lächeln gesehen und war alles andere als begeistert. Im Gegenteil. Schon auf dem Flug hierher hatte er ihn gewarnt: Sie waren hier, um die Schuld wiedergutzumachen, die Táan auf sich geladen hatte. Für nichts anderes. Und dieser Gedanke ließ das Lächeln verblassen, noch ehe es richtig in Táans Herzen ankommen konnte.

*Wir spielen ihr Spiel fürs Erste mit*, hatte Sigai vorgeschlagen, nachdem Kate so überstürzt aus der Küche ihrer Eltern geflüchtet war. *Wenn wir ihre Freunde kennenlernen, lernen wir auch sie kennen. Dann fällt es uns vermutlich leichter, sie zu überzeugen.*

Es lag nicht in Táans Art, so berechnend zu sein. Aber er musste zugeben, dass die Argumente seines Bruders logisch klangen – abgesehen davon, dass es sich undankbar anfühlte, Sigai zu widersprechen. Immerhin hielt der ihm gerade entgegen seiner eigenen Überzeugungen den Rücken frei und gab ihm die Chance, den Fehler auszubügeln, den er seit damals so oft bereut hatte. Er hätte Kate einfach niemals gehen lassen dürfen. Nicht mit der Schachtel in ihrer Tasche.

Glücklicherweise machte in diesem Moment der Pfad einen scharfen Knick und endete dann am Saum einer kleinen kiesbedeckten Bucht, sodass Táan vorerst keine Gelegenheit mehr hatte, sich weiter um das Gewicht des Steins zu sorgen, der seit Monaten auf seiner Brust lag. Vor ihnen breitete sich funkelnd der See aus. Eine Handvoll Jugendliche in Shorts und Badeklamotten lümmelten nah beim Ufer um einen rostigen Holzkohlegrill. Als Táan und Sigai hinter Kate den Strand betraten, sprang augenblicklich ein Mädchen in knallrotem Bikini auf und winkte enthusiastisch zu ihnen herüber.

»Da sind sie, da sind sie!«

Mit hüpfenden Schritten kam das Mädchen über den

Kiesstrand auf sie zu, um die nackten Sohlen vor den heißen Steinen zu schützen.

»Hi!«, sagte sie, als sie schließlich auf einem schattigen Fleckchen bei ihnen stehen blieb und sowohl Táan als auch seinen Bruder völlig ungeniert von oben bis unten musterte. »Kathi hat euch schon angekündigt. Ich bin Malin. Und wer von euch ist wer?«

Sie sprach ziemlich schnell, sodass Táan Mühe hatte, ihr zu folgen. Aber ihr strahlendes Lächeln war so ansteckend, dass er es einfach erwidern musste und – wie er aus dem Augenwinkel belustigt bemerkte – selbst seinem strengen Bruder ein Schmunzeln entlockte.

»Das ist mein Bruder Sigai. Und ich bin Táan«, stellte er sie beide vor.

Malin hob überrascht die Brauen. »Die Namen klingen ja ganz normal«, sagte sie gespielt enttäuscht und ließ ein neckisches Grübchen sehen. »Ich dachte, Indianer heißen Fliegender Hengst und Tanzender Büffel oder so.«

Táan sah, wie Kate das Blut in die Wangen schoss. »So ein Quatsch«, widersprach sie ein bisschen zu vehement. »Sie tragen ja auch keinen Federkopfschmuck, oder siehst du hier irgendwo einen?«

Aber Malin lachte nur. »Der ist ja auch nur für den Häuptling.« Sie stieß Kate in die Seite. »Komm schon, mach dich locker! Ihr wisst, dass ich es nicht so meine, Jungs. Oder? Und ich verkneife mir auch den Spruch über Fransenhosen und Mokassins.« Sie zwinkerte Táan schelmisch zu, und er musste zu seiner eigenen Überraschung feststellen, dass er Malin wirklich nicht übelnehmen konnte, wie sie ihm ganz locker-flockig ein Klischee nach dem anderen um die Ohren schlug.

»Also los, kommt!« Malin winkte ihnen, ihr zu folgen. »Die Würstchen sind gleich fertig, Bier steht auch schon kalt. Und das Wasser ist super warm!«

Mit flinken Füßen hüpfte sie zurück in Richtung Grill. Táan warf einen fragenden Blick zu Kate. Doch die wich ihm aus. Unter ihren Schläfen und an ihrem Hals waren nervöse Flecken erschienen, die sich zuvor unter der erhitzten Röte ihrer Wangen versteckt hatten.

»Auf geht's«, murmelte sie nur und folgte Malin, ohne sich noch einmal nach Táan oder seinem Bruder umzusehen. Kaum waren sie außer Hörweite, begannen die beiden Mädchen zu tuscheln, und zum ersten Mal sah Táan, wie kurz darauf ein echtes Lachen auf Kates Gesicht erschien, auch wenn es sich noch nicht ganz heraustraute.

Er wechselte einen Blick mit Sigai, der ernst nickte. »Wir sollten uns an sie halten«, sprach er aus, was Táan auch schon gedacht hatte. »Kate scheint sie zu mögen. Vielleicht bekommst du unauffällig aus ihr heraus, ob sie ihr etwas über die Schachtel erzählt hat.«

Táan runzelte die Stirn. »Ich?«

Sigai hob die Schultern. »Flirte mit ihr. Das kannst du doch. Besser als ich zumindest.« Ein schiefes Grinsen zuckte um seine Mundwinkel.

Táans Stirnrunzeln vertiefte sich. Er sah zu Kate und dann zu Malin im roten Bikini, die gerade einem Jungen mit blondem Wuschelhaar einen Kuss auf den Mund drückte, ehe sie erneut zu ihnen herüberwinkte. »Wo bleibt ihr denn?«

Und dann dachte Táan an Gemma, zu Hause auf den Haida Gwaii. Ein Mädchen vom Rabenclan – sein Mädchen. Die Beziehung war noch frisch, kaum drei Monate alt, und ihr gemeinsamer Weg bis hierher war steinig und alles andere als gerade gewesen. Táan empfand es als unheimlich schwer, sich zu entspannen und mit ganzem Herzen in eine Beziehung fallen zu lassen, ganz gleich, wie sehr er Gemma mochte, weil er einfach zu sehr mit seinem finsteren Geheimnis beschäftigt war. Daher hatte die Beziehung, kaum dass er endlich gewagt hatte, Gemmas Annäherungsversuchen eine Chance zu geben, in diesen drei Monaten schon mehr als einmal auf der Kippe gestanden. Sigai war es gewesen, der Táan immer wieder überzeugt hatte, dass er Gemma und dem *Wir* zwischen ihnen noch eine Chance geben sollte. Und jetzt das.

»Dass dieser Vorschlag ausgerechnet von dir kommt, wundert mich.« Táan schüttelte den Kopf. »Außerdem ist sie vergeben. Und ich auch«, fügte er unnötigerweise hinzu.

Sigai seufzte. »Nur flirten, kleiner Bruder. Nichts weiter. Ganz bestimmt nichts weiter. So gut musst du mich doch kennen.«

»Mmh.« Táan war nicht überzeugt von dem Plan. Wohl fühlte er sich damit auf keinen Fall. Aber wahrscheinlich hatte Sigai recht: Der Zweck heiligte vermutlich die Mittel. Und sein Bruder konnte wirklich nicht flirten. Ihm fehlte die Freude am Spiel.

Malin hatte indes noch immer nicht aufgegeben. »Kommt schon, seid nicht so schüchtern!«

Sigai klopfte seinem Bruder auf die Schulter und lächelte – ein ernstes, ermutigendes Lächeln. »Du hörst, was sie sagt. Also los, kleiner Bruder. Du wirst sehen, alles wird gut.«

Táan seufzte ergeben. Was blieb ihm für eine Wahl? Einen Versuch war es allemal wert.

Er konnte nur hoffen, dass Sigai auch diesmal recht behielt.

☼

Natürlich kamen die Indianer mit zum See.

Wenn sie ehrlich zu sich selbst war, hatte Kathrin nicht eine Sekunde lang wirklich zu hoffen gewagt, dass Táan oder Sigai und schon gar nicht der Rabe ihr einen entspannten Nachmittag gönnen würden. Stattdessen hatte sie die kurze Schonfrist in ihrem Zimmer damit verbracht, sich zu überlegen, was sie ihren Freunden über die Indianer sagen sollte – denn mit der kurzen Nachricht, die sie Malin geschrieben hatte, würde sich ihre beste Freundin auf gar keinen Fall zufriedengeben. Doch noch schwerer lag Kathrin die Frage im Magen, wie sie den ganzen Nachmittag lang mit den Zwillingen umgehen sollte. Vor allem mit Táan.

Kathrin hatte in den vergangenen Jahren immer wieder an ihn gedacht. Aber sie hatte nie gewusst, ob sie sich wünschen sollte, ihn irgendwann noch einmal wiederzusehen. Selbst jetzt, wo nur noch ein paar Meter zwischen ihnen lagen und nicht die halbe Welt, wusste sie es nicht. In seiner Anwesenheit konnte sie das schlechte Gewissen einfach nicht länger verdrängen, und mehr denn je wünschte sie sich, dass er ihr verzieh. Und das lag bestimmt nicht daran, dass er so unverschämt gut aussah, jetzt wo das Jungenhafte allmählich aus seinem Gesicht verschwand – diesen Gedanken schob Kathrin entschieden von sich. Es tat einfach unerwartet weh, wie distanziert er war. Sie wollte, dass Táan und sie wieder vertraut miteinander umgehen konnten. Sie wollte, dass er sie wieder anlächelte. Aber darauf würde sie wahrscheinlich ein Leben lang vergeblich warten …

*Na, na, wer wird denn da alles so schwarzsehen?*, schaltete sich in diesem Moment der Rabe in ihren inneren Monolog ein.

Kathrin schüttelte ärgerlich den Kopf. »Lass mich in Ruhe. Ich habe auch ohne deine Kommentare genug Müll im Kopf.«

Xuuyah lachte leise. *Bitte, Mädchen. Ich rede dir nur gut*

*zu. Glaube einem alten, weisen Vogel. Der Junge mag dich lieber, als er zugeben will.* Seine Stimme klang überraschend sanft, geradezu einfühlsam. Er schien wirklich guter Stimmung zu sein. Grund genug, dass Kathrin sofort hellhörig wurde. Natürlich könnte Xuuyah ausnahmsweise wirklich Verständnis für ihre Situation haben. Viel wahrscheinlicher aber war, dass er mal wieder versuchte, sie unauffällig in eine bestimmte Richtung zu drängen.

»Ach«, konterte sie abwehrend. »Das denkst du also. Und was hättest du davon, wenn es so wäre?«

Das Lachen des Raben klang nun sogar richtig zufrieden. *Manchmal bist du doch gar nicht so dumm, Mädchen. Du machst dich.* Die unsichtbaren Schwingen kitzelten Kathrin hinter der Stirn, eine fast zärtliche Berührung. *Also, denk noch mal nach, dann kommst du bestimmt darauf. Der Junge gehört zum Adlerclan. Seine Familie ist mit meinem alten Rivalen per Du. Vielleicht weiß er etwas, das wir nicht wissen …*

Kathrin schnaufte. »Ich soll ihn für dich über die Schachtel aushorchen? Na, das fehlte gerade noch!«

Wäre diese Geste für einen Vogel nicht so absurd gewesen, Kathrin hätte darauf geschworen, dass Xuuyah siegessicher die Schultern zuckte. *Es gibt da diese Abmachung …*

Er ließ den Satz in vielsagendes Schweigen ausklingen.

»Ich denke gar nicht dran!« Kathrin schüttelte wütend den Kopf. »Und jetzt halt deinen Schnabel. Sonst vergesse *ich* nämlich mal unsere Abmachung!«

Nach der Auseinandersetzung mit dem Raben und mit den Zwillingen im Schlepptau war Kathrins Laune, als sie schließlich am See ankamen, auf einem bisher unübertroffenen Tiefpunkt. Zum Glück war auf Malin Verlass. Es wunderte Kathrin gar nicht, dass die Indianer ihre Freundin offenbar sofort mochten. Jeder mochte Malin, es gab niemanden, der sich dem entziehen konnte. Was aber noch viel besser war, war die Fröhlichkeit, die auf Kathrin überschwappte, kaum dass sie auch nur drei Sätze unter vier Augen gewechselt hatten.

»Hey«, hatte Malin geflüstert, so leise, dass vor allem Hauke es nicht hören konnte. »Warum hast du nie erzählt, dass deine Indianerfreunde von damals solche Schnittchen sind? Und gleich zwei davon?«

Kathrin konnte nicht anders, sie musste lachen. Es tat gut, obwohl es sich noch ein wenig steif anfühlte. »Ich war zwölf«, flüsterte sie zurück. »Ich wusste das wohl nicht zu schätzen.«

Malin schüttelte tadelnd den Kopf. »Mit zwölf hatte ich meinen ersten Zungenkuss, Süße. Das ist keine Ausrede.«

Das zweite Lachen war schon viel besser. Kathrin hatte keine Ahnung, ob Malin die Wahrheit sagte oder bloß angab. Aber das spielte auch gar keine Rolle. Die Geschichte passte zu ihr, und Kathrin wünschte sich wieder einmal, ein bisschen mehr wie ihre Freundin zu sein – so selbstsicher, so schamlos und ungezwungen in allem, was mit Gefühlen und Nähe zusammenhing.

»Ich dachte ja, ich sehe sie sowieso nie wieder. Ich … hab sie wohl vergessen.«

Noch während sie das sagte, verging ihr das Lachen und ließ einen holzigen Geschmack mit ein bisschen Süße zurück, wie der letzte Rest Eis an einem Holzstiel. Und zum zweiten Mal an diesem Tag fiel Kathrin auf, was für eine furchtbar schlechte Lügnerin sie war. Als ob sie die Haida Gwaii und vor allem Táan jemals hätte vergessen können.

Malin musterte sie prüfend. »Du bist gar nicht so begeistert, dass sie hier sind, oder?« Auch ihr Grinsen war nun nicht mehr ganz so schelmisch. »Wegen Pits?«

Kathrin schwieg und sah zum Grill hinüber. Dort hockte Pits neben Hauke auf einem Stein, in der einen Hand ein Bier und in der anderen einen Stock, mit dem er in der Glut herumstocherte. Die Sonne glänzte auf seinen schokobraunen Locken und dem braun gebrannten Oberkörper mit dem Drachentattoo. Er sah so unverschämt lässig aus, dass Kathrin trotz allen Ärgers ganz heiß an den Ohren wurde. Malins Vermutung war natürlich weit von der Wahrheit entfernt, denn die Gründe, warum Kathrin die Indianerzwillinge auf gar keinen Fall hier haben wollte, waren unendlich viel komplexer als das. Aber ja. Es war auch wegen Pits.

Malin lächelte mitfühlend. »Hey, guck doch nicht so.« Sie stupste Kathrin in die Seite. »Alles wird gut. Ich kümmere mich schon um deine Jungs, keine Sorge. Ich finde es nämlich saucool, dass sie hier sind. Du wirst Pits den ganzen Tag für dich haben und brauchst dich um nichts zu kümmern.« Sie zwinkerte Kathrin zu. »Indianerehrenwort.«

Das war schon wieder so ein selten blöder Spruch, dass Kathrin Malin am liebsten dafür eine gescheuert hätte und sie zugleich noch mehr vergötterte, als sie es ohnehin schon tat. Sie war sich ganz und gar nicht sicher, ob sie sich wirklich würde entspannen können, solange Táan und Sigai in der Nähe waren. Aber zu wissen, dass ihre Freundin alles dafür tun würde, um das möglich zu machen, was Kathrin sich schon so lange wünschte, trieb ihr trotzdem ein Lächeln aufs Gesicht.

»Aber jetzt holen wir dir erst mal was zu trinken und ein Würstchen.« Malin knuffte sie ein letztes Mal in die Seite. »Und ich schnappe mir deine Indianer.« Sie nahm Kathrin an der Hand und zog sie zum Grill hinüber. »Hey, Pits. Machst du Kathi mal 'ne Wurst?« Sie zwinkerte ihm zu und wandte sich an Hauke. »Süßer, ich bin gleich wieder da. Ich muss mal die beiden Hübschen da drüben ein bisschen näher in Augenschein nehmen. Mach keinen Unsinn, während ich weg bin, okay?«

Mit diesen Worten drückte sie Hauke einen dicken Kuss auf den Mund und hüpfte über die heißen Steine auf Táan und Sigai zu. Auf halbem Weg blieb sie bei Fee, Lia und Konstanze hängen, die gerade am Strand aufgetaucht waren und die fremden Jungen anstarrten. Ein paar Sekunden später stand Hauke ebenfalls auf und ging seiner Freundin nach und da begriff Kathrin Malins Plan. *Natürlich* würde Hauke seiner Freundin folgen, wenn sie ankündigte, zwei gut aussehende Indianer näher in Augenschein zu nehmen.

Sie selbst indes blieb zurück. Allein mit Pits. Und sie hatte keine Ahnung, was sie sagen sollte.

Pits selbst schien das alles recht locker zu nehmen, wie er es immer tat – einer der Gründe, warum Kathrin ihn so sehr mochte. Er wendete die Würstchen mit seinem Stock und nahm zwischendurch immer wieder einen Schluck aus seiner Flasche, ohne Kathrin öfter als nötig anzusehen.

»Da hast du ja 'ne ganz ordentliche Showeinlage an Land gezogen, Hellweg«, sagte er nur und warf einen kurzen Blick zu Táan und Sigai, die inzwischen von Malin und den anderen Mädchen umringt am Ufer standen. Wortfetzen, Gekicher und Malins wildes, ein wenig krispelraues Lachen flatterten mit dem Wind bis zum Grill. Hauke stand ein wenig abseits, sprach mit Felix und Kai und gab sich Mühe, dabei unbeteiligt auszusehen. Aber das gelang ihm nicht im Ansatz so gut wie Pits. Es schien ganz so, als interessierte Pits sich kein bisschen für die Indianer, und wahrscheinlich tat er das tatsächlich nicht. Wenn man Malin glauben durfte, interessierte Pits sich grundsätzlich für niemand anderen als sich selbst. Eine Eigenschaft, die ihn absurderweise noch anziehender in Kathrins Augen machte. Leider, und auch das hatte Malin gesagt, nicht nur in ihren. Sicher die Hälfte aller Mädchen in ihrer Stufe und mindestens genauso viele aus seinem eigenen Jahrgang waren hinter ihm her. Pits wusste das ganz genau. Aber er würdigte keine von ihnen auch nur eines Blickes. Kathrin war da keine Ausnahme. Nur hielt dieses Wissen sie nicht davon ab zu hoffen, dass sie vielleicht doch die eine sein konnte, für die er irgendwann ein anderes Gesicht zeigte. Für die er seinen weichen Kern entdeckte. Das klappte doch in Romanen auch. Warum also nicht im wirklichen Leben? Immerhin kannte er ihren Nachnamen. Das war vermutlich mehr, als die meisten anderen Mädchen behaupten konnten.

»Tja, ich weiß auch nicht, wie das passieren konnte«, versuchte sie eine schlagfertige Antwort. »Vielleicht rieche ich gut. Sie sind mir einfach nachgelaufen.«

Das klang lahm und überhaupt nicht so locker wie in ihrem Kopf. Kathrin bemerkte es, noch während sie es aussprach, und wäre am liebsten im Boden versunken.

Doch zu ihrer Überraschung lachte Pits und die Sommersprossen um seine Augenwinkel kräuselten sich dabei. Er spießte eine Wurst mit dem Stock auf und legte sie in eine Serviette. Und als er sie Kathrin reichte, sah er sie tatsächlich direkt an. »Mit hängender Zunge wahrscheinlich. Kann ich gut verstehen«, sagte er und grinste schief. Wie zufällig streiften sich ihre Finger.

Wenn das irgendwie möglich war, wurde Kathrins Kopf noch etwas heißer. Hatte er das gerade wirklich gesagt? Und vor allem: Hatte er es auch so gemeint? »Äh«, stammelte sie nur. »Danke.«

Pits schob die übrigen Würstchen auf einen Teller und legte nach. Dann angelte er ein zweites Bier aus einer Wanne mit kühlem Seewasser, öffnete es mit den Zähnen und klopfte einladend auf den Stein neben sich. »Komm, setz dich und trink 'nen Schluck.«

»Okay …« Mit klopfendem Herzen kam Kathrin der Aufforderung nach. *Du musst dich nur mal trauen!*, hatte Malin gesagt. Und Kathrin wünschte, das wäre so einfach, wie es sich anhörte. Sie brachte es ja kaum fertig, ihm zu gestehen, dass sie kein Bier wollte. »Aber ich nehme lieber 'ne Cola.«

Pits hob die Brauen. *So eine Langweilerin bist du also?*, sagte sein Blick. »Na gut.« Er zuckte die Schultern. »Mehr für mich.«

Kathrin biss sich auf die Lippe. Das lief ja wie am Schnürchen. Nicht. Die Cola müsste sie sich nun selbst holen, weil Pits keine Anstalten machte, das für sie zu tun – was ja nicht so schlimm gewesen wäre, wenn das zweite Mal hinsetzen nicht so unendlich viel mehr Überwindung gekostet hätte. Also blieb sie lieber sitzen und trank gar nichts, was irgendwie auch blöd war. Und warum verdammt noch mal konnte sie eigentlich nicht damit aufhören, zu Táan hinüberzuschielen, wie er mit Malin redete und lachte? Sie schienen sich super zu verstehen. So hatte er früher auch immer gelacht … Aber konnte ihr das jetzt nicht einfach egal sein? Zu allem Überfluss regten sich jetzt auch noch die Rabenschwingen in ihrem Hinterkopf, streckten sich und streiften unter ihrer Schädeldecke entlang. Wie es ihre Abmachung war, schwieg Xuuyah. Aber das bedeutete leider nicht, dass er ganz darauf verzichtete, sich bemerkbar zu machen. Er würde Kathrin immer und immer wieder daran erinnern, dass er noch da war. Und dass sie nie ganz normal sein konnte, wenn sie nicht irgendwie eine Möglichkeit fand, ihn loszuwerden.

Pits trank inzwischen aus der zweiten Flasche Bier und sah gedankenverloren in die Glut des Grills. Das Lachen war verschwunden und er sah wieder so unbeteiligt aus wie immer. Und Kathrin hatte keine Ahnung, wie sie das Lachen noch einmal hervorlocken sollte. Also versuchte sie es mit einer mehr oder weniger verzweifelten Flucht nach vorn.

»Vielleicht probiere ich es doch mal«, sagte sie und deutete auf das Bier. »Vielleicht mag ich es inzwischen, kann ja sein. Soll man ja immer wieder versuchen.«

Pits sah sie an und hob erneut eine Braue. Dann aber schüttelte er den Kopf und stellte das Bier zur Seite. »Keine Verzweiflung«, sagte er nur. »Das macht dich unattraktiv. Wäre schade drum.«

Kathrin blieb der Mund offen stehen. »O… okay«, stammelte sie. Mehr brachte sie nicht heraus.

Pits seufzte ergeben. Fast sah er aus, als würde er Kathrin am liebsten bitten, aufzustehen und sich woanders hinzusetzen.

Doch dann legte er ganz unvermittelt seinen Arm um

ihre Hüfte. »Weißt du, Hellweg. Du denkst immer viel zu viel nach. Lass das doch mal sein.«

Kathrin fühlte sich wie erschlagen. In ihrem Bauch tanzten so viele Schmetterlinge, dass sie das Gefühl hatte, gleich zu explodieren. Die Luft, die die tausend Flügelschläge nach oben drückten, quetschte ihr den Hals zu und nahm ihr jede Chance, auch nur ein weiteres Wort hervorzubringen. Es war kein besonders angenehmes Gefühl. Doch zugleich war ihr mit einem Mal so leicht zumute, dass sie fast selbst bis zu den weißen Schäfchenwolken in den Himmel geflogen wäre. Pits war so nah! So unwirklich nah! Und er kam noch näher. Das war ein Traum, es musste ein Traum sein – aber rochen Träume wirklich so? Nach Bier, Würstchen mit Senf und Zimt-Minzkaugummi?

Es spielte keine Rolle. Nicht, als im nächsten Moment Pits' Lippen auf ihren lagen, weich und schwer und feucht. Kathrin glaubte, sie müsse jeden Moment in Ohnmacht fallen. Und als Pits' Zunge sich fordernd einen Weg in ihren Mund bahnte, ließ sie es im ersten Moment einfach geschehen. Er küsste sie! Pits, der Pits, von dem sie seit Monaten hoffte, er würde sie wenigstens einmal ansehen, küsste sie! Einfach so, als wäre überhaupt nichts dabei …

Nur dass es nicht angenehm war. Sie bekam kaum Luft, und Pits' Kuss schmeckte nicht besser, als sein Atem roch. Seine Lippen waren zu schwer, zu aggressiv. So sollte es nicht sein. Das war nicht das, was sie sich gewünscht hatte.

»Warte …« Schwer atmend machte Kathrin sich von

ihm los und rückte ein Stück von ihm ab. Pits musterte sie verwundert. Eine Zurückweisung war wohl das Letzte, was er erwartet hatte, und Kathrin hätte sich ohrfeigen können. Was war nur mit ihr los?

»Das … das geht mir zu schnell.«

Pits' Stirnrunzeln vertiefte sich. »Ach. Ist das so?« Obwohl er immer noch ganz ruhig blieb, sah Kathrin deutlich, dass er sich ärgerte. »Da habe ich aber was anderes gehört.«

Kathrin starrte ihn irritiert an. »Gehört? Von wem …?« Aber noch ehe sie es ausgesprochen hatte, ahnte sie es schon. Und es drehte ihr den Magen um.

Pits hob in seiner unnachahmlich unbeteiligten Art die Schultern. »Malin hat gesagt, du brauchst es unbedingt. Du hättest es so richtig nötig und würdest seit Monaten deswegen rumheulen. Tja, und sie hatte bei mir noch was gut, also … Na ja. Aber wenn du jetzt doch nicht willst … Ist mir auch recht.« Er griff wieder nach seiner Bierflasche und nahm einen großen Schluck. Dann widmete er sich dem Grill und den Würstchen, als wäre Kathrin überhaupt nicht mehr da.

Kathrin saß da wie erstarrt. Sie fühlte sich, als hätte ihr jemand mit voller Kraft einen Gummihammer über den Kopf gezogen. Und da half es wenig, dass im Hintergrund ihrer Gedanken Xuuyah hämisch kicherte. Ganz leise nur, sodass es ebenso gut eine Einbildung hätte sein können. Aber der Effekt war derselbe: Kathrin hatte sich noch nie so mies gefühlt.

Mit Tränen in den Augen sprang sie auf und hastete zum See, watete in voller Montur hinein und ließ sich bäuchlings ins Wasser fallen, kaum dass es ihr bis zur Hüfte stand. Platschend schlugen die Wellen über ihr zusammen. Kühles Nass drang ihr in Ohren und Nase und spülte die Tränen weg. Aber das Gefühl von schweren Lippen auf ihren und einer Zunge, die sich fast gewaltsam dazwischendrängte, konnte es nicht vertreiben. Sie fühlte sich benutzt, schmutzig, als hätte Pits sonst was getan und sie nicht nur geküsst. Und vor allem fühlte sie sich dämlich. Lächerlich. Sie hätte es doch einfach genießen können, dass ihr Wunsch sich endlich erfüllte! Stattdessen hatte sie sich vor allen anderen zum Affen gemacht. Am liebsten wäre Kathrin nie wieder aufgetaucht.

Aber irgendwann wurde ihr die Luft knapp und so kam sie prustend und spuckend wieder an die Oberfläche. Fast erwartete sie, aufgeregte Stimmen zu hören, die sich um sie sorgten oder die sie wenigstens auslachten, weil sie so eine blöde Kuh war. Aber niemand beachtete sie. Tatsächlich sah es ganz so aus, als hätte niemand ihre überstürzte Flucht in den See auch nur bemerkt. Nicht Malin, nicht Hauke, nicht Fee, Konstanze oder Lia. Und nicht einmal Táan. Denn der unterhielt sich immer noch mit Malin. Zu sehen, wie gut sie sich verstanden, war Salz in Kathrins frisch geschlagene Wunde. Malin hatte Pits' Kuss für sie erkauft. Nicht eine Sekunde lang hätte er Kathrin angesehen, wenn sie nicht gewesen wäre. Kathrin fühlte sich verraten, egal wie gut ihre Freundin es gemeint haben mochte. Und dass Malin jetzt auch noch Táans Lachen bekam, das für Kathrin vermutlich bis ans Ende ihres Lebens gestorben war, machte diesen Verrat doppelt schlimm.

Nur einer hatte sie offenbar die ganze Zeit beobachtet und ließ sie auch jetzt nicht aus den Augen, während er sich im Trubel um seinen Bruder und Malin ein Stück abseits hielt. Sigai war in den letzten Jahren offenbar kein anderer Mensch geworden. Und er war der Letzte, von dem Kathrin jetzt Mitleid wollte. Ganz abgesehen davon, dass er davon vermutlich nicht viel an sie zu geben hatte. Wahrscheinlich machte er sich innerlich über sie lustig oder freute sich über ihre Blödheit.

Und jetzt wurde Kathrin endlich wütend. Furchtbar wütend. Warum mussten sie hier sein, er und Táan? Warum mussten sie alles kaputt machen? Wären sie nicht hier, wäre alles ganz anders gelaufen. Sie wollte die Brüder einfach nur noch los sein. Vielleicht hatte sie dann ja doch noch eine Chance auf einen schönen Sommer.

Wütend und spritzend stapfte sie durchs Wasser auf Sigai zu und blieb direkt vor ihm stehen.

»Ich hab genug von dem Theater«, sagte sie so laut, dass die anderen verstummten und vor allem Táan erstaunt zu ihr herübersah. »Wir brauchen nicht mehr so zu tun, als ob ich nicht wüsste, warum ihr hier seid. Also, bringen wir es endlich hinter uns.«

Am Strand war es jetzt ganz still. Jeder, wirklich jeder

starrte auf Kathrin und die Zwillinge. Táan aber ließ Malin einfach stehen und bei aller Verzweiflung empfand Kathrin zumindest das als kleine Genugtuung.

Sigai verzog derweil keine Miene. »Umso besser. Also. Wo ist die Schachtel?«, fragte er so leise, dass nur Kathrin hören konnte, wie feindselig er dabei klang.

Sie holte einmal tief Luft. »Bei mir zu Hause. Ihr könnt sie haben. Und dann verschwindet ihr wieder!«

Táan und Sigai wechselten einen Blick, während Kathrin die Welle der Verwirrung spürte, die ihr von ihren Freunden entgegenschwappte. Aber es war sowieso zu spät. Jetzt wusste endgültig jeder, dass Kathrin Hellweg nicht ganz richtig in der Birne war. Das war nur halb so schlimm wie die Tatsache, dass Pits vermutlich bis morgen jedem erzählt haben würde, was für eine prüde Langweilerin sie außerdem noch war.

Und in Kathrins Kopf begann der Rabe zu lachen.

# 3

# Die Schachtel aus Horn

Die Wolken hatten sich zu einem finsteren Gewittersturm zusammengezogen.

Táan hätte nicht sagen können, was eigentlich genau passiert war – warum Kate plötzlich nass bis auf die Knochen vor Sigai stand und ihn anschrie, warum sie plötzlich so wütend war und zugleich so klein und verletzlich wirkte, dass er unwillkürlich das Bedürfnis verspürte, sie in eine warme Decke zu wickeln. Das Letzte, was er von ihr gesehen hatte, war, wie sie mit einem dunkelhaarigen Jungen am Grill saß und sich unterhielt – dann war er von Malin in Beschlag genommen worden. Was zwischen diesem Moment und dem jetzigen geschehen war, blieb Táan ein Rätsel, selbst dann noch, als sie den See schon längst hinter sich gelassen hatten und im Gänsemarsch durch das Wäldchen zurück zum Haus von Kates Eltern stapften. Táan wusste nur, dass er froh gewesen war, aus dem Kreis der Mädchen ausbrechen zu können, in den Sigai ihn mit seinem blöden Vorschlag hineinmanövriert hatte. Diese Malin hatte einen geradezu unheimlich bezaubernden Charme, und er musste sich eingestehen, ihre Gesellschaft und ihr Interesse an seiner Person sehr genossen zu haben. Aber als sich nach und nach immer mehr Mädchen dazugesellten, eifersüchtig bewacht von ein paar Jungs, die vermutlich ihre Freunde waren, war ihm die Situation zunehmend unangenehm geworden. Und hätte das unsichtbare Gewitter nicht drohend über ihren Köpfen gehangen, wäre er sicher erleichtert gewesen. So aber dachte er nur darüber nach, was er sagen konnte, um die Spannung in der Luft ein wenig zu lösen.

Natürlich fiel ihm nichts ein. Es gab zu viele Unbekannte in dieser Gleichung – allen voran die Frage, was eigentlich mit Kate geschah, wenn ihr Blick sich so nach innen richtete. Táan hatte es am See bemerkt und direkt an jene letzte Nacht in Old Masset denken müssen. Daran, wie Kate ihn bat, ihr zu glauben, dass der Diebstahl nicht ihre Idee und schon gar nicht ihre Entscheidung gewesen war. Und an den riesigen Raben auf dem Verandageländer.

Sprach sie immer noch mit ihm?

Oder war es schon damals eine dreiste Lüge gewesen, wie Sigai behauptete? Táan war sich vor fünf Jahren nicht sicher gewesen und er war es auch jetzt nicht. Aber irgendetwas hielt ihn davon ab, Kate einfach danach zu fragen.

Das Haus war still, als sie eintraten. Irgendwo im Garten lachte und jauchzte Kates kleiner Bruder Moritz, vermutlich waren ihre Eltern also auch dort draußen.

Den gesamten Heimweg hatte Kate geschwiegen und ihm und Sigai vehement den Rücken zugekehrt. Erst vor der Tür zu ihrem Zimmer blieb sie schließlich stehen und drehte sich zu ihnen um. Die roten Flecken auf ihren Wangen und ihrem Hals leuchteten selbst im Zwielicht des Hausflurs.

»Ist aber nicht aufgeräumt«, erklärte sie knapp. Den Blick hatte sie halb gesenkt und sah irgendwo neben Sigais Füßen zu Boden.

Sigai winkte ab. »Das ist ja nichts Neues.«

Noch mehr Blut schoss in Kates Wangen und nun musste Táan trotz allem ein Lächeln unterdrücken. Denn sein Bruder hatte recht: Kates Chaos war legendär. Sie trug es an jeden Ort, an den sie ging. Táan hatte das nie besonders gestört, aber der geradlinige Sigai war etliche Male vor Verzweiflung schier zusammengebrochen, wenn Kate in ihrem Zimmer wieder einmal ein heilloses Durcheinander gestiftet hatte.

Zum Glück lachte Kate das Lachen, das er sich verkniff. Es schien sie selbst zu überraschen, als habe sie in dieser Situation am allerwenigsten damit gerechnet – und zugegeben, Táan ging es nicht anders. Aber es hatte etwas Befreiendes, als sei das Gewitter schon vorüber und hätte angenehm klare, frische Luft zurückgelassen. Für einen

Moment wenigstens schien die vertrackte Situation, in der sie sich befanden, nicht mehr ganz so schwer zu wiegen.

»Na schön«, sagte Kate inzwischen und öffnete die Tür, um sie eintreten zu lassen. »Ihr habt es nicht anders gewollt.«

Sie hatte nicht zu viel versprochen. Für einen Moment blieb Táan einfach auf der Schwelle stehen und betrachtete das Chaos beinahe ehrfürchtig. Das Zimmer war nicht besonders groß und von oben bis unten vollgestopft mit Zeug, von dem scheinbar nichts einen festen Platz hatte. Die Regale quollen über vor Kleinkram, Figürchen aus Porzellan, Ton oder Plastik, Lichterketten, bunten Steinen und Abziehbildchen. Die Wände waren bedeckt mit einer bunten Mischung aus Postern, Naturfotos im Großformat, Traumfängern und selbst gemalten Kunstwerken direkt auf der Tapete. Auf dem Schreibtisch unter dem Fenster war kaum Platz für die Schulsachen, dafür stapelten sich Bücher und Zeitschriften, die vermutlich in den Regalen keinen Raum mehr gefunden hatten. Der Stuhl war unter einem Berg Wäsche begraben, der Boden übersät mit bunten Perlen und den Teilen eines halb fertigen Puzzles. Und Schachteln. Überall waren Schachteln. Schachteln in allen Größen und Formen, farbenfroh und glitzernd oder schlicht und nüchtern – und darin vermutlich ein ebenso buntes Chaos wie im Rest des Zimmers, als wäre jede einzelne Schachtel eine Miniatur von Kates Reich.

Vorsichtig machte Táan einen Schritt in den Raum hinein, wobei er sich bemühte, nicht auf die Perlen zu treten oder auf den Draht, die Schnüre und die Zangen, die Kate offenbar vor nicht allzu langer Zeit dazu benutzt hatte, die bunten Armbänder und Ketten herzustellen, die sie trug. Hinter ihm betrat Sigai den Raum, und auch ohne ihn anzusehen, wusste Táan, dass sein Bruder genauso überwältigt war wie er selbst. Wahrscheinlich dachte Sigai sogar dasselbe: dass es auf der ganzen Welt ganz bestimmt kein besseres Versteck für die eine Schachtel gab, die sie suchten, als dieses Zimmer.

Táan war immer sehr stolz auf seine schnellen Augen gewesen. Niemand konnte in so kurzer Zeit einen Raum überblicken wie er und er kannte keinen besseren Spurenleser in Old Masset. Uncle Sam hatte immer gesagt, aus ihm könnte ein sehr erfolgreicher Einbrecher oder Spezialagent werden. Aber Kates Zimmer überforderte selbst ihn, und er brauchte gefühlte zehn Minuten, bis er endlich entdeckt hatte, was er eigentlich suchte.

Die eine Schachtel, für die sie hergekommen waren. Die Schachtel aus Horn.

Sie stand in einer Vitrine hinter Glastüren, halb versteckt in einem wilden Sammelsurium aus feinen japanischen Teetassen, Kokosholzfiguren, kleinen Teddybären und Porzellanpüppchen. Tatsächlich war sie kaum zu sehen, aber selbst ein flüchtiger Blick darauf ließ Táans Herz schneller schlagen. So lange war sie fort gewesen von ihrem angestammten Platz auf dem Wohnzimmerregal. So viele Nächte hatte er von ihr geträumt, sich herumgewälzt und keinen Schlaf gefunden vor lauter Schuld. Und hier war sie nun. Sollte die schlimme Zeit jetzt tatsächlich vorbei sein? War es wirklich so einfach?

Kate wühlte inzwischen in einer ihrer Schreibtischschubladen, als sei sie auf der Suche nach etwas. Und tatsächlich zog sie kurz darauf einen kleinen Schlüssel hervor, der offenbar zu der Vitrine gehörte. Sie nahm die Schachtel behutsam aus dem Schrank, als sei sie ein rohes Ei, das sie nicht zerbrechen wollte.

»Hier.« Sie streckte Táan die Schachtel entgegen. Ihre Stimme klang belegt und sie sah ihm noch immer nicht in die Augen. »Nimm sie. Ich bin froh, wenn sie wieder da ist, wo sie hingehört.«

Táan nickte und versuchte, ihr zuzulächeln. Kate sollte wissen, wie dankbar er dafür war, dass sie nicht darauf bestand, die Schachtel zu behalten.

Doch schon in der nächsten Sekunde blieb ihm das Lächeln im Hals stecken.

Denn als seine Finger das vergilbte Horn der Schnitzereien berührten, wusste Táan augenblicklich, was mit der Schachtel nicht stimmte – und was Kate ihnen bisher verschwiegen hatte.

»Was ist los?« Sigai hatte seinen Bruder genau beobachtet und seine Bestürzung sofort bemerkt. Táan hob den Blick. Ihm war schwindelig und in seiner Brust schien mit einem Mal ein riesiges Loch zu klaffen. Was sollte er jetzt nur tun, *was*? Seine Stimme war nur noch ein heiseres Kratzen in seinem Hals.

»Sie ist leer.«

Sigai antwortete nicht. Er verzog nicht mal eine Miene. Im Gegenteil, sein Gesicht war wie zu Stein erstarrt. »Das ist unmöglich.«

Kate war weiß geworden wie eine Wand. Die roten Flecken auf ihrem Hals und ihren Wangen leuchteten dadurch umso greller. Endlose Sekunden lang schwieg sie und starrte wieder ins Leere.

»Ja, ich weiß. Es ist meine Schuld«, sagte sie schließlich leise. »Ich habe den Sonnengeist freigelassen.«

# 4

# Der Sonnengeist

Kate erinnerte sich noch gut an den Tag, als es geschehen war. Seit ihrer Rückkehr nach Deutschland waren kaum zwei Wochen vergangen und sie war mit ihrer Familie zwar in das Haus am Rand des Parks eingezogen, aber noch längst nicht angekommen. Sie hatte im Schneidersitz auf dem Bett gehockt und auf die Schachtel gestarrt, die vor ihr zwischen den Laken lag. Draußen trommelte der Sommerregen gegen die Scheiben, viel zu kühl für August, genau wie das Licht viel zu grau war für einen Sommertag.

Behutsam fuhr Kate wieder und wieder mit dem Finger über die Schnitzereien auf dem Kästchen. In diesem neuen Haus, in dieser neuen Umgebung, die sich noch so steif und fremd anfühlte wie ein zu sehr gestärktes Bettlaken, war die Schachtel wie ein kleines Stück Heimat. Es trug sie wenigstens in ihren Gedanken und Gefühlen zurück auf die Inseln, auf denen sie so viele Jahre verbracht hatte, ließ sie den salzigen Wind auf der Zunge schmecken und spüren, wie er in ihren Haaren wühlte. Und auch wenn sie sich noch immer dafür schämte und jeden Gedanken an den Diebstahl selbst und die Begegnung mit Táan weit von sich schob – Kate hätte die Schachtel inzwischen um nichts in der Welt wieder hergeben wollen. Sie hatte sie seit jener letzten Abschiedsnacht in Old Masset Tag und Nacht bei sich getragen, aus Angst, ihre Eltern könnten doch noch entdecken, was sie getan hatte. Erst hier, in ihrem neuen Zimmer, fühlte sich Kate, als sei ihr Schatz einigermaßen sicher aufgehoben. Trotzdem schloss sie jedes Mal die Tür ab, wenn sie die Schachtel aus ihrem Versteck hinten in der Vitrine holte. Und das tat sie oft. Sie konnte einfach nicht anders. Das Horn unter ihren Fingern fühlte sich so warm, so weich, so schön an … Kate hätte Stunden damit zubringen können, es zu streicheln.

Wenn da nicht diese Stimme gewesen wäre. Jene heisere, tiefe Stimme, die sich jedes Mal in ihrem Kopf zu Wort meldete, wenn sie auch nur an die Schachtel dachte. Drängend. Ungeduldig krächzend und noch immer kitzelnd wie schwarze Federn. Der Rabe. Er war nicht verschwunden. Im Gegenteil, er sprach von Tag zu Tag häufiger zu ihr.

*Sie sind weg*, verkündete er in diesem Moment, gerade als Kate das geschnitzte Abbild der Sonne mit den Fingern nachfuhr und sich über den wohlig warmen Schauer freute, der sie dabei durchlief. *Ich habe den Motor starten hören. Wunderbar. Jetzt steht uns nichts mehr im Weg. Los, mach sie auf!*

Kate seufzte leise. So ging das, seit sie Old Masset verlassen hatten. Eigentlich schon, seit sie nach der Flucht aus Táans Haus schnaufend und keuchend in ihr Bett gefallen war und sich mitsamt der Schachtel unter der Decke verkrochen hatte. Der Rabe drängte sie immerzu, die Schachtel zu öffnen. Aber Kate wollte nicht. Natürlich war auch sie neugierig, was sich im Inneren des Kästchens verbergen mochte, das war nicht das Problem. Diese eine Geschichte nämlich hatte Táan ihr nie erzählt, egal wie oft Kate danach gefragt hatte, denn sie war seit vielen Generationen ein streng gehütetes Eigentum seiner Familie. Hier in Deutschland, Tausende Kilometer von Kanada und den Haida Gwaii entfernt, gab es nun nichts mehr, das sie daran gehindert hätte, es auf eigene Faust herauszufinden. Doch irgendetwas hatte Kate bisher immer davon abgehalten. Vielleicht war es die Dringlichkeit, mit der der Rabe seinen Wunsch immer wieder vortrug. Kate hatte das starke Gefühl, dass mehr dahintersteckte als bloße Neugier und dass sie sich nur noch tiefer in den Schlamassel verstricken würde, wenn sie auch diesmal tat, was er sagte. So hatte sie eine Ausrede nach der anderen erfunden, immer in der Hoffnung, dass der Rabe irgendwann aufgeben würde.

Aber sie hatte nicht mit der Hartnäckigkeit des Vogels gerechnet. Und auch nicht mit seiner Überzeugungskraft. Xuuyah wusste genau, dass Kate im Grunde ihres Herzens darauf brannte zu sehen, was in der Schachtel war. Und wenn er nicht gerade die Geduld verlor und sie drängte, dann schmeichelte er und lockte, sprach mit sanfter Stimme vom Licht, das sie sehen würde, von dem unvorstellbaren Schatz, und davon, wie wunderbar sie sich fühlen würde. So lange, bis Kate schließlich selbst nur noch auf eine Gelegenheit lauerte, endlich ganz sicher ungestört zu sein, wenn sie wenigstens einen winzig kleinen Blick in die Schachtel warf.

Und heute also war es so weit. Ihre Eltern waren ins Möbelhaus gefahren, um nach einer neuen Couch fürs Wohnzimmer zu suchen. Mindestens zwei Stunden würden sie weg sein. Es war der perfekte Zeitpunkt. Und Kate wusste, so eindringlich ihr Gewissen ihr auch zuflüsterte, besser die Finger vom Verschluss der Schachtel zu lassen, heute würde sie der Versuchung nicht länger widerstehen können.

»Warum sagst du mir nicht einfach, was drin ist?«

Ein letzter, bestenfalls halbherziger Versuch, sich herauszureden.

Der Rabe lachte leise. *Aber, aber. Wo bliebe denn da der Spaß?*

Kate schluckte. Sie schämte sich dafür, aber der Rabe hatte recht. Sie hatte diesen Moment nun so lange hinausgezögert, so viele schlaflose Nächte damit verbracht, sich auszumalen, was für einen Schatz sie da eigentlich mit sich herumtrug … Sie wollte es längst nicht mehr nur wissen. Sie wollte es mit eigenen Augen sehen.

*Komm schon.* Die Stimme des Raben klang nun wieder ganz sanft. *Ich verspreche dir, es lohnt sich tausendfach. Aber das weißt du ja eigentlich selbst, nicht wahr?*

Kate holte tief Luft. Das Gewissen pochte noch immer hart und schnell von innen gegen ihre Stirn. Sie durfte das nicht tun. Sie durfte es einfach nicht! Aber wer sollte schon davon erfahren? Außer dem Raben wusste es ja niemand. Und dessen Stimme konnte keiner hören außer sie selbst.

Widerstand war zwecklos. Wie von selbst streckte sich ihr Arm aus, griffen die Finger nach dem kleinen Stift, der den Korpus der Schachtel mit dem Deckel verband. Fast kam es Kate so vor, als würde die Wärme im Kästchen allmählich zunehmen, je näher sie dem Verschluss kam. Ja, als würde sich dortdrin etwas regen und aufgeregt auf und ab hüpfen.

Ein letztes Mal hielt Kate inne, als ihre Fingerspitze gerade den Stift berührte. Es war nicht richtig, es war verboten – aber es fühlte sich so wunderbar an! Und jetzt war es sowieso zu spät.

Mit angehaltenem Atem zog sie behutsam den Stift aus seiner Halterung. Wie von einer Feder gedrückt, sprang der Deckel auf.

Licht strömte heraus, so gleißend, dass Kate die Augen schließen musste. Wärme breitete sich in Sekundenschnelle im Zimmer aus, legte sich auf Kates Wangen und sickerte durch ihre Kleidung bis auf die Haut und von dort weiter in sie hinein, bis sie sie völlig ausfüllte. Es fühlte sich an wie warme Milch mit Honig, wie ein behagliches Kaminfeuer, das in ihr sanft weiterglühte und sich von dem Grau in Grau des verregneten Nachmittages nährte, bis alles lichtdurchflutet war. *Wunderbar.*

Da erklang direkt vor ihrer Nase ein goldhelles Lachen.

*Hey! Wer bist du denn? Du hast mich befreit, wie unsagbar fabelhaft!*

Kate blinzelte und öffnete langsam die Augen. Vor ihr schwebte etwas, doch das Licht blendete sie so sehr, dass sie nichts erkennen konnte. Erst als sie die Augen zu kleinen Schlitzen zusammenkniff, wurde es besser, und Kate erkannte, wer sie da ansprach: ein Wesen, wie sie es noch nie gesehen hatte. Es schien ganz und gar aus Licht zu bestehen und leuchtete hell wie die Sonne. Es hatte keine feste Form und änderte ständig sein Aussehen und doch schien es irgendwie menschlich zu sein. Obwohl Kate kein Gesicht erkannte, spürte sie trotzdem, dass das Wesen ihr zulächelte.

»Ich … bin Kate«, murmelte sie, als die Frage des Wesens endlich zu ihr durchgedrungen war. »Und du …?«

Das Wesen kicherte. *Ich bin ein Sonnengeist – ein Stück der Sonne. So lange war ich dort eingesperrt, so lange … Aber du hast mich befreit, dafür werde ich dir ewig dankbar sein! Willst du dir etwas von mir wünschen?*

Kate schwamm der Kopf. Ein Sonnengeist? Deshalb also die Wärme, das Gefühl, etwas Lebendiges zu halten! Kate spürte, wie die Freude des Geistes durch sie hindurchströmte. Es war herrlich.

*Na los, sei nicht schüchtern!* Der Sonnengeist schwebte auf und ab und hin und her und schien niemals stillzustehen. *Ich kann dir viele Wünsche erfüllen! Schnell, schnell – du musst nur noch die Fessel lösen!*

Die Fessel? Verwundert sah Kate auf die Schachtel hinunter, die mit weit geöffnetem Deckel vom Bett gefallen war. Und tatsächlich. Ein dünner schwarzer Faden reichte von der Schachtel bis zum Geist und wand sich um etwas, das mit viel Fantasie der Fuß des kleinen Lichtwesens war.

»Oh. Okay … das sieht nicht so schwer aus.« Beherzt griff sie nach dem Faden. Er fühlte sich dünn und seidig an, wie ein einzelnes Haar. »Soll ich ihn einfach zerreißen?«

Sie richtete ihre Frage an den Geist – doch zugleich horchte sie auch in sich hinein. Denn dort, wo normalerweise der Rabe sprach, herrschte, seit sie die Schachtel geöffnet hatte, nur erwartungsvolle Stille.

*Ja, ich bitte dich, ich bitte dich sehr!* Der Sonnengeist klang flehend. *Ich kann es nicht allein!*

*Tu es.* Das war nun endlich wieder der Rabe. Seine Stimme zitterte vor Aufregung.

Zögernd wickelte Kate den Faden um ihren Finger.

*Worauf wartest du?*, bettelte der Sonnengeist. *Mach mich los, damit ich wieder fliegen kann! Du wirst es nicht bereuen! Denk an deine Wünsche! Ich kann sie nur erfüllen, wenn ich frei bin. Du hast doch Wünsche, oder? Jeder Mensch hat Wünsche …*

Ja, das musste Kate zugeben. Wünsche hatte sie eine ganze Menge. Aber ob der Geist die wirklich erfüllen konnte? Auf einen Versuch kam es sicher an. Entschlossen zog sie mit einem Ruck an der Fessel, der Faden riss und die losen Enden lösten sich in feine Rauchschwaden auf.

Beinahe im gleichen Moment brach der Geist erneut in sein goldhelles Gelächter aus und stieg tanzend und taumelnd hoch in die Luft. *Reingefallen!*, kicherte er. *Reingefallen! Denkst du wirklich, ich könnte Wünsche erfüllen? Im Leben nicht, Dummerchen! Danke für die Freiheit! Mach's gut!*

Und damit flitzte der Geist auch schon auf das Fenster zu, wo gerade die Wolken aufrissen und die Sommersonne zum ersten Mal an diesem Tag hindurchblinzelte, als wolle sie ein lang vermisstes Kind empfangen.

Nur mit Mühe schüttelte Kate ihre Verwirrung ab. »He!«, brachte sie heraus. »Warte doch mal, ich …«

Weiter kam sie nicht. Denn in diesem Moment erklang in ihrem Kopf ein Kreischen.

*Nicht so schnell! Du entkommst mir nicht!*

Ein dicker Klumpen bildete sich in Sekundenschnelle hinter Kates Stirn. Ein schwarzer, gefiederter Klumpen, der kurz darauf hinunterrutschte in ihren Hals und ihr die Luftröhre zuzudrücken drohte. Erschrocken keuchte Kate auf und griff sich an die Kehle, würgte und hustete und würgte wieder. Doch der Klumpen verschwand nicht, sondern quoll nun ein Stück ihren Hals wieder hinauf wie heißer, sämiger Brei.

Kate riss erschrocken den Mund auf und wollte schreien. Doch ihrer Kehle entwich kein einziger Ton. Stattdessen brach ein düsterer, klebriger Schatten aus ihr hervor, floss in einem Schwall aus ihrem Mund und verdichtete sich zu einem riesigen geflügelten Schemen mit messerscharfem Schnabel.

*Endlich! Endlich habe ich dich wieder!*

Der Sonnengeist schrie hell auf und huschte eilig außer Reichweite. Doch der Rabe war schneller. Mit einem einzigen Schlag seiner düsteren Schwingen war er bei dem kleinen Wesen und griff mit seinen Krallen nach ihm.

Kate fiel keuchend auf die Knie. Auch wenn der Rabe nun nur noch über ein schattig-klebriges Band mit ihr verbunden war, fühlte es sich immer noch so an, als müsse sie jeden Moment ersticken. »Lass …«, röchelte sie. »Lass los …«

Aber der Rabe dachte gar nicht daran. *Schnell!*, hörte sie ihn drängen. *Ich brauche ein Haar von dir!*

Vergeblich rang Kate nach Atem, während in den Klauen des Raben der Sonnengeist zappelte und schrie.

*Jetzt, Mädchen! Beeil dich!*

Das schrille Heulen des Geistes nahm Kate jeden Raum zum Denken. Sie wollte nur noch, dass es aufhörte, und vor allem brauchte sie Luft, Luft! Ihr Sichtfeld schwankte schon und trübte sich an den Rändern neblig schwarz ein. Hastig riss sie ein Haar von ihrem Kopf und hielt es dem Raben hin. »Hier, nimm!«

*Es ist dein Haar! Nur du kannst die Schlinge knüpfen oder sie wird nicht halten! Binde es um seinen Fuß und dann um meinen!*, befahl er. *Schnell! Er entwischt mir sonst!*

Entgeistert starrte Kate den Raben an. Das konnte doch nicht sein Ernst sein! Wie sollte sie das anstellen, vor allem weil sie noch immer das Gefühl hatte, jeden Moment vor Atemnot ohnmächtig zu werden. Sie konnte nicht einmal erkennen, wo der Fuß des Sonnengeistes eigentlich war. Und ihr Haar war fein und weich und überhaupt nicht dazu gemacht, feste Knoten damit zu knüpfen.

*Mach schon, Mädchen! Umso schneller wirst du wieder zu Atem kommen!*

Ihr blieb, so schien es, keine Wahl. Kate klammerte sich an die Hoffnung, dass der Rabe Wort halten würde, und rappelte sich mühsam auf. Die honigsüße Wärme, die das kleine Wesen zuvor verströmt hatte, war zu beißender Hitze geworden, die sie wie tausend Nadeln stach, als sie sich ihm näherte. Beim Versuch, die Schlinge über irgendeinen Auswuchs des kreischenden Geistes zu schieben, verbrannte sie sich die Finger und hätte beinahe wieder losgelassen.

*Wie kannst du nur?*, heulte der Sonnengeist. *Wie kannst du mir das antun?*

Aber zu Kates grenzenlosem Erstaunen saß die Schlinge, kaum dass sie sie erst angelegt hatte, unverrückbar fest. Und sosehr der Sonnengeist auch zappelte und sich wand, er konnte sie nicht abstreifen.

*Jetzt um meinen Fuß!*, befahl der Rabe. Und ohne noch weiter darüber nachzudenken, machte sich Kate daran, das andere Ende des Haares an die Rabenklaue zu binden. Ihre Finger zitterten und schwitzten und das Haar rutschte ihr etliche Male fast aus der Hand. Doch als sie den letzten Knoten geknüpft hatte, schimmerte das Haar hell auf, und Kate meinte, wie von ferne ein metallisches Klingen zu hören. Der Bund war perfekt.

Der Sonnengeist stieß einen spitzen Klageschrei aus. Dann verstummte er. Langsam, ganz langsam gab der Rabe das kleine Wesen, das jetzt an ihn gekettet war, wieder frei. Wie ein müdes Herbstblatt sank es zu Boden und wiegte sich leise wimmernd hin und her.

Kate ließ sich ebenfalls auf den Zimmerboden fallen und atmete unwillkürlich auf. Erst jetzt wurde ihr wirklich bewusst, wie kurz ihr Kopf vor dem Explodieren gestanden hatte von dem ganzen Lärm. Und auch ihre Kehle war mit einem Mal wieder frei und ließ einen wohltuenden Schwall Luft in ihre Lungen fließen.

Dafür wurde ihr allerdings umso bewusster, dass ein Teil der schattenhaften Rabengestalt noch immer wie ein feiner Rauchkringel aus ihrem Mund hing und auch sie mit dem Raben verband. Kate wurde bei dem Anblick übel. Aber es brachte ihr gar nichts, sich mit der Hand über den Mund zu wischen. Der Schatten blieb, wo er war. Ratlos sah Kate von dem Raben zum Sonnengeist und der nun leeren Schachtel, die vergessen und nutzlos am Boden lag. Was sollte sie mit dieser Situation nur anfangen? Und was würden ihre Eltern sagen, wenn sie gleich nach Hause kamen? Kate wurde das Gefühl nicht los, einen schrecklichen Fehler gemacht zu haben. Sie hatte einen Sonnengeist aus einer Schachtel gelassen, in die er offenbar seit vielen Generationen eingesperrt gewesen war. Und selbst wenn das schon schlecht war, war es ganz bestimmt noch schlechter, dass sie das Wesen nun an den Raben gekettet hatte.

Der Rabe selbst allerdings schien bester Stimmung zu sein. *Endlich!*, frohlockte er. *Endlich habe ich dich wieder, nach so langer Zeit!*

Der Geist antwortete nicht. Aber sein Wimmern und Weinen schien ein bisschen lauter zu werden.

*Gut gemacht, Mädchen.* Der Rabe klang sehr zufrieden. *Wirklich, sehr gut. Dann kann ich dich ja jetzt …*

Weiter kam er nicht. Denn in diesem Moment brach draußen erneut die Sonne durch die Wolken. Das Licht im Zimmer wurde wieder heller und noch heller und noch heller – so hell, dass es unmöglich nur von der Sonne kommen konnte. Die Strahlen tasteten sich über den Teppich bis hin zu dem weinenden Sonnengeist.

*Komm nach Hause, mein Kind*, sagte eine tiefe, warme Männerstimme, die direkt aus dem Licht zu kommen schien. Ahnungsvoll wandten sich Kate und der Rabe dem Geist zu.

Das kleine Wesen glühte.

Es leuchtete in gleißendem Goldrot, und es war angeschwollen wie eine übervolle Wasserbombe, die jeden Moment zu platzen drohte. Sein Weinen hatte aufgehört, stattdessen erklang jetzt ein wütendes Sirren und Flirren, so hoch, dass es Kate mitten ins Gehirn zu stechen schien.

*Ihr hinterhältigen Verräter!*, fauchte der Geist. *Dafür werdet ihr büßen, das schwöre ich euch!*

Unwillkürlich presste Kate die Hände auf die Ohren und öffnete den Mund, als wollte ihr Körper instinktiv mitschreien. »Xuuyah!«, rief sie hilflos. »Was passiert hier? Was soll ich tun?«

Immer lauter wurde das Sirren, wurde schrill und kratzig und geradezu unerträglich, während der Körper des Sonnengeistes immer weiter anschwoll.

Doch nicht er war es, der Sekunden später in Fetzen sprang.

Es war Kates Schlinge.

Das neu entfachte Feuer des Sonnengeistes verbrannte sie zu Asche, die als feiner Staub auf den Boden rieselte. Nur noch ein kleines, verkohltes Stück baumelte vom Fußgelenk des Schattenraben herab. Gleichzeitig schoss der Geist mit einem Tempo davon, als hätte ihn jemand aus einem Kanonenrohr abgefeuert. Und diesmal war der Rabe nicht schnell genug. Wie der Blitz war das kleine Wesen zum Fenster hinaus und vereinigte sich draußen mit den Sonnenstrahlen, die funkelten und tanzten vor Freude. *Garstiges Menschenkind! Hässlicher Vogel! Dafür werdet ihr bezahlen!*, hörten sie ihn von draußen noch zetern. Dann verklang auch seine Stimme. Und alles wurde wieder still.

Schwer atmend blieb Kate auf dem Boden sitzen und starrte nach draußen, wo der Sonnengeist verschwunden war, obwohl die Wolken sich längst wieder zusammengezogen und den Blick auf die Sonne verdeckt hatten. Vor ihr flimmerte der Schatten des Raben, der sich allmählich wieder auflöste, als könnte er diese Form nicht ewig halten. Und ganz allmählich spürte Kate, wie der Vogel wieder seinen Platz hinter ihrer Stirn einnahm.

Aber sie spürte auch noch etwas anderes.

Wut.

Der Rabe kochte vor Zorn. Und es war glasklar, wem er die Schuld daran gab, dass der Sonnengeist entkommen war. Kate allerdings war das in diesem Moment völlig egal. Alles, was sie sah, war die Schachtel aus Horn, die zu ihren Füßen auf dem Boden lag. Mit offenem Deckel, der Stift, der ihn so lange verschlossen hatte, haltlos unter das Bett gekullert.

Leer. Für immer leer. Und ja, das war wohl wirklich ihre Schuld.

Sie wollte nur noch weinen.

# 5

## Flucht in die Stille

Während sie erzählt hatte, hatte Kathrin weder Táan noch Sigai in die Augen sehen können. Auch jetzt noch, so lange Zeit nach den Ereignissen an jenem trüben Nachmittag im August, brannten ihr Tränen hinter den Lidern, wenn sie daran dachte. Die Schachtel war seitdem kalt, das Horn spröde geworden. Tatsächlich hatte Kathrin sie nicht einmal mehr angefasst, seit der Sonnengeist entflohen war, außer um sie ganz nach hinten in die Vitrine zu stellen. Sie ertrug es einfach nicht. Sie wusste auch so viel zu gut, wie es sich anfühlte, und selbst wenn sie es vergessen sollte – auf Xuuyah war in dieser Hinsicht Verlass. Er wurde nie müde, ihr die immer gleichen Vorhaltungen zu machen: Ihr Haar sei schwach, weil sie schwach gewesen war. Sie habe die Knoten nicht richtig geknüpft. Und vor allem sei sie zu dumm, um eine Lösung für das Problem zu finden.

Warum es allerdings so wichtig für ihn war, den Sonnengeist an sich gekettet zu wissen, das hatte er ihr bis heute nie erklärt. Aber Kathrin hatte auch nicht gefragt. Es änderte ja nichts.

Als sie ihre Geschichte beendet hatte, blieb sie noch eine ganze Weile mit hängenden Schultern stehen und starrte auf ihre bloßen Zehen. Sie spürte die Blicke der Zwillinge, als hätte ihr jemand Bleigewichte auf die Schultern gelegt. Aus dem Augenwinkel konnte sie die Schachtel in Táans Händen sehen. Seine Finger zeichneten die Schnitzereien nach, wie sie es selbst so oft getan hatte. Aber die Bewegungen hatten etwas Rastloses, und Kathrin wusste, auch er fand auf diese Art nicht den Trost, den er sich erhofft hatte.

Endlich schaffte sie es, den Kopf zu heben, um Táans düsterem Blick zu begegnen und Sigais strengem. »Tja, also …«, sagte sie und hoffte, dass ihre Stimme nicht ganz so gepresst klang, wie sie sich anfühlte. »Das war's. Ihr werdet ohne den Sonnengeist nach Hause fahren müssen. Tut mir leid, dass ihr den ganzen Weg umsonst …«

»Oh nein.« Sie hatte noch nicht einmal ganz ausgesprochen, als Sigai ihr bereits wütend ins Wort fiel. »So leicht ist das nicht, Kate. Du kannst dich jetzt nicht einfach aus der ganzen Geschichte verabschieden. Du hast unseren wertvollsten Schatz gestohlen und ihn dann auch noch freigelassen! Old Masset braucht diesen Sonnengeist – deinetwegen ist er fort. Also wirst *du* dafür sorgen, dass wir nicht ohne ihn heimkehren.«

Auch Táan starrte Kathrin an, als hätte sie ihm mit aller Kraft ins Gesicht geschlagen. »Sigai hat recht, Kate. Das bist du mir schuldig!« Zorn und Hilflosigkeit mischten sich in seiner Stimme mit dem verbissenen Willen, auf keinen Fall aufzugeben.

»Ich bin dir gar nichts schuldig, Táan!« Seine Wut griff auf Kathrin über. Es war ein überraschend erleichterndes Gefühl. Endlich mit jemandem über all das reden zu können. Nicht mehr die Einzige zu sein, die von dem Geheimnis wusste, und die Verantwortung nicht mehr allein zu tragen.

Kathrin begriff erst jetzt, wie einsam sie in den letzten Jahren gewesen war. Und all das brach sich in diesem Moment Bahn. »Wieso hast du mich damals nicht aufgehalten? Weißt du eigentlich, wie oft ich mir das gewünscht habe? Ich hatte diesen Raben im Kopf, ich hatte keine Wahl, aber du! Du hattest sie und du hast deine Chance nicht genutzt! Du hättest all das hier verhindern können, aber du hast es nicht getan! Du, Sigai, der blöde Vogel – ich habe es wirklich satt, dass ihr alle ständig mir die Schuld zuschieben wollt! Ja, ich habe Mist gebaut. Aber ich habe versucht, es wiedergutzumachen, und es ist schiefgegangen und jetzt ist alles nur noch schlimmer. Ich will nichts mehr damit zu tun haben, begreift ihr das? Wenn ihr diesen Geist unbedingt fangen müsst, dann ohne mich. Ohne! Mich! Kapiert? Und hört endlich auf, mich Kate zu nennen! Die bin ich nicht mehr und werde sie auch nie wieder sein!«

*Jetzt werd aber mal nicht unverschämt, Mädchen.* Natürlich hatte auch der Rabe seinen Teil zu der ganzen Angelegenheit beizutragen. *Du musst dich der Verantwortung stellen, da haben die beiden ganz recht. Vergiss nicht, dass du diejenige warst, die …*

»Nein!« Der Schrei rutschte so laut über Kathrins Lippen, dass Táan und Sigai sichtlich zusammenzuckten. Natürlich hatten sie Xuuyahs Worte nicht gehört. Aber Kathrin war das völlig egal. Sie wollte einfach nur noch weg. »Nehmt eure dämliche Schachtel und haut endlich ab aus meinem Leben! Ihr alle!«

Ihr Blick fiel auf ihr Armband, und sie begann, wütend daran zu zerren. So sehr sie es in den letzten Jahren auch in Ehren gehalten hatte, in diesem Moment wollte sie alles, was mit Old Masset oder Indianern zu tun hatte, einfach nur noch loswerden.

»Kate … Kathrin«, setzte Táan an, »jetzt hör doch mal …«

Aber Kathrin wollte nicht mehr hören, was Táan und Sigai zu sagen hatten, sie wollte den Raben nicht mehr hören, sie wollte gar nichts mehr hören. Sie wollte nur noch raus hier.

Am Ende wusste sie selbst nicht genau, wie sie die enge Schlinge über ihr Handgelenk bekam. Aber nach einigen Flüchen und Gezerre gelang es und sie schleuderte das Schmuckstück mit aller Kraft vor Táans Füße. »Lasst mich einfach in Ruhe!«

Damit machte sie auf dem Absatz kehrt und rannte aus dem Zimmer, die Treppe hinunter und durch den Garten zurück in den Park, wo die schattigen Bäume sie empfingen. Sie hatte keine Ahnung, wohin sie eigentlich laufen sollte, wo oder bei wem sie jetzt Trost oder wenigstens Zuflucht finden konnte. Also lief sie einfach.

Der Wind rauschte Kathrin in den Ohren, als sie zwischen den Stämmen hindurchrannte. Schweiß perlte von ihrer Stirn und rann ihr in die Augen und die stickig heiße Luft brannte in ihren Lungen.

Doch erst, als sie ein ganzes Stück gelaufen war und den Park schon fast wieder hinter sich gelassen hatte, wurde sie endlich langsamer und fiel schließlich in einen erschöpften Trott. Ihr keuchender Atem war fast so laut in ihren Ohren wie zuvor der Wind. Sonst hörte sie nichts, auch nicht von innen. Wenigstens dieses eine Mal schien der Rabe begriffen zu haben, dass er besser ruhig war. Oder war er einfach ebenso erschöpft wie sie? Unmöglich war das nicht. Unter der brütenden Sommerhitze blieben ja sogar die Singvögel stumm.

Was auch immer der Grund für Xuuyahs Schweigen war, Kathrin genoss den Moment der Ruhe. Überdeutlich fiel ihr auf, wie laut es in ihrem Kopf seit der Ankunft der Zwillinge gewesen war. Die plötzliche Stille war ebenso ungewohnt wie wohltuend. In all den Jahren hatte der Rabe sich nicht ein einziges Mal so ruhig verhalten …

Kathrin hielt inne.

Kein einziges Mal? Konnte das wirklich sein?

Und erst jetzt wurde ihr bewusst, dass nicht nur Xuuyahs Stimme fehlte. Auch sonst war von ihm nichts zu spüren. Kein Klappern eines scharfen Schnabels. Kein Kitzeln pechschwarzer Federn. Nichts.

Kathrins Herz begann, wie wild zu schlagen. Das konnte doch nicht … War es etwa möglich …?

Sie wagte kaum, den Gedanken zu Ende zu denken.

»Xuyaah?«, fragte sie zögernd. Doch auch jetzt erhielt sie keine Antwort. Nicht einmal ein leises Schnarren.

Nein, das hätte Xuuyah niemals durchgehalten. So unglaublich es schien, es gab keinen Zweifel: Der Rabe war fort.

Im ersten Moment wusste Kathrin gar nicht, was sie fühlen sollte. Erleichterung? Freude? Euphorie vielleicht sogar? Sie drehte sich langsam um die eigene Achse, um sicherzugehen, dass der Vogel nicht doch in der Nähe auf einem Baum saß und nur darauf wartete, sich über ihre vorschnelle Schlussfolgerung lustig zu machen.

Aber da war niemand. Sie war und blieb allein.

Ein Grinsen breitete sich auf Kathrins Gesicht aus, das Sekunden später zu einem wilden Lachen wurde, welches übermütig aus ihr heraussprudelte. Kathrin riss sich die Sandalen von den Füßen und rannte barfuß über die Wiese. Sie war ihn los! Endlich war sie den Raben los! Und es war so einfach gewesen, dass sie sich über sich selbst geärgert hätte, wenn sie das Glücksgefühl nicht so genossen hätte.

All die Jahre war sie nicht auf die naheliegendste aller Lösungen gekommen: das Armband. Sie hätte es einfach nur abnehmen müssen und hätte längst ihre Ruhe vor dem lästigen Vogel gehabt. Aber das verzieh sie sich schnell. Die Erkenntnis kam immerhin besser spät als nie. Mit einem zufriedenen Seufzer ließ Kathrin sich ins Gras fallen und blinzelte hinauf in den blitzblauen Himmel, wo ein paar einsame Wattewölkchen friedlich dahinzogen. Stille. Endlich Stille. Wie sehr hatte sie sich danach gesehnt?

Als die Lider ihr schwer wurden, ließ sie es einfach geschehen. Sollten doch alle tun und denken, was sie wollten – Kathrin konnte das heute nicht mehr kümmern. Zum ersten Mal seit fünf Jahren war sie ganz für sich. Und dabei würde sie sich durch nichts und niemanden stören lassen.

Kathrin blinzelte. Sie wusste nicht, wie lange sie geschlafen hatte, aber erholsam war es nicht gewesen. Sie hatte von Xuyaah, von Sonnengeistern und von Pits geträumt, und nachdem der erste Übermut sich im Schlaf aus dem Staub gemacht hatte, dämmerte ihr allmählich, dass es wohl doch nicht ausreichte, bloß das Armband abzulegen, um all dem zu entkommen. Denn davon, dass sie den Raben nicht mehr hörte, gingen die Zwillinge nicht weg und war die Schachtel nicht weniger leer. Von dem Aufstand, den sie heute Nachmittag vor ihren Freunden aufs Parkett gelegt hatte, ganz zu schweigen.

Kathrin legte seufzend den Kopf auf die angewinkelten

Knie, während die Szene am See vor ihrem inneren Auge aufflackerte. Sie hatte sich blamiert. Bis auf die Knochen blamiert, und zwar vor allen. Schlimmer noch: Malin würde bestimmt sauer sein – weil Kathrin all ihre Bemühungen, sie mit Pits zu verkuppeln, mit einem Schlag zertrümmert hatte und weil sie einfach abgehauen war. Weil sie Geheimnisse vor ihrer besten Freundin hatte. Malin hasste Geheimnisse, zumindest solche, in die sie nicht eingeweiht war. Die anderen waren vermutlich bestenfalls verwirrt, und Pits … Ja, Pits. Dem würde Kathrin nie wieder in die Augen sehen können.

*Heulsuse.*

Kathrin zuckte zusammen. Es dauerte mehrere Herzschläge, bis sie begriff, dass Xuuyah wirklich fort war und sie seine Stimme nur aus Gewohnheit zu hören geglaubt hatte. So lange hatte er jeden Tag jede Handlung und jeden Gedanken kommentiert, dass er wohl nicht so einfach abzustellen war.

Und es stimmte ja. Sie war eine Heulsuse. Sie hatte ihre Freunde vor den Kopf gestoßen und gegenüber Táan und Sigai war sie wohl auch nicht ganz fair gewesen.

In diesem Augenblick beschloss Kathrin, zurück zum See zu gehen. Zwar war der Rabe in der Vergangenheit schuld an etlichen peinlichen Situationen gewesen, aber dieses Mal hatte Kathrin es sich selbst einbrockt. Das musste sie wieder geradebiegen. Die Indianer konnten warten.

# 6

# Pfadfinder

Nachdem Kate so überstürzt das Zimmer verlassen hatte, hatten sich Táan und Sigai ebenfalls aus dem Raum zurückgezogen. Im Zimmer von Kates Bruder Moritz, das für die nächsten sieben Wochen ihr Lager sein sollte, hockten sie nun auf dem Boden – die kalte, leere Schachtel zwischen sich – und versuchten, ihre Gedanken zu ordnen. Táan zumindest hoffte inständig, dass seinem Bruder vielleicht irgendein Geistesblitz kommen würde. Er selbst fühlte sich wie gelähmt und kaum in der Lage, auch nur einen klaren Gedanken zu fassen geschweige denn irgendetwas zu planen. Von allen Szenarien, die er sich ausgemalt hatte, war ihm dieses nie in den Sinn gekommen. Er hatte damit gerechnet, dass Kate ihn nach all den Jahren abweisen würde, die Schachtel nicht herausrücken wollte oder sie vielleicht sogar an irgendjemanden weitergegeben hatte. Aber nie hätte er damit gerechnet, dass Kate den Sonnengeist befreite. Er hatte ja nicht einmal gewusst, dass das überhaupt möglich war. So hilflos wie heute hatte Táan sich seit Ewigkeiten nicht mehr gefühlt. Vielleicht noch nie.

Sein Bruder war ihm in diesem Moment auch keine große Hilfe. Sigai hatte die Hände in den Schoß gelegt und schien äußerlich ganz ruhig. Aber Táan kannte ihn gut genug, um zu wissen, dass das nur Fassade war. Er konnte die kaum sichtbaren Zeichen lesen, die leichte Kräuselung der glatten Stirn und die Härte in den Mundwinkeln, die anzeigten, dass Sigai gerade innerlich in Stücke fiel. Dass er ratlos war genau wie Táan selbst, und das auf eine verzweifelte Art und Weise, die kaum Raum ließ für eine Suche nach Lösungen. Aber das war nicht Sigais Art. In Untätigkeit zu verharren, lag ihm nicht.

»Wir brauchen ihre Hilfe«, sagte er endlich. »Sie muss den Raben fragen, was wir tun sollen.«

Táan hob überrascht die Brauen. »Ich dachte, du glaubst ihr nicht, dass sie mit Xuuyah reden kann.«

Sigai hob die Schultern. »Jetzt ist doch die beste Gelegenheit für sie, es zu beweisen.«

Táan schüttelte den Kopf. »Ich weiß nicht, Sigai. Selbst wenn alles stimmt, was Kate gesagt hat – dann ist Xuuyah immer noch derjenige, der ihr den Diebstahl befohlen hat. Und sogar schlimmer: *Er* hat sie dazu gebracht, die Schachtel zu öffnen! Wieso sollte er uns helfen wollen?«

Sigai seufzte, als ginge es ihm schwer an die Nieren, dass

Táan so begriffsstutzig war. »Hast du Kate nicht zugehört? Der Rabe will den Sonnengeist für sich, und das unbedingt! Wir haben also das gleiche Ziel. Zumindest fast.«

Táan rieb sich nachdenklich den Nacken. Das stimmte einerseits – andererseits war es aber auch komplett falsch. »Und wenn wir ihn haben? Dann will Xuuyah den Geist immer noch. Ich kann mir nicht vorstellen, dass wir ihn davon überzeugen können, ihn uns zu überlassen, nachdem er so viel Mühe darauf verwandt hat, ihn uns wegzunehmen.«

»Natürlich nicht. Das macht Kate. Sie kennt ihn von uns allen am besten.«

Die nüchterne Logik, mit der Sigai seinen Plan vortrug – oder das, was er in seiner Verzweiflung für einen Plan hielt –, machte Táan beinahe sprachlos. Glücklicherweise nur beinahe. Er atmete einmal tief durch, um seine Stimme ruhig zu halten. Wenn er seinem Bruder jetzt vorhielt, für wie unsinnig er seine Überlegungen hielt, würde sein Zwilling an die Decke gehen.

»Was schlägst du vor? Wie sollen wir es anstellen?«, fragte er also. »Du hast sie ja gehört: Sie ist nicht gerade scharf darauf, uns zu helfen.«

Sigai verengte leicht die Augen. »Du bist ihr bester Freund. Nicht ich. Lass dir was einfallen.«

Táan runzelte die Stirn. »Ich *war* ihr bester Freund«, korrigierte er und fühlte, wie sich bei den Worten ein Kloß in seinem Hals bildete. »Aber das ist lange her. Und ich erinnere mich, dass du damals schon nicht begeistert davon warst.«

Sigai schüttelte unwillig den Kopf. »Begeistert genug, um jetzt einen Vorteil daraus zu ziehen. Du kennst sie. Du weißt, wie sie tickt oder zumindest mal getickt hat. Dann wirst du doch wohl auf etwas kommen, womit du sie überreden kannst. Oder was ist mit dieser Malin? Hat dein kleiner Flirt irgendetwas ergeben, das uns weiterhilft?«

Táan biss sich auf die Unterlippe. Er kam sich plötzlich ziemlich mies vor, dass er Kates beste Freundin über sie ausgehorcht hatte. Ehrlichkeit und Aufrichtigkeit waren ihm immer wichtig gewesen, und er legte sehr viel Wert darauf, ein anständiger Kerl zu sein und zu bleiben.

»Nicht so richtig«, murmelte er widerwillig.

Sigai beugte sich vor und sah ihn wütend an. »Jetzt hör mir mal zu, kleiner Bruder. Wir stecken tief genug in diesem Mist, auch ohne dein unbeugsames Ehrgefühl, vergiss das nicht. Old Masset braucht den Sonnengeist. Du hast doch gesehen, was sein Fehlen anrichtet. Und selbst wenn es nicht so wäre – so, wie Kate sich benimmt, hat sie deine Rücksicht wirklich nicht verdient. Du hast sie all die Jahre geschützt und tust es immer noch, auch wenn ich um alles in der Welt nicht verstehe, wieso. Meinetwegen, deine Sache. Aber wir werden nicht ohne den Sonnengeist nach Hause fahren. Und es ist ihre verdammte Pflicht, ihn zurückzuschaffen. Da sind wir uns doch einig, oder?«

Táan starrte zu Boden. Sein Bruder hatte Kate schon nicht besonders leiden können, bevor sie zur Diebin wurde. Jetzt verabscheute er sie geradezu – genau wie Táan gedacht hatte, sie zu verabscheuen. Wirklich, er war der festen Überzeugung gewesen, seine Wut auf sie könnte durch nichts zu löschen sein. Aber sie wiederzusehen, hatte ihn mehr durcheinandergebracht, als er zugeben wollte. Viel mehr. Und Sigai wusste das natürlich.

Außerdem hatte er ja recht. Sie konnten nicht ohne den Geist in der Schachtel fahren. Seit er in ihrem Heimatdorf fehlte, wurde die Luft dort zunehmend dicker. Es war nicht wirklich greifbar, nicht richtig zu erklären. Aber es stand eindeutig fest, dass die Stimmung im Ort sich mehr und mehr verschlechtert hatte. Die Sonne schien immer seltener, mehr und mehr Stürme und Unwetter suchten die Inseln heim und auch die Gemüter der Einwohner verfinsterten sich zunehmend. Es hatte eine ganze Weile gedauert, bis Táan diese Umstände mit dem Diebstahl der Schachtel in Verbindung gebracht hatte. Es war Uncle Sam gewesen, der ihn auf die richtige Spur setzte. Aber inzwischen gab es keinen Zweifel mehr, dass der Sonnengeist unbemerkt von den Menschen seit Jahren ihre kleine Gemeinschaft im Einklang gehalten hatte – mit der Natur und auch die Bewohner von Old Masset untereinander. Táan mochte sich gar nicht vorstellen, wie das Leben in seiner geliebten Heimat in ein paar Jahren aussehen würde, wenn er nichts unternahm. Und dass es seine, und nur seine Pflicht war, etwas zu unternehmen, war ihm ebenso klar. Denn in einem hatte Kate auf jeden Fall recht gehabt: Er hätte die Chance gehabt, sie aufzuhalten. Er hätte ihr die Schachtel abnehmen und den Diebstahl verhindern können, aber er hatte es nicht getan.

Táan seufzte. Es hatte einfach keinen Sinn, Vorwürfe aufzutürmen und sie immer wieder hin und her zu schieben. Der Krug war zerbrochen, der Sonnengeist war entflohen und er saß mit Sigai in Deutschland fest – bei einer Kate, die er kaum wiedererkannte und die er trotzdem irgendwie überreden musste, ihnen zu helfen.

Sigai sah ihn kopfschüttelnd an. »Du magst sie immer noch zu sehr«, stellte er fest. »Und das nach allem, was sie getan hat. Du musst dich davon frei machen, glaub mir. Du siehst doch, dass sie uns nicht in ihrer Nähe haben will. Je schneller wir das hier hinter uns bringen, desto besser. Wir tun ihr sogar einen Gefallen damit.«

Táan lächelte schief. »Warum sagst du ihr nicht genau das? Besser könnte ich es auch nicht formulieren.«

Sigai seufzte. »Es ist doch keine Frage, *was* wir ihr sagen, Táan. Sondern *wie* wir es ihr sagen und *wer*. Ich mag Kate nicht und sie mag mich nicht. Dich aber mag sie schon. Und weil du sie darüber hinaus noch sehr viel besser kennst, findest du auch die besten Worte, um mit ihr zu sprechen. Also. Was ist mit dieser Malin? Was hat sie über Kate gesagt?«

Táan schwieg eine Weile. Rein objektiv betrachtet,

stimmte alles, was Sigai sagte. Wohl fühlte er sich dabei trotzdem nicht. »Ich bin mir gar nicht so sicher, ob sie mich noch mag«, wich er Sigais Frage aus. »Ich hatte eher den Eindruck, sie verflucht uns beide gleichermaßen dafür, dass wir einfach hier aufgetaucht sind. Und ich kann es ihr nicht einmal verübeln.«

Sigai ließ ein ungeduldiges Schnaufen hören. »Das mag ja sein. Natürlich ist sie nicht begeistert, dass du in der Nähe herumstehst, wenn sie diesen Typen küsst. Aber *sie* war es, die *uns* bestohlen hat. Du hingegen hast sie so lange gedeckt, bis es schon fast zu spät war. Nach allem, was sie getan hat, hast du dich immer wie ein echter Freund verhalten. Und ich bin mir sicher, dass sie das ganz genau weiß.«

Táan hörte schon gar nicht mehr richtig zu. Seine Gedanken waren an der Stelle hängen geblieben, an der Sigai von »diesem Typen« gesprochen hatte. Er musste den Jungen am Grill meinen. Kate hatte ihn geküsst? Es überraschte Táan selbst, dass die Vorstellung einen eigenartig bitteren Geschmack in seinem Mund hinterließ und ihn zugleich mit einer feinen Nadel in die Brust stach. Eine Erinnerung an etwas, das er vor langer Zeit gehofft hatte …

Energisch versuchte Táan, das Gefühl abzuschütteln. Sigai hatte recht. Er durfte sich von seiner Nostalgie nicht so überwältigen lassen. Er musste mit Kate reden und sie irgendwie überzeugen. Und bei der Gelegenheit vielleicht endlich einen klaren Strich unter ihre gemeinsame Vergangenheit ziehen.

In diesem Moment hörte er, wie draußen auf dem Flur eine Tür geöffnet wurde – leise, als versuchte jemand, sich unbemerkt an ihnen vorbeizuschleichen. War Kate schon wieder zurück? Er sah zu Sigai, der ihm ermutigend zunickte. Je schneller sie all das hinter sich hatten, desto besser.

Also atmete Táan noch einmal tief durch und stand auf. Er war eigenartig nervös, wie vor einer wichtigen Prüfung, bei der er nicht wusste, welche Themen abgefragt werden würden. Kurz entschlossen griff er nach der Schachtel. Sie in der Hand zu halten, würde ihn daran erinnern, wofür er all das tat. Ein bisschen geerdet zu werden, würde ihm in jedem Fall guttun.

Ein letztes Mal sah er zurück zu seinem Bruder. Dann trat er auf den Flur hinaus.

Die Tür zu Kates Zimmer war nun wieder geschlossen. Drinnen war es still, sodass Táan sich für einen Moment fragte, ob er sich nicht nur verhört hatte. Leise trat er auf die Tür zu und hob die Hand, um zu klopfen.

In diesem Moment ertönte aus dem Zimmer ein spitzer Schrei, dann ein dumpfes Geräusch, als würde etwas – oder jemand – ungehalten zu Boden fallen. Táan zögerte nicht eine Sekunde. Er riss die Tür auf und stürmte in den Raum.

Auf dem Teppich, umgeben von Silberdraht und bunten Perlen, lag Moritz. Seine Augen waren geschlossen und das Gesicht kreidebleich. Sein Atem ging flach und schnell über blaue Lippen. Auf der Stirn hatten sich kalte

Schweißperlen gebildet. Táan stürzte zu dem Jungen hin und fiel neben ihm auf die Knie.

»Moritz! Moritz, hörst du mich?«

Der Junge reagierte nicht. Selbst als Táan ihm leicht ins Gesicht schlug, zuckte sein Kopf nur unkontrolliert zur Seite. Táan spürte das kleine Herz stolpernd und hastig schlagen.

»Táan!« Die Stimme seines Bruders erklang plötzlich hinter ihm. »Sein Arm!«

Táan drehte Moritz leicht auf die Seite, um zu sehen, was Sigai meinte. Tatsächlich hielt Moritz den rechten Arm unnatürlich steif an den Körper gepresst. Unter der kreideweißen Haut traten die Venen dunkel hervor.

Und dann sah Táan es.

An Moritz' Handgelenk, halb verdeckt von seinen Fingern, die es umschlossen und sich an die Perlen krallten, hing Kates Armband. Das alte Ding, das sie von Uncle Sam bekommen und sich im Streit abgerissen hatte. Konnte es schuld sein an Moritz' Zustand? Hastig zerrte Táan das Band vom Arm des Jungen und bog seine Finger auf, um ihn zum Loslassen zu zwingen. Die Perlen aus Horn hatten tiefe Abdrücke in der weichen Haut der Handfläche hinterlassen.

Ohne einen weiteren Blick darauf zu verschwenden, warf Táan das Armband zur Seite und beugte sich erneut über Kates Bruder. Tatsächlich war die Atmung des Jungen augenblicklich ruhiger. Doch seine Wangen blieben kreidebleich, und sein Herz pochte noch immer, als würde Moritz nicht am Boden liegen, sondern einen Marathon in Sprintgeschwindigkeit laufen.

»Moritz!«, rief Táan noch einmal eindringlich und schüttelte den Jungen vorsichtig. »Moritz, bitte wach doch auf!«

Quälende Sekunden geschah nichts.

*»Moritz!«*

Moritz' Lider flatterten. Sein Kopf rollte in Táans Armbeuge von einer Seite zur anderen, er stöhnte und wimmerte leise. Dann öffnete er die Augen und sah mit leerem Blick zu Táan hinauf.

Ein riesiges Gebirge polterte von Táans Herzen. Erst jetzt merkte er, wie sehr die Panik ihn im Griff gehabt hatte und wie viel Adrenalin in den letzten Sekunden durch seine Adern gerauscht war. Er war von oben bis unten durchgeschwitzt, und seine Muskeln zitterten, als wollten sie ihm nie wieder gehorchen.

»Geht es dir gut? Weißt du, was mit dir passiert ist?«

»Ja ... gut«, murmelte Moritz. Schwerfällig setzte er sich auf. »Mir ist ... ein bisschen schwindelig.«

Táan nickte. Der Junge schien noch völlig verwirrt zu sein und hatte seine zweite Frage offenbar gar nicht gehört. Vermutlich war es besser, ihn vorerst nicht zu drängen. »Das ist okay. Das geht bestimmt gleich vorbei. Soll ich dich in dein Bett tragen? Willst du was trinken?«

Moritz schüttelte den Kopf. »Nein. Ich gehe Mama suchen.« Er schob Táans ausgestreckte Hand zur Seite und rappelte sich auf. Dann schwankte er auf wackeligen Beinen an Sigai vorbei aus dem Zimmer, als wäre dieser gar nicht da.

Táan stand ebenfalls auf und sah dem Jungen besorgt nach, wie er langsam die Treppe hinunterstakste und durch die Terrassentür in den Garten verschwand. Sein Gefühl drängte ihn, ihm nachzugehen, aufzupassen, ob er auch sicher bei seiner Mutter ankam. Aber dann fiel sein Blick wieder auf das Armband, das Sigai gerade vorsichtig aufhob.

Konnte es sein?

War dieses Armband wirklich der Grund für Moritz' Anfall? Und war er noch rechtzeitig gekommen, um – was zu verhindern? Táan hatte keine Ahnung. Es gab nur eine, die diese Fragen vielleicht beantworten konnte.

Sigai hob den Blick. Seine Augen waren dunkel vor Sorge. »Jetzt sollten wir hoffen, dass Kate sehr schnell nach Hause kommt.«

Táan nickte. Ihm war übel. Kate war die Einzige, die etwas über das Armband und seine Fähigkeiten, ob gut oder schlecht, wissen konnte. Und es blieb ihnen nichts anderes übrig, als zu warten.

# 7

## BFF – Best Friends Forever

Kathrin war noch nicht weit gekommen, als in ihrer Umhängetasche ihr Handy vibrierte.

Zuerst wollte sie nicht rangehen. Wahrscheinlich war es ihre Mutter, die irgendwie mitgekriegt hatte, wie sie ausgerastet war, weil Moritz sie mal wieder belauscht und gepetzt hatte oder weil vielleicht sogar Táan und Sigai ihr von dem Vorfall erzählt hatten. Táan war ja neuerdings so gut darin, sie zu verraten. Und wenn es doch nicht ihre Mutter war, dann war es vermutlich Táan selbst, der irgendwie ihre Handynummer rausgekriegt hatte. Wollte er sie jetzt überreden zurückzukommen? Darauf konnte Kathrin gerade wirklich verzichten.

Aber die Person, die sie da so dringend zu erreichen versuchte, war ziemlich hartnäckig. Irgendwann zog Kathrin das Handy genervt doch aus der Tasche.

Es war gar nicht ihre Mutter. Und auch nicht Táan.

Es war Malin.

Kathrin zögerte. Nun bekam sie doch ein wenig Angst vor der eigenen Courage. Sie hatte zum See gewollt, um sich bei Malin zu entschuldigen. Aber sie hatte sich noch nicht überlegt wie. Und sie war sich nicht sicher, ob sie jetzt schon für die Konfrontation bereit war.

Im gleichen Moment glaubte sie, hämisch Xuuyahs Stimme zu hören, die sie auslachte. Kathrin schüttelte den Kopf. Dass dieser Vogel sie auch nie in Ruhe lassen konnte, selbst wenn sie ihn endlich los war!

Entschlossen und auch ein wenig trotzig nahm sie das Gespräch an.

»Hey, Malin.«

»Kathi! Mensch, wo steckst du denn?« Überraschenderweise klang Malin überhaupt nicht sauer, sondern eher besorgt.

Kathrin schluckte, um den Klumpen loszuwerden, der sich in ihrer Kehle festgesetzt hatte. »Tut mir leid«, sagte sie. »Ich hab's einfach nicht mehr ausgehalten.«

»Was war denn los?« Malin klang jetzt richtig mitfühlend – und sogar ein bisschen zerknirscht. »Hör mal, es tut mir leid, wie das mit Pits gelaufen ist. Ich dachte, er würde sich anständiger verhalten. Du bist mir doch nicht böse, oder? Ich wollte dir was Gutes tun, ehrlich! Und er hat gesagt, er findet dich ganz hübsch, das sagt er sonst nie. Darum dachte ich, da geht bestimmt was, und hab ihm das Versprechen abgenommen, es wenigstens mit dir zu versuchen. Dass es so läuft, hätte ich echt niemals gedacht!« Sie seufzte. »Du … bist doch nicht deshalb weggelaufen, oder?«

»Nein. Nein, schon gut.« Kathrin blieb stehen und starrte in die Bäume hinauf. Für einen Moment musste sie selbst in sich hineinhorchen, weshalb sie eigentlich wirklich so wütend gewesen war. Nach der ganzen Geschichte mit der Schachtel und der Konfrontation mit ihrer Vergangenheit kam ihr die Situation am See so furchtbar weit weg vor und der misslungene Kuss mit Pits so nebensächlich, dass es sie selbst wunderte. Wie also sollte sie Malin erklären, dass eigentlich nicht Pits das Problem war, sondern Táan? Dass Táan derjenige war, den sie eigentlich viel lieber küssen wollte – und dass ihr das erst wirklich aufgefallen war, als sie Pits' Lippen auf ihren spürte und als sie beobachtete, wie sie, Malin, mit Táan zusammen lachte. Sich das einzugestehen war nicht leicht und es auszusprechen noch viel schwerer. Zumal sie tief in sich noch immer die bittere Enttäuschung darüber spürte, wie Táan sie verraten und seinen Zwillingsbruder hierhergeschleppt hatte. Und die Wut darüber, dass eben dieser Zwillingsbruder sie ununterbrochen beobachtete und ihr an allem die Schuld gab. Sie wollte mit dieser ganzen Sache und vor allem mit der Suche nach dem Sonnengeist wirklich nichts mehr zu tun haben. Und diese verwirrten Gefühle Táan gegenüber machten sie wahnsinnig. Die Gedanken verschlangen sich in Kathrins Kopf zu einem wirren Knoten.

»Kathi?«, fragte Malin vorsichtig. »Bist du noch dran?«

Kathrin schüttelte sich. »Ja. Ja, tut mir leid. Du, können wir uns irgendwo treffen? Allein? Ich brauche dringend jemanden zum Reden, glaube ich.«

»Aber klar doch!« Malin klang nun richtig erleichtert. »Ich komme sofort! Wollen wir vielleicht ein Eis essen gehen? So einen richtig riesigen, fetten Becher mit extra Sahne? Ich lad dich ein! Mann, Kathi. Bin ich froh, dass du mir nicht böse bist!«

Malins Erleichterung war ansteckend. Kathrin musste sogar ein wenig lächeln. »Ich bin dir nicht böse, wenn du mir auch nicht böse bist.«

»Wieso sollte ich?« Malin lachte. »Pass auf, ich zieh mir nur schnell was an und sag Hauke Bescheid. Dann treffen wir uns an der Bushalte, einverstanden?«

»Einverstanden.« Kathrin spürte, wie ihr Lächeln breiter wurde. Wie hatte sie sich nur jemals Sorgen machen können? Malin war ihre beste Freundin. Sie war für sie da.

Aber würde sie das auch noch sein, wenn Kathrin ihr eine völlig abgefahrene Geschichte von einer Rabenstimme in ihrem Kopf erzählte?

Die altbekannte Unsicherheit war schneller wieder da, als Kathrin bis drei zählen konnte. Aber diesmal ließ sie nicht zu, dass sie ihre Handlung bestimmte. So fröhlich sie konnte, verabschiedete sie sich von Malin und legte auf, ehe sie doch noch die Chance bekam, ihre Verabredung zu widerrufen.

Sie musste sich einfach mal etwas trauen, genau wie Malin gesagt hatte. Und selbst wenn sie es heute doch nicht schaffte, ihr von Xuuyah zu erzählen – vielleicht konnte Malin ihr wenigstens helfen, das Gefühlschaos zu ordnen, in dem sie steckte.

Kathrin verbrachte an diesem Nachmittag sehr viel Zeit mit Malin. Nach dem Eisessen saßen sie noch fast zwei Stunden in der Eisdiele und unterhielten sich über dies und das, über Pits und Hauke und den See und darüber, dass Pits wirklich ein Riesenidiot war, weil er Kathrin nicht besser behandelt hatte – als wäre das Thema genauso wichtig wie die Frage, ob die Sonne in den Sommerferien wirklich jeden Tag schien oder ob man besser Vanilleeis mit Schokosoße oder Schokoeis mit Vanillesoße aß. Hauptsache mit Sahne, darauf immerhin konnten sie sich einigen. Dafür war Malin allerdings umso begeisterter von Kathrins Geständnis, dass Táans Auftauchen sie komplett aus der Bahn geworfen hatte. Vor allem an der Stelle, als Kathrin ihr beichtete, dass Táans Anwesenheit jedes Mal ein heftiges Bauchkribbeln in ihr auslöste, funkelten ihre Augen.

»Du bist ja total verknallt! Das ist so übelst süß!«, schwärmte sie. »Und mega romantisch! Wann willst du es ihm sagen?«

Aber Kathrin schüttelte den Kopf. »Am besten gar nicht«, gestand sie. »Er fliegt doch sowieso spätestens in sieben Wochen zurück nach Kanada.«

»Oh Mann.« Malin schob enttäuscht die Unterlippe vor. »Aber sieben Wochen sind doch eine halbe Ewigkeit! Das ist deine Chance auf eine traumhafte Sommerliebe! Mit einem echten Indianer, Mensch, so was gibt's doch sonst nur in der BRAVO!« Sie schüttelte verständnislos den Kopf. »Überleg mal, er *wohnt* bei dir! Die Gelegenheit kannst du dir doch nicht entgehen lassen. Und wenn es nur dafür gut ist, um es Pits zu zeigen!«

»Mal sehen«, wich Kathrin aus. Aber allein der Gedanke, etwas mit Táan anzufangen, um Pits eins auszuwischen, widerstrebte ihr zutiefst. Ganz abgesehen davon, dass Táan vermutlich sowieso niemals Gefühle für sie haben würde. »Vielleicht hast du recht«, sagte sie trotzdem. »Ich überleg's mir.«

Malin lachte liebevoll. »Du schüchternes Hummelchen. Du bist echt zu süß.«

Danach verzichtete sie zum Glück darauf, weiter nachzubohren. Überhaupt machte sie es Kathrin sehr leicht, den Rest des Tages zu genießen und ihre Sorgen zumindest ein Stück weit beiseitezuschieben. Malin drängte überhaupt nicht und gab sich sehr viel Mühe, ihre Freundin, so gut es ging, aufzumuntern, ohne ihr die genauen Gründe für ihre Verzweiflung aus der Nase zu ziehen.

Denn verzweifelt war Kathrin noch immer. Und ganz vergessen konnte sie das auch bei Malin nicht, obwohl es natürlich half, dass Xuuyahs Stimme in ihrem Kopf nach wie vor stumm blieb – so stumm, dass Kathrin wirklich fast anfing zu glauben, dass sie sich den Raben all die Jahre lang nur eingebildet hatte.

Aber dann fielen ihr wieder die Indianer ein, die zu Hause auf sie warteten, und jedes Mal wurde es in ihr gleich ein paar Schattierungen dunkler. Dieser Auseinandersetzung musste sie sich wohl oder übel noch stellen. Die Zwillinge würden nicht einfach nach Hause fahren, so viel war sicher. Und zu gern hätte sie Malin um Rat gefragt. Doch ihr auch nur zu gestehen, dass sie damals etwas gestohlen hatte, brachte sie nicht über die Lippen – ganz abgesehen davon, dass sie erst recht nicht erklären konnte, worum es sich bei diesem Diebesgut handelte. Und auch von dem Raben in ihrem Kopf konnte Kathrin letztendlich nicht erzählen. Egal, wie sie es auch formulieren würde – es klang einfach zu verrückt.

Aber Malin, die Geheimnisse zwar hasste, verzichtete auch hier darauf, genauer nachzuhaken, obwohl sie ahnen musste, dass Kathrin ihr noch etwas verheimlichte. Und dafür war Kathrin ihr unendlich dankbar.

So verbrachten die beiden Mädchen einen nahezu unbeschwerten Nachmittag, ehe Kathrin sich am Abend endlich auf den Heimweg machte. Die Sonne sank schon auf die Baumwipfel herab, als sie gemächlich durch den Wald spazierte. Sie ging langsam, zögerte den Moment, in dem sie das Haus betreten musste, so lange wie möglich hinaus.

Doch sie hatte kaum einen Fuß in den Garten gesetzt, als sich plötzlich eine Gestalt aus den Büschen löste und sie am Arm packte. Überrascht zuckte Kathrin zusammen und ein Schreckenslaut rutschte ihr über die Lippen.

»Kate!«, sagte eine Stimme. »Na endlich!«

Kathrins Atem beruhigte sich nur langsam. Denn obwohl er im roten Gegenlicht nur eine Silhouette war, erkannte sie Táan sofort.

»Bist du verrückt geworden?« Schroff befreite sie sich aus seinem Griff. »Was machst du hier? Kannst du mich nicht normal ansprechen?«

»Tut mir leid.« Allmählich konnte sie in den Schatten Táans Gesicht erkennen. Er sah zerknirscht aus – aber auch sehr ernst. Bei dem Anblick lief Kathrin ein eigenartiger Schauer über den Rücken. »Wir haben seit Stunden auf dich gewartet. Es ist dringend.«

Kathrin runzelte die Stirn. »Wie meinst du das?« Es war merkwürdig – seit sie Malin gegenüber zugegeben hatte, wie sehr sie Táan mochte, war der Wunsch, er würde jetzt gleich die Arme um sie legen, um ein Vielfaches stärker geworden. So stark, dass es Kathrin ziemlich verwirrte.

Aber Táan schien dafür gerade keinen Sinn zu haben. »Es geht um deinen Bruder. Er … hat das Armband genommen, als du nicht da warst.«

Das Armband? Kathrin verstand gar nichts mehr. Es war nichts Neues, dass Moritz in ihr Zimmer schlich und in ihren Sachen wühlte, deshalb schloss sie eigentlich immer ab, ehe sie das Haus verließ. Bei ihrem überstürzten Abgang nach dem Streit mit den Zwillingen hatte sie dafür aber natürlich keine Zeit gehabt. Also hatte Moritz das Armband genommen, und jetzt? Hatte der Rabe mit ihrem Bruder gesprochen? Machte Táan deshalb so ein besorgtes Gesicht?

»Was ist mit ihm?«

Táan sah sie noch immer mit diesem undeutbar ernsten Blick an. »Wir wissen es nicht genau. Wir hatten gehofft, du könntest ein bisschen Licht in die Sache bringen.« Er seufzte schwer. Dann legte er die Hände auf Kathrins Schultern und sah ihr fest in die Augen. »Ist das Armband der Schlüssel? Sprichst du mit ihm zu Xuuyah? Bitte sag es mir.«

Xuuyah. Dann ging es wirklich um den Raben? In diesem Moment hätte Kathrin fast gelacht. Ein bitteres Lachen, das all die Einsamkeit der letzten Jahre trug, in denen sie ihr Geheimnis allein mit sich herumgeschleppt hatte. »Ach. Dann glaubst du mir jetzt endlich?«

Aber Táan ging nicht auf ihren Zynismus ein. »Bitte, Kate«, wiederholte er nur. »Sag es mir. Sprichst du durch das Armband mit dem Raben?«

Das Lachen verlosch, ehe es Kathrins Mund erreicht hatte. Was um alles in der Welt sollte dieses ganze Theater? Und warum hatte sie schon wieder das Gefühl, sich verteidigen zu müssen?

»Ich habe es nicht gewusst«, antwortete sie abwehrend und vielleicht ein wenig zu schroff. »Er war einfach immer da. Aber ich hatte keine Ahnung, dass er dafür das Armband benutzt hat. Sonst hätte ich es doch schon längst abgenommen! Ich habe es auch erst heute begriffen.«

Táan musterte sie prüfend. Und in seinen Augen sah Kathrin, dass er ihr tatsächlich glaubte.

»Ich verstehe«, sagte er langsam. »Hör mal, Kate …« Er nahm eine Hand von ihren Schultern und strich ihr sanft eine Strähne aus dem Gesicht. Sein Blick ließ Kathrin nicht los. »Bitte erschrick dich jetzt nicht. Aber Moritz geht es nicht besonders gut, um ehrlich zu sein, sogar ziemlich schlecht. Wir fürchten, dass Xuuyah noch sehr viel mehr durch das Armband getan hat, als nur mit ihm zu sprechen.«

Der Boden unter Kathrins Füßen schien plötzlich zu schwanken. Moritz ging es schlecht? Aber wie? Warum? Was für einen Grund sollte der Rabe haben …?

Kathrin musste den Gedanken nicht zu Ende denken. Nein, sie fragte sich vielmehr, warum sie es nicht gleich geahnt hatte. Xuuyah wollte sich rächen. Natürlich wollte er sich rächen, weil sie ihn abgeschüttelt hatte – ob das nun absichtlich geschehen war oder nicht. Und jetzt hatte er Moritz erwischt. Was auch immer er mit ihm angestellt hatte, angenehm war es ganz sicher nicht. Und es war ihre Schuld. Kathrin wurde übel.

»Es tut mir leid«, sagte Táan. Seine Hand lag noch immer auf ihrer Schulter. »Wenn wir gewusst hätten, was das Armband kann …« Er brach ab und schüttelte den Kopf. »Wir helfen dir, Kate. Und Moritz. Denk nicht, dass wir nicht wissen, dass wir daran genauso schuld sind. Was auch immer mit deinem Bruder passiert ist, wir werden tun, was wir können, um es wieder rückgängig zu machen. Nur … bitte glaub nicht, dass es unsere Absicht war. Wir wollten bestimmt nicht, dass das passiert.«

Kathrin schüttelte stumm den Kopf. Nein, das glaubte sie tatsächlich nicht. Sie kannte Táan, und auch wenn Sigai und sie nie Freunde gewesen waren – selbst ihm traute sie so viel Kaltblütigkeit nicht zu. Er hätte Moritz nicht mit Absicht in ihren Streit hineingezogen. Aber das machte die Situation nicht weniger furchtbar.

Kathrin presste die Lippen zusammen und schob Táans Hand von ihrer Schulter. »Ich will ihn sehen«, murmelte sie und ging an ihm vorbei zum Haus. Sie fühlte sich, als würde sie durch Watte laufen, als wären die Dämmerung, der Wald und der warme Abendwind ganz weit weg. Was war mit ihrem Bruder? Kathrin wollte es eigentlich gar nicht sehen. Aber sie ging immer weiter, als würden unsichtbare Fäden sie auf das Haus zuziehen.

Ihre Eltern waren im Wohnzimmer. Sie hatten das Licht des Deckenfluters eingeschaltet, und die Lampe strahlte gegen die langsam hereinkriechenden Schatten an, die die Sonne draußen zurückließ. Der Fernseher lief, aber weder Kathrins Mutter noch ihr Vater sahen wirklich konzentriert auf den Krimi, der gerade lief. Stattdessen warfen beide immer wieder besorgte Blicke zu Moritz, der auf dem Sofa unter einer dicken Wolldecke lag und schlief. Als Kathrin das Zimmer betrat, in einigem Abstand gefolgt von Táan, sprang ihre Mutter auf. »Da bist du ja endlich!« Sie umarmte Kathrin und drückte sie so fest an sich, als wäre sie mindestens drei Tage ohne Lebenszeichen verschwunden gewesen.

»Ich hab doch gesagt, ich gehe zum See«, murmelte Kathrin, aber sie ließ ihre Mutter gewähren und machte sich erst nach einer Weile vorsichtig los. Sie selbst konnte gerade eine feste Umarmung gut gebrauchen, so elend, wie sie sich fühlte. Aber das konnte sie ihren Eltern natürlich nicht sagen – nicht einmal, dass sie schon von Moritz' besorgniserregendem Zustand wusste. Also kratzte sie jedes bisschen ihres schauspielerischen Talents zusammen und versuchte ein lockeres Grinsen.

»Was ist denn mit dem Kurzen los? So früh pennt der doch sonst nie. Ist er krank?«

Miriam warf einen Blick zu Moritz. »Ein bisschen angeschlagen, wie es aussieht. Ich dachte, er hat Fieber, aber er ist im Gegenteil recht kühl. Es geht ihm jedenfalls nicht gut. Ich weiß es nicht … Vielleicht hat er sich draußen ein bisschen übernommen.«

»Er soll sich mal ordentlich ausschlafen«, warf Kathrins Vater ein. »Dann ist er morgen sicher wieder ganz der Alte.«

Ihre Mutter nickte. Aber es war offensichtlich, dass sie sich trotzdem weiter Sorgen machte. Und für einen Moment leuchtete in Kathrins Brust ein Hoffnungsfunke auf.

Vielleicht hatte Moritz sich wirklich nur beim Toben im Garten übernommen. Vielleicht war er *wirklich* nur ein bisschen krank und würde morgen wieder der Alte sein.

Aber sie brauchte nur einen Blick auf das Gesicht ihres Bruders zu werfen, um zu wissen, dass diese Hoffnung lächerlich war. Moritz war so blass, dass seine Haut fast bläulich wirkte, und obwohl er tief und fest schlief und sein Atem so flach ging, dass das Heben und Senken seiner Brust kaum zu sehen war, schwitzte er und sah keineswegs so aus, als würde der Schlaf ihm irgendeine Art der Erholung bringen. Und spätestens der Anblick von Táan, der in diesem Augenblick auf der Schwelle zum Garten auftauchte, machte den Funken in Kathrins Brust endgültig wieder zunichte. Moritz hatte das Armband genommen. So eine Krankheit kam nicht einfach aus dem Nichts. Es *konnte* keine andere Erklärung für seinen Zustand geben.

»Ich, hm … gehe dann nach oben, mit den Jungs quatschen«, sagte sie und hoffte inständig, dass ihren Eltern nicht auffiel, dass sie sich noch viel größere Sorgen machte als sie. »Du hattest recht, Mama. Wir haben uns eine ganze Menge zu erzählen. Tut mir leid, dass ich heute Mittag so war …«

Miriam lächelte leicht zerstreut. »Ist schon gut, Liebes. Geht ihr nur nach oben. Habt ihr Hunger? In der Küche steht noch Kartoffelsalat mit Kräuterbaguette.«

Kathrin schüttelte den Kopf. »Danke, vielleicht später. Oder, Táan? Möchtest du etwas essen?«

Es überraschte sie nicht im Geringsten, dass auch Táan den Kopf schüttelte.

»Also, gute Nacht.«

Miriam lächelte und auch ihr Vater schmunzelte hinter seinem Fachmagazin. »Schlaft gut, ihr beiden. Irgendwann später.«

Kathrin wechselte einen Blick mit Táan. In stummem Einverständnis verließen sie das Wohnzimmer, ohne noch einen Blick zurückzuwerfen.

»Sigai wartet oben«, erklärte Táan, als sie die Tür hinter sich zugezogen hatten. »Er hat das Armband. Wir sollten uns mit ihm besprechen.«

Kathrin nickte ein wenig zögernd. Sie wäre lieber allein gewesen oder zumindest allein mit Táan, wenn sie das Armband wieder umlegte – und darauf würde es ja wohl hinauslaufen. Bei dem bloßen Gedanken wurde ihr ganz anders. Gerade jetzt, wo sie sich so gefreut hatte, den Raben los zu sein! Wie hätte sie denn ahnen sollen, dass diese Befreiung so fürchterliche Konsequenzen haben würde?

Aber Kathrin begriff auch, dass sie sich, so wie die Dinge lagen, keinen Streit mit Sigai leisten konnte. Wenn sie Moritz helfen und sich erneut mit dem Raben auseinandersetzen wollte, war sie schlau genug, jede mögliche Unterstützung anzunehmen, die sie bekommen konnte. Trotzdem fühlte sie sich alles andere als wohl in ihrer Haut, während sie hinter Táan die Treppe hinaufschlich.

Xuuyah würde sauer sein. Er würde rasen vor Wut, weil

Kathrin ihn ausgesperrt hatte. Was er mit Moritz gemacht hatte, sprach eine deutliche Sprache. Und Kathrin war sich gar nicht sicher, ob sie nach dem heutigen Tag noch die Kraft für eine solche Auseinandersetzung übrig hatte.

# 8

# Die Forderung des Raben

Wie Táan es gesagt hatte, wartete Sigai in Moritz' Zimmer auf sie. Er hockte vor dem Bett auf dem Boden und drehte das Armband zwischen den Fingern hin und her, spielte mit den Perlen aus Horn, wie Kathrin es selbst so oft getan hatte. Es schien, als müsste er ununterbrochen gegen den Drang ankämpfen, einfach seine Hand durch die Schlinge aus geflochtenen Lederbändern zu stecken. Und vermutlich war es sein Glück, dass das Armband viel zu eng war, als dass das hätte gelingen können. Als Kathrin und Táan den Raum betraten, sah er auf und ließ das Armband sinken.

»Na endlich.« Obwohl seine Stimme kühl und sachlich klang, war die Erleichterung darin doch deutlich zu hören. »Wo hast du so lange gesteckt?«

»Ich wüsste nicht, was dich das angeht.«

Sigai hob abwehrend die Hände. »Schon gut. Ist ja auch

unwichtig. Hauptsache, du bist jetzt da. Du siehst ja, es ist dringend.«

Kathrin nickte. Das war es allerdings. Sie hockte sich neben Sigai auf den Teppich und auch Táan gesellte sich zu ihnen.

»Also.« Sie atmete tief durch und sah zwischen den Brüdern hin und her. »Was genau ist passiert?«

Táan und Sigai warfen sich einen dieser beredten Blicke zu, die bei ihnen ganze Unterhaltungen ersetzten. Dann nickte Táan. In knappen Worten berichtete er, wie sie sich zur Beratung hier in Moritz' Zimmer zurückgezogen hatten. Wie sie geglaubt hatten, Kathrin wäre zurückgekommen, und wie Táan Moritz mit dem Armband gefunden hatte.

Kathrin hörte stumm zu. Mit jedem Wort schienen die Schatten über ihrer Stimmung düsterer zu werden. Und sollte sie doch noch einen kleinen Hoffnungsschimmer gehabt haben, an den sie sich hätte klammern können, löschte die Geschichte diesen nun restlos aus. Xuuyah hatte etwas mit Moritz angestellt, als er das Armband umgelegt hatte. Und es gab nur einen einzigen Weg, um herauszufinden, was es war.

»Du solltest mit ihm reden«, schlug Táan in diesem Moment leise vor, was sie alle schon längst gedacht hatten. »Nur Xuuyah weiß jetzt, wie wir deinem Bruder helfen können.«

Kathrin nickte schwach. Das Problem an der Sache war

nur, dass mit Xuuyah grundsätzlich so schlecht zu reden war. Langsam streckte sie die Hand nach dem Armband aus. Die alten, speckigen Lederbänder mit den eingeflochtenen Perlen fühlten sich so vertraut an. Wie oft hatte es sie getröstet und beruhigt, wenn sie sich zwischen ihren Freunden einsam fühlte, weil sie doch nie ganz dazugehören konnte, solange sie die körperlose Stimme eines Raben hörte? Wenn sie nun bedachte, was das Armband tatsächlich bewirkt hatte – was für eine Ironie.

Kathrin schloss kurz die Augen, um sich für das zu wappnen, was auf sie zukommen würde. Dann schob sie das Lederband wieder über ihre Hand. Doch so schwer das Band zu entfernen gewesen war, so störrisch zeigte es sich nun auch beim Wiederanlegen. Es war einfach viel zu eng. Kathrins Hand lief rot an und die Perlen zerkratzten ihr die Haut. Doch dann rutschte das Band endlich über den Knöchel ihres Daumens und zurück an seinen Platz, als wäre es nie fort gewesen.

Und als wäre auch er nie fort gewesen, brach nur einen Wimpernschlag später die Stimme des Raben über Kathrin herein – ein Tosen aus pechschwarzen Federn, Sturmgebraus und schnabelrasselndem Lachen.

*So! Hast du dich endlich bequemt, wieder herzukommen! Mein kleiner Denkanstoß hat dich wohl überzeugt, wie?*

Xuuyah hatte noch nie so hämisch geklungen. Aber – und das überraschte Kathrin mehr als alles andere – von Wut war nichts zu spüren. Vielmehr hatte sie den Eindruck, dass der Rabe sogar froh darüber war, dass sie sein Geheimnis herausgefunden hatte. Kathrin verstand das nicht – und das schien ihr umso bedrohlicher.

»Was hast du mit meinem Bruder gemacht?«, flüsterte sie und kam sich sofort blöd vor, weil sie die Gegenwart von Táan und Sigai im Raum überdeutlich spürte – obwohl alle beide taktvoll zur Seite sahen, seit sie begonnen hatte, das Band über ihre Hand zu zwingen. Sie hatte sich über die Jahre so sehr daran gewöhnt, ihre Gespräche mit dem Raben unter allen Umständen allein zu führen, dass ihr die Anwesenheit der Zwillinge furchtbare Bauchschmerzen bereitete. Aber darauf konnte sie jetzt keine Rücksicht nehmen. Hier ging es um viel mehr. Und die Indianer waren sicher die Allerletzten, die sie gerade jetzt für verrückt erklären würden.

Aber Xuuyah ließ ihr ohnehin keine Zeit für lange Grübeleien, denn er brach in ohrenbetäubendes Gelächter aus, das Kathrin von Kopf bis Fuß ein elektrisierendes Kribbeln über den Körper jagte.

*Das möchtest du wohl gern wissen, nicht wahr? Und wenn ich dir nun sage, du dummes Mädchen, dass Moritz' Zustand die Strafe für deine Ignoranz ist?* Er kicherte krächzend. *Verdient hättest du es, so viel ist sicher. Aber wer weiß, vielleicht bin ich sogar froh über deine Blödheit. Ja, ist es nicht ein großes Glück für mich, dass dein kleiner Bruder sich mir so bereitwillig als Geisel zur Verfügung gestellt hat?*

Ein weiteres Rabenkichern schüttelte Kathrin von oben

bis unten durch. Sie kniff die Lippen zusammen und zählte ihre Atemzüge. Ruhig bleiben. Im Streit mit dem Raben gab es nichts Wichtigeres, egal wie schwer es fiel.

»Was«, wiederholte sie, »hast du mit ihm gemacht?«

Noch einmal lachte Xuuyah höhnisch auf. *Schließ die Augen, kleines Mädchen*, sagte er mit gefährlich sanfter Stimme. *Dann zeige ich es dir.*

Eine Gänsehaut lief über Kathrins Rücken und kroch ihre Arme hinab, bis die Finger prickelten. Gleichzeitig brach ihr im Nacken der Schweiß aus. Keine Befehle befolgen, ermahnte sie sich selbst. Bloß keine Befehle des Raben befolgen! »Und wenn ich mich weigere?«

Noch während sie es aussprach, spürte sie, wie Táan seine taktvolle Zurückhaltung für einen Moment aufgab und sie besorgt musterte. Kathrin fing seinen Blick auf.

»Alles in Ordnung?«, formten seine Lippen.

Kathrin schüttelte abwehrend den Kopf. Nein, nichts war in Ordnung. Gar nichts. Hinter ihrer Stirn lächelte Xuuyah ein boshaftes Lächeln.

*Dann wirst du es nie erfahren.*

Sie hatte keine Wahl. Diesmal nicht. Kathrin biss die Zähne zusammen. Noch einmal sah sie zu Táan. Bat ihn stumm, auf sie achtzugeben, wenn sie jetzt dem Wunsch des Raben nachkam, und hoffte, dass er verstand.

Dann schloss sie langsam die Augen.

Grauer Nebel erwartete sie. Schatten, die waberten und sich bewegten. Eine blasse Sonne hinter Wolkenschleiern, als würde sie nicht die Rückseite ihrer Lider sehen, sondern durch ein Schlüsselloch in eine andere, finstere Welt, die für gewöhnlich nicht für Menschenaugen bestimmt war. Und dort, in all dem Grau, umschlungen von roten und schwarzen Fäden, trieb Moritz.

Er hatte die Augen geschlossen. Seine Wangen waren rosig, und er lächelte, als träumte er einen fantastischen Traum. Doch gerade der friedliche Ausdruck auf seinem Gesicht war es, der das Szenario umso grauenvoller erscheinen ließ. Denn über ihm schwebte die riesige Gestalt des Schattenraben, der die Fäden, die Moritz umschlangen, in seinen Klauen hielt. Triumphierend grinste er sie an.

Kathrin spürte eine Träne hinter ihren Lidern hervorquellen und ein trockenes Schluchzen ihre Kehle hinaufsteigen. Eine Hand legte sich auf ihre und umschloss ihre Finger mit sanftem Druck.

*Willkommen in der Schattenwelt*, wisperte Xuuyah. *Hier verkehren sonst nur die Geister und die Toten. Dein Bruder scheint sich ganz wohl zu fühlen, siehst du?*

»Gib ihn wieder her«, forderte sie mit vor Trockenheit brüchiger Stimme. »Lass ihn sofort frei, hörst du?«

*Aber sicher.* Die Stimme des Raben war butterweich, das Kitzeln seiner Federn wie ein Streicheln. Es lachte Kathrin aus. *Sobald du mir den Sonnengeist bringst.*

Kathrin ballte die Fäuste. »Lass mich in Frieden«, presste sie heraus. »Lass mich doch endlich in Frieden! Hast du mich nicht schon genug gequält?«

*Frieden …* Der Rabe seufzte sehnsüchtig. *Ja, das würde mir auch gefallen. Aber du scheinst es immer noch nicht zu verstehen, Mädchen. Ich will den Sonnengeist. Und du wirst ihn mir fangen.*

Verbissen schüttelte Kathrin den Kopf. »Den Teufel werde ich.«

*Wie du willst.* Xuuyah schien nun die Ruhe selbst zu sein. Siegessicher. *Ich frage mich nur, dummes Kind: Wie viel Frieden wirst du in deinem Leben empfinden, wenn du die Schuld am Verschwinden deines Bruders trägst? Hatte ich das nicht erwähnt? Ein Schlafender in der Schattenwelt geht allzu leicht verloren. Sie träumen sich fort und werden nie wieder gesehen. Siehst du nicht? Würde ich ihn nicht festhalten, wäre er längst davongetrieben.*

Mehr und mehr Tränen schossen Kathrin in die Augen, rannen über ihre Wangen und fielen von ihrem Kinn. Sie fühlte jeden Tropfen überdeutlich, spürte die warme Verzweiflung, die sich langsam ausbreitete und durch den Stoff ihres T-Shirts bis auf die Haut sickerte. Nein, es gab keinen Frieden. Der Rabe hatte recht. Dieses Mal würde sie nicht einfach auf stur stellen und es aussitzen können, bis Xuuyah die Geduld verlor und es leid wurde, die immer gleichen Forderungen zu stellen.

Moritz schwand. Und wenn sie nichts unternahm, war sie daran schuld.

»Was soll ich tun?«, flüsterte sie. »Ich weiß doch nicht, was ich machen soll.«

*Doch, du weißt es. Ich habe es dir längst gesagt.* Der Rabe lächelte triumphierend. *Die Zwillinge vom Adlerclan. Frag sie nach der Weisheit des Adlers.*

Mit diesen Worten verblassten die grauen Schwaden, verschwand das Bild hinter Kathrins Lidern und ließ nur die rötliche Dunkelheit zurück, die hinter jedem geschlossenen Auge liegt. Ein Schwall Luft strömte in ihre Lungen, überwältigend frisch und klar, als hätte sie die ganze Zeit dicken Nebel geatmet, ohne es wirklich zu merken. Und als sie die Augen wieder öffnete und die Welt langsam wieder ihre gewohnten Farben annahm, sah sie direkt in das besorgte Gesicht von Táan. Auch er war blass geworden unter dem Bronzeton seiner Haut, als hätte ihn Kathrins Blick in die Schatten ebenfalls sehr mitgenommen. Doch erst als seine Finger sich von ihren lösten, wurde Kathrin bewusst, dass Táan tatsächlich ihre Hand in seiner gehalten und dass sie seine Finger dabei fast zerquetscht hatte.

»Kate«, sagte er und sah sie eindringlich an. »Was ist passiert? Was hast du gesehen?«

»Und was hat er gesagt?«, fügte Sigai hinzu und trat einen Schritt auf die beiden zu. Selbst sein Tonfall war weit von der gewohnten Nüchternheit entfernt. Er stellte nicht einmal mehr infrage, ob Kathrin nun wirklich mit dem Raben sprechen konnte oder nicht. An jedem anderen Tag hätte sie das als Triumph empfunden. Aber dafür hätte sie immerhin ein Fünkchen Optimismus in sich haben müssen. Stattdessen fühlte sie sich einfach nur leer.

»Er hat Moritz«, murmelte sie erschöpft. »In der Schattenwelt. Und er will ihn nur gegen den Sonnengeist wieder eintauschen.« Sie schluckte mühsam und sah von Táan zu Sigai und wieder zurück. Sie hatte es nicht gewollt. Sie hatte nie das Sprachrohr des Raben sein wollen, und erst recht wollte sie sich nicht dazu benutzen lassen, für Xuuyah ihre Familiengeheimnisse aus ihnen herauszupressen. Aber jetzt blieb ihr keine andere Wahl mehr.

»Bitte … helft mir. Bitte, bitte helft mir! Xuuyah sagt, ihr könnt es. Weil ihr die Weisheit des Adlers kennt.«

Eine ganze Weile sagte keiner der Zwillinge ein Wort. Nicht einmal ihre Blicke sprachen jetzt miteinander. Aber Kathrin wusste genau, was sie dachten, und es zerriss ihr das Herz. Táan und Sigai waren hergekommen, um den Sonnengeist nach Old Masset zurückzuholen. Nicht, um ihn gegen ihren Bruder im Geiseltausch wieder herzugeben. Sie alle drei hatten nun das gleiche Ziel und zugleich konnten ihre Ziele unterschiedlicher nicht sein.

Doch dann stand Sigai so abrupt auf, dass er selbst Táan überraschte. »Ich muss nachdenken«, sagte er. »Allein.«

Táan, der schon im Begriff gewesen war, sich ebenfalls aufzurappeln, hielt inne und ließ sich langsam auf den Boden zurücksinken. »Okay. Wie du meinst.«

Sigai warf ihm noch einen langen Blick zu. Dann nickte er knapp in Kathrins Richtung. »Ich bin bald zurück. Dann möchte ich mich mit Táan beraten.«

Kathrin erwiderte das Nicken, auch wenn es ihr Bauchschmerzen verursachte. Sigai sprach es nicht aus, aber es war glasklar, dass er ein Gespräch unter vier Augen meinte. Es gefiel Kathrin gar nicht, sich vorzustellen, wie die Zwillinge in ihrer Abwesenheit über das Schicksal ihres Bruders entschieden. Aber was sollte sie sagen? Sie musste vermutlich froh sein, dass sie überhaupt bereit waren, darüber nachzudenken.

Mit raschem Schritt verließ Sigai das Zimmer. Kurz darauf hörten sie ihn die Treppe hinuntergehen und schließlich die Haustür ins Schloss fallen. Kathrin und Táan blieben mit dem Schweigen, das zwischen ihnen hing, allein zurück. Eine Stille, in der nur der Rabe in Kathrins Kopf zufrieden leise krächzte. Er sagte nichts, aber das musste er auch nicht. Dieses Mal hatte er gewonnen, das wussten sie beide.

Irgendwann stand auch Kathrin auf, weil sie das Schweigen nicht mehr länger ertrug. »Ich warte in meinem Zimmer«, sagte sie, ein wenig lauter als nötig, um das Rabengelächter zu übertönen.

Táan sah zu ihr auf. Sein Blick war dunkel und ernst, aber weich. Er versuchte sogar ein Lächeln, auch wenn es furchtbar misslang. »Es wird alles gut, Kate«, sagte er. »Du wirst sehen. Sigai ist der älteste Sohn. Er hat alle Legenden geerbt und das Wort des Adlers. Er wird wissen, was zu tun ist.«

Kathrin biss sich auf die Lippe. »Du hast gesagt, es wäre wichtig, dass der Sonnengeist nach Old Masset zurückkehrt«, sagte sie. »Meinst du nicht, dass Sigai das vielleicht als schwerwiegender ansieht als die Rettung meines Bruders?«

Táan hob die Schultern. »Das ist es. Also, wichtig«, murmelte er, und seiner Miene konnte Kathrin ansehen, dass der Gedanke, mit einer leeren Schachtel auf die Haida Gwaii zurückkehren zu müssen, ihm schwer auf der Brust lag.

»Hör mal, Kate, ich möchte wirklich, dass du das verstehst.« Táan sah sie bittend an. »Es geht hier nicht nur darum, etwas zurückzubekommen, das uns gehört. Seit der Sonnengeist fort ist, geht es Old Masset immer schlechter. Es ist, als wäre alles aus dem Gleichgewicht geraten: das Wetter, die Natur, die Menschen – einfach alles. Ich weiß selbst nicht genau, wie das mit dem Geist zusammenhängt, aber Uncle Sam hat gemeint, es fehlt uns das Licht. Ehrlich, Kate. Hätte er das nicht zu mir gesagt, ich hätte nie …«

Er brach ab. Aber Kathrin wusste auch so, was er hatte sagen wollen. In diesem Moment begriff sie, dass es Táan wirklich belastete, sie verraten zu haben. Vielleicht lag es daran, dass sie ohnehin schon so aufgewühlt war. Aber die Erkenntnis berührte sie noch viel tiefer, als sie erwartet hätte. Warum nur musste all das zwischen ihnen stehen? Würden sie sich jemals wieder unverkrampft gegenüberstehen können?

Sie schüttelte halb ärgerlich, halb verzweifelt den Kopf.

»Gibt es denn nur ein einziges von diesen verdammten Sonnenbiestern?«

Ihr Ausdruck rang Táan trotz allem ein schiefes Lächeln ab. »Um ehrlich zu sein: Ich weiß es nicht. Vermutlich gibt es sogar ziemlich viele. Aber ich stelle es mir nicht so einfach vor, auch nur einen von ihnen zu fangen. Sonst hätte das bestimmt schon vor uns jemand versucht.«

Kathrin seufzte ergeben. Das klang viel logischer, als ihr lieb war. »Aber wenn der Adler weiß, wie es geht, warum fängt er ihn dann nicht selbst und streitet sich persönlich mit Xuuyah darum? Dann hättet ihr gar nicht erst herkommen müssen und er kann das sicher viel besser als wir.«

Noch einmal zuckte Táan mit den Schultern. »Das alles könntest du besser Sigai fragen. Aber ich bezweifle, dass er dir antworten wird. Du weißt, wie eigen er ist, wenn es darum geht, die geheimen Geschichten unserer Familie zu bewahren. Er erzählt sie ja nicht einmal mir.«

Kathrin seufzte noch einmal. »Ja«, murmelte sie. »Er ist anders als du.« Denn die Zwillinge hatten sich mehr als einmal furchtbar gestritten, weil Táan Kathrin freimütig in alle Mythen eingeweiht hatte, die er kannte – auch wenn das längst nicht so viele waren wie die, die Sigai als älterer Bruder hütete.

Táan schwieg einige Sekunden lang – vielleicht, weil er ebenfalls einer Erinnerung nachhing. Er hatte den Blick gesenkt und sah auf die leere Schachtel, die noch immer zwischen ihnen auf dem Fußboden stand.

»Ich bereue nichts«, sagte er schließlich leise. »Außer, dich nicht aufgehalten zu haben.«

Kathrin wusste nicht, was sie darauf sagen sollte. Sie wünschte sich nur, Táan würde sie wieder ansehen. Aber das tat er nicht.

»Ja«, flüsterte sie. »Das wünschte ich auch. Aber …« Sie schluckte. Die Worte, die ihr auf der Zunge lagen, waren groß und sperrig und taten sich schwer, ihren Mund zu verlassen. Trotzdem wollte, musste sie sie aussprechen. Sie hatte das Gefühl, sonst vielleicht nie wieder die Gelegenheit dazu zu bekommen. »Ich bin froh, dass wir uns noch einmal wiedergesehen haben. Ich meine … ich meine, ich weiß, dass du mich wahrscheinlich ewig hassen wirst, und es tut mir leid, so furchtbar leid! Seit wir aus Kanada weggegangen sind, wollte ich dich um Verzeihung bitten, aber ich konnte es nie. Darum tu ich es jetzt, bevor es vielleicht für immer zu spät ist. Bitte verzeih mir, Táan. Verzeih mir, dass ich dich so enttäuscht habe. Ich habe nie, nie wieder etwas so bereut.«

Als sie erst einmal angefangen hatte zu sprechen, fielen die Worte nur so aus ihr heraus. Sie waren kaum noch aufzuhalten. Aber das wollte Kathrin auch gar nicht. Sie musste es endlich sagen – alles, was ihr die letzten fünf Jahre über so schwer auf der Seele gelegen hatte, dass sie sich nicht einmal mehr daran erinnerte, wie es war, frei wie ein Vogel zu sein.

Táan hatte während ihres Redeschwalls endlich doch

den Kopf gehoben und sah sie nun mit einem Blick an, den Kathrin nicht deuten konnte. Es schien, als müsse auch er die Worte für eine Erwiderung erst mühselig zusammensammeln.

»Ich hasse dich nicht«, sagte er endlich. »Das könnte ich gar nicht. Ich habe es versucht, das hast du dir sicher schon gedacht. Oh, und wie ich es versucht habe. Und ich will ehrlich zu dir sein: Ich weiß nicht, ob ich deine Entschuldigung heute … oder überhaupt jemals annehmen kann. Aber ich hasse dich nicht. Niemals. Das sollst du wissen.«

Der Klang seiner Stimme schnürte Kathrin die Kehle zu. Plötzlich war sie wieder elf Jahre alt, am Abend ihres Abschieds von den Haida Gwaii. Sie stand im dunklen Wohnzimmer des Chiefs und hielt die gestohlene Schachtel in der Hand, wissend, dass sie gerade einen riesigen Fehler begangen hatte. Und genau wie an jenem Abend konnte sie ihn auch jetzt weder ungeschehen noch wiedergutmachen.

»Es tut mir leid«, wiederholte sie nur und ihre Stimme brach. »Ich …« Zu gern hätte sie Táan in diesem Moment gesagt, was sie wirklich für ihn empfand. Was sie vielleicht sogar schon immer für ihn empfunden hatte, ohne es zu wissen. Aber sie brachte es nicht fertig. »Es tut mir leid.«

Damit drehte sie sich um und floh aus dem Zimmer, wie sie auch damals geflohen war – die Augen blind vor Tränen.

Und auch heute folgte Táan ihr nicht.

# 9
## Die Weisheit des Adlers

Nachdem Kate das Zimmer verlassen hatte, blieb Táan noch eine ganze Weile auf dem Boden sitzen, ohne sich zu rühren. Nicht einmal seine Gedanken bewegten sich. Sie hingen an Kates Worten fest – den gesagten sowie den ungesagten. Was war es nur, das er da im Unterton ihrer Stimme gehört hatte und das sein Herz schmerzhaft stärker pochen ließ? Táan spürte, ganz gleich, was er zu ihr gesagt hatte, er hatte ihr längst verziehen. Aber es fühlte sich noch immer seltsam falsch an. Und es half ihm auch nicht gerade bei der Entscheidung, was er nun tun sollte. Es war, wie Kate sagte und wie er selbst es sich schon Tausende Male vorgehalten hatte: Old Masset brauchte den Sonnengeist. Aber es kam auch nicht infrage, Moritz seinem Schicksal zu überlassen.

Oder?

Wie sollte er zwischen der Schuld seinem Stamm gegenüber und der Verantwortung für das, was mit Kates Bruder geschehen war, entscheiden? War das überhaupt möglich?

Als er endlich Schritte auf der Treppe hörte, war Táan so dankbar wie noch nie, aus seinen Gedanken gerissen zu werden. Er schaffte es sogar, den Kopf zu heben, gerade als sein Bruder im Türrahmen auftauchte.

Draußen war es inzwischen vollständig dunkel geworden, und Táan hatte kein Licht angemacht, sodass nur ein schwacher Schimmer der Lampe aus dem Erdgeschoss seinen Weg bis ins Zimmer fand und sich mit dem fahlen Mondlicht vermischte, das durchs Fenster fiel. Aber das genügte Táan, um zu sehen, dass sein Bruder ebenfalls keine angenehme Zeit mit seinen eigenen Gedanken verbracht hatte. Sigais Züge waren angespannt, sein Mund verkniffen und seine Augen ernst. Er musterte Táan, als wüsste er genau, was in seiner Abwesenheit vorgefallen war. Was Táan mit Kate besprochen hatte. Und ganz unmöglich war das auch nicht. Sigai hatte schon oft bewiesen, dass er Táan lesen konnte wie ein offenes Buch – während Sigai für Táan wiederum oft genug jenes Buch seines Geistes zuschlug und sogar noch sieben Schlösser davorhängte. Das musste er, um die Geschichten zu schützen, die er geerbt hatte. Táan verstand das. Aber das bedeutete nicht, dass er sich damit wohlfühlte. Tatsächlich hätte er nur zu gern gewusst, welche Gedanken Sigai gewälzt hatte, während er fort war. Aber zu fragen hatte wenig Sinn. Sein

Bruder würde ihm nur sagen, was er für richtig hielt. Und kein einziges Wort mehr.

Langsam betrat Sigai den Raum und ließ sich schließlich schwer auf die Kante von Moritz' Bett sinken. »Es gibt eine Legende«, sagte er gedehnt, als müsste er seinen eigenen Worten lauschen, ob er sie auch richtig aussprach. »Sie wird seit Hunderten von Generationen in unserer Familie weitergereicht, immer an den ältesten Sohn und an niemanden sonst. Es gibt kaum ein Geheimnis, das besser behütet wurde bei den Haida, und ich sage dir auch, warum: Der Rabe sollte nie davon erfahren.«

Táan runzelte die Stirn. Er begriff nicht ganz, worauf Sigai hinauswollte. Aber es musste eine schwere Entscheidung sein, die sein Bruder ihm mitteilen wollte. Also nickte Táan bloß und ließ sich darauf ein. »Natürlich. Unsere Familie ist eng mit dem Adler verbunden. Und die Rivalität zwischen den beiden Vögeln ist legendär.«

Er dachte kurz nach. Ja, das ergab alles Sinn. »Deshalb wurde die Geschichte auch nur den Söhnen erzählt, nicht den Töchtern«, sprach er seine Gedanken laut aus. »Wegen der Heiratstradition – dass ein Adler immer einen Raben heiraten muss, aber die Frau zum Clan des Mannes wechselt.«

Sigai erwiderte das Nicken. »Ganz genau. Die Legende durfte auf keinen Fall in den Besitz des Rabenclans wechseln und vielleicht in die Hände eines Schamanen geraten, der mit dem Raben sprechen konnte. Früher haben ja noch viel mehr Leute gedacht, dass das geht …« Er verstummte. Und auch Táan sagte nichts dazu, aber sie dachten das Gleiche: Sie beide hatten nie so ganz an die Magie des traditionellen Schamanismus glauben wollen, trotz aller Mythen und Geheimnisse, mit denen sie aufgewachsen waren. Selbst der Sonnengeist in der Schachtel war den größten Teil ihres Lebens nur ein Symbol für sie gewesen, ein Schatz mit großem ideellem Wert für ihre Familie – aber nicht mehr. Ein Märchen wie der Weihnachtsmann und der Osterhase, für die man einfach irgendwann zu alt wurde. Die letzten Jahre und vor allem die letzten Stunden allerdings hatten diesen Nicht-Glauben gehörig ins Wanken gebracht. Nein, mehr noch. Sie hatten ihn umgestürzt.

»Ich will sie dir heute erzählen«, sagte Sigai, und Táan hörte deutlich, wie schwer ihm dieser Entschluss gefallen sein musste. »Auch wenn es verboten ist. Und dann werden wir gemeinsam entscheiden, wie wir dieses Wissen nutzen. Ich kann es nicht allein, kleiner Bruder.«

»Du willst dein Erbe mit mir teilen …«, murmelte Táan und verstummte. Seine Brust wurde plötzlich eng. So oft hatte er seinen Bruder beneidet, der doch nur wenige Minuten älter war als er und doch so viel mehr erfahren durfte. So oft hatte er sich gewünscht, dass Sigai genau diese Worte sagen würde. Dass er ihm all die geheimen Geschichten erzählen würde, verboten oder nicht. Aber jetzt, wo es so weit war, war er sich gar nicht mehr sicher, ob er das tatsächlich wollte. Die Verantwortung lastete doch jetzt schon viel zu schwer auf seinen Schultern.

Sigai seufzte leise, als könnte er Táans Bedenken nur zu gut nachempfinden. Aber es gab kein Zurück. Wenn Sigai einen Entschluss fällte, dann war der endgültig.

»Die Geschichte erzählt vom Licht, das der Rabe Xuuyah einem alten Mann stahl, als die Erde noch finster war«, begann er, ohne noch eine weitere Antwort abzuwarten.

Táan hob verwundert die Brauen. »Du meinst die Geschichte von dem alten Mann, der alles Licht der Welt in einer Schachtel aufbewahrte und es mit niemandem teilen wollte? Aber die kennt doch jedes Kind.«

Sigai verzog keine Miene. »Das stimmt. Aber du kennst nicht das Ende nach dem Ende. Den Teil, der nur uns gehört, Táan. Hör also gut zu.« Selbst in der fast vollständigen Dunkelheit im Zimmer erkannte Táan, wie Sigais Blick sich nach innen richtete – dorthin, wo er das Erbe ihrer Familie hütete.

»Am Anfang der Zeit war die Erde finster«, begann er dann noch einmal. »Denn alles Licht der Welt war in einer Schachtel eingesperrt, die ein alter Mann eifersüchtig hütete. Der alte Mann lebte mit seiner Tochter in einem Haus ohne Fenster und mit einer einzigen Tür, die sich nur von innen öffnen ließ. Niemand außer den beiden kam je hinein. Der Rabe Xuuyah aber …«

Es kostete Táan große Mühe, seinem Bruder nicht ungeduldig ins Wort zu fallen. Er kannte jede Zeile dieser

Geschichte in- und auswendig, hatte sie etliche Male gehört oder auch selbst erzählt – zum Beispiel den jungen Spurensuchern am Lagerfeuer, die in den Sommerferien bei ihm in die Lehre gingen. Ihm wäre es sehr viel lieber gewesen, sie wären gleich zu dem Teil gekommen, der ihm noch unbekannt war. »Sigai …«

Sein Zwilling widmete ihm einen strengen Blick. »Mehr Respekt, kleiner Bruder. Ich gebe gerade eines unserer größten Geheimnisse preis – das tue ich, weil du mein Bruder bist und meine Hilfe brauchst. Aber es fällt mir nicht leicht, glaub mir.«

Táan biss sich auf die Zunge. »Entschuldige«, murmelte er. »Bitte. Erzähl weiter. Ich werde dich nicht mehr unterbrechen.«

Sigai atmete einmal tief durch. Dann nickte er und begann zu erzählen.

# 10

## Lichtjäger

Vor langer, langer Zeit war die Erde Tag und Nacht finster. Denn ein alter Mann hatte die Sonne gefangen und in eine Schachtel eingesperrt, die er seither eifersüchtig hütete und niemanden in ihre Nähe kommen ließ. Der alte Mann lebte mit seiner Tochter in einem Haus ohne Fenster, mit einer einzigen Tür, die nur von innen zu öffnen war. Niemand außer den beiden kam je hinein, und niemand – nicht Mensch noch Tier – wusste, welchen Schatz der alte Mann dortdrin verborgen hielt.

Der Rabe Xuuyah aber hatte von der Schachtel gehört, die in dem Haus ohne Fenster stand und die niemals geöffnet wurde. Wie es in seiner Natur liegt, wurde er daraufhin sehr neugierig, und er ersann einen Plan, wie er das Geheimnis der Schachtel lüften könnte. Er verwandelte sich in eine Tannennadel und ließ sich in den Fluss fallen, der nah dem Häuschen floss, gerade als die Tochter des alten Mannes dort Wasser holen ging. Der Rabe in seiner Nadelgestalt glitt unbemerkt in ihren Wasserkorb und ließ sich von dem Mädchen ins Haus tragen. Erst einmal drinnen, fand er bald eine Möglichkeit, ins Ohr des alten Mannes zu schlüpfen. Von dort aus flüsterte er ihm Tag und Nacht zu, bat und schmeichelte und drängte, bis der alte Mann seiner Stimme nicht mehr widerstehen konnte und die Schachtel öffnete, als seine Tochter für einige Stunden außerhalb des Hauses war, um Beeren zu sammeln.

Sofort drang die Sonne, aus ihrer Gefangenschaft befreit, aus der Schachtel heraus. Ihr grelles Licht blendete den alten Mann, sodass er hilflos umherirrte. Diesen Moment nutzte der schlaue Rabe, um sich in seine große, mächtige Gestalt zurückzuverwandeln, die Sonne mit seinen Klauen zu packen und zu fliehen. Er flog eine lange Strecke, und überall, wo er entlangkam, erhellte das neu befreite Licht das Land und ließ die Erde von Neuem erblühen.

Der aufrechte Adler aber, der dem listigen Raben seit jeher misstraute, ahnte, dass Xuuyah nicht zum Wohl der Menschen und der anderen Tiere gehandelt hatte. Er erkannte sofort, dass das Licht der Sonne Leben und Wärme für alle in ihrer Nähe brachte – aber er kannte den Raben gut genug, um zu wissen, dass er nicht bereit sein würde, diesen Schatz mit den Menschen und den anderen Tieren auf der Erde zu teilen, sondern dass er die Sonne seinerseits verstecken und für sich behalten wollte.

Also schwang sich der Adler in die Luft, um dem Raben das so mühsam erbeutete Licht abzunehmen, auf dass es Nutzen für alle brächte und nicht nur für einen. Der Rabe aber floh vor dem Adler, die Sonne noch immer fest in den Klauen.

Die Verfolgung war lang und ermüdend. Tage um Tage jagten die beiden Vögel über den Himmel und keiner schien die Oberhand erlangen zu können. Doch der Adler, der die Strömungen der Winde besser zu nutzen wusste, blieb selbst dann noch bei Kräften, als der Rabe endlich ermattete. Xuuyah tobte vor Zorn, aber es half nichts – er musste die Sonne fallen lassen.

Doch auch der siegreiche Adler hatte viel von seiner Kraft verbraucht, und er war nicht mehr schnell genug, um die Sonne zu fangen, ehe sie auf den felsigen Boden fiel. Dort, wo sie aufkam, zersplitterte sie in kleine Stücke, die sich sofort in kleine Sonnengeister verwandelten und davonsprangen. Manche von ihnen wurden zu Mond und Sternen. Andere wiederum stiegen leicht wie Feuerfunken in den Himmel auf und verschmolzen hoch oben zu einer neuen Sonne, auf immer außer Reichweite. Die übrigen versteckten sich so rasch, dass weder Adler noch Rabe ihnen folgen konnten. Die Welt war nun hell. Doch der Adler, so schien es, musste ohne einen noch so kleinen Sonnengeist für die Menschen heimkehren.

Auf dem Heimweg allerdings kam er an dem Haus vorbei, wo der nun blinde alte Mann mit seiner Tochter lebte.

Die Schachtel, die die Sonne so lange beherbergt hatte, lag noch immer am Boden der Hütte, leer und kalt.

Als der Adler das sah, kam ihm eine Idee. Wenn der alte Mann einmal das Licht gefangen hatte, konnte es ihm dann nicht auch ein zweites Mal gelingen?

Er segelte herab zur Erde, wo die Tochter des alten Mannes vor dem Haus saß und einen neuen Wasserkorb aus Weidenrinde flocht, und nahm menschliche Gestalt an. Dann trat er zu dem Mädchen und lächelte es an.

»Schönes Mädchen«, sagte er, »du siehst so traurig aus.«

»Ach«, antwortete das Mädchen. »Wie sollte ich nicht traurig sein? Mein Vater ist erblindet und sein größter Schatz wurde ihm gestohlen. Die Welt ist nun hell, doch er kann es nicht sehen und sich daran erfreuen. Und ich werde mein Lebtag hierbleiben und ihn pflegen müssen.«

Der Adler tat erstaunt. »Das Licht war der Schatz deines Vaters?«

»Ja«, sagte das Mädchen. »Er hat es selbst gefangen, noch vor Anbeginn der Zeit. Aber ein listiger Vogel hat ihn ausgetrickst, sodass er es freiließ. Sieh hier: Die Schachtel, die es hielt, ist leer.«

»Er hat das Licht gefangen?«, wunderte sich der Adler zum Schein. »Wie hat er das denn nur angestellt?«

Das Mädchen seufzte schwer. »Mit Blut und Haar«, sagte sie. »Blut aus seinem Finger und Haar von seiner Schwester. Doch seine Schwester ist nicht mehr und mein Haar ist nicht stark genug. Wir haben es versucht, doch das

Licht ist uns entflohen. Wir werden es nie wieder einfangen.« Und sie begann, bitterlich zu weinen.

Der Adler aber musterte das Mädchen und erkannte, dass in Wahrheit nicht ihr Haar die Schwäche war.

»Hör zu, Mädchen«, sagte er also, »nicht dein Haar ist schwach, sondern das Blut deines alten Vaters. Aber ich kann dir helfen, wenn du dafür mir hilfst. Ich bringe dich zu meinem Stamm, wo du dem Sohn des Häuptlings verbunden wirst. Ich werde dafür Sorge tragen, dass die Hochzeitsnacht an einem magischen Ort stattfindet – im Wald, wo in Stein die Sonne ruht. Dann wirst du einen Sohn gebären, der stark genug ist, dass sein Blut und dein Haar den Sonnengeist binden können. Doch du und der Geist, ihr müsst dafür bei meinem Stamm bleiben, sodass das Licht dort ein Zuhause findet. Und auch dein Vater soll bei uns leben.«

Und so geschah es, dass das Mädchen zur Frau wurde und kurz darauf einen gesunden Jungen zur Welt brachte. Und sie nannte ihn nach seiner Bestimmung: Lichtjäger.

# 11

# Die Entscheidung der Zwillinge

Sigai verstummte und ließ das letzte Wort seiner Geschichte in der Stille nachklingen.

Auch Táan sagte nichts, lauschte dem eigentümlichen Kribbeln, das die Worte in seinem Magen hinterlassen hatten.

*Lichtjäger.*

Den Namen hatte er tatsächlich noch nie gehört. Aber er ahnte, was es mit diesem legendären jungen Krieger auf sich haben musste.

»Und dieser Lichtjäger«, sagte er endlich und erschreckte sich ein wenig vor der Lautstärke seiner eigenen Stimme, obwohl er intuitiv nur gedämpft gesprochen hatte. »Der ist …«

Sigai nickte, eine schemenhafte Bewegung im dunklen Zwielicht. »Unser direkter Vorfahr.« Er seufzte. »Du weißt, ich habe diese Mythen stets für das gehalten, was sie sind: Geschichten. Mit einem wahren Kern vielleicht, das ja. Aber jetzt sieht es aus, als steckte doch mehr dahinter. Oder wie siehst du das?«

Táan fuhr sich mit der Zunge über die plötzlich staubtrockenen Lippen. Wenn das wirklich stimmte … Wenn dieser Lichtjäger ihr direkter Vorfahr und darüber hinaus noch der Enkel des ersten Sonnenfängers gewesen war – dann war ihr eigenes Blut womöglich der Schlüssel zu ihrem Problem. Táan dachte an die Geschichte, die Kate erzählt hatte. Wie sie und der Rabe versucht hatten, den Sonnengeist zu binden. Genauso vergeblich wie das Mädchen in der Geschichte. Weil das Blut des Lichtjägers fehlte. Es lag so nah und klang zugleich so unglaublich.

Trotzdem half es ihnen erst einmal nur theoretisch weiter. Zuallererst mussten sie den Sonnengeist ja aufspüren. Sonst half ihnen alles Lichtjägerblut der Welt nichts.

»Die Geschichte geht nicht zufällig noch etwas weiter, oder?«, fragte er. »Es wird dort nicht beschrieben, wie sie den Geist letztendlich gefangen haben? Was haben sie mit dem Blut gemacht, und vor allem: Wie haben sie den Geist gefunden?«

Sigai hob die Schultern. »Nein. Darüber weiß ich leider nichts. Ich habe wirklich lange nachgedacht – ohne Erfolg. Keine von Vaters Geschichten berichtet darüber. Aber ich denke, jetzt ist der richtige Zeitpunkt, um mit Kate zu sprechen. Vielleicht hat sie noch etwas dazu beizutragen.

Immerhin versuchen sie und Xuuyah wahrscheinlich seit Jahren, diesen Geist zu fangen.«

Táan schwieg. Das stimmte natürlich. Doch richtig wohl fühlte er sich bei dem Gedanken nicht. »Vielleicht«, sagte er schließlich bedächtig, »sollten wir uns aber vorher noch darüber einig werden, was wir mit dem Geist tun wollen, wenn wir ihn gefangen haben – falls es uns überhaupt gelingt. Hast du dir darüber schon Gedanken gemacht? Wenn wir ihn für uns behalten wollen, müssen wir Kate das sagen. Doch dann, fürchte ich, wird sie wenig begeistert von der Idee sein, uns zu helfen.«

Sigai seufzte erneut, und Táan konnte an seiner Miene ablesen, dass er genau diese Gedanken schon etliche Male in seinem Kopf hin und her geschoben hatte. Es war ein Dilemma, aus dem es scheinbar keinen Ausweg gab. Und doch mussten sie einen finden.

»So oder so«, sagte Sigai endlich. »Wir werden wohl oder übel ihre Hilfe brauchen. Allein kommen wir hier nicht weiter. Also sollten wir besser gleich mit ihr zusammenarbeiten, findest du nicht? Vielleicht fällt ihr noch etwas ein, auf das wir nicht kommen … auch wenn sie nicht gerade der klügste Fisch im Schwarm ist.«

Táan konnte nichts dagegen tun, dass sich bei diesen Worten ein kleines Lächeln in seine Mundwinkel stahl. »Siehst du das etwa anders?« Sigais Tonfall fiel ein wenig barsch aus, aber das störte Táan nicht. Sein Bruder konnte die Sticheleien gegen Kate nicht lassen, doch seine Einstellung in der ganzen Sache war nicht so streng und eindeutig, wie Táan es von ihm gewohnt war. Und auch wenn es absurd klang, schien allein dadurch der Gewissenskonflikt, in dem er selbst steckte, nicht mehr ganz so schwer zu wiegen. Als sei es irgendwie in Ordnung, auf Kates Seite zu sein. Vielleicht konnte er so doch noch seinen Frieden mit ihr machen. Denn sein Herz schien ja nicht viel auf die Bemühungen seines Verstandes zu geben, ihn zur Vernunft zu bringen. Es drängte ihn schon die ganze Zeit, endlich zu ihr zu gehen und sie zu trösten, nachdem sie so überstürzt das Zimmer verlassen hatte. Aber darüber wollte er mit Sigai bestimmt nicht sprechen.

»Keineswegs«, sagte er deshalb nur und versuchte, das Lächeln zu unterdrücken. »Und dass sie schlau ist, habe ich dir damals schon gesagt.«

Sigai schloss kurz die Augen und schüttelte den Kopf. »Ja, ja«, sagte er. »Hauptsache, du vergisst Gemma nicht.«

Táan biss sich auf die Lippe. Obwohl er mit der Bemerkung gerechnet hatte, schmeckte sie bitter. Wie sollte er Gemma vergessen? Sie stand ihm jedes Mal vor Augen, wann immer er über seine ungewollte Zuneigung zu Kate nachdachte. Aber auch davon zeigte sein Herz sich unbeeindruckt. Wenn überhaupt, dann machte der Gedanke an das Mädchen, das daheim auf ihn wartete, die Anziehung noch stärker, die Kate auf ihn ausübte.

»Keine Sorge«, sagte er dennoch. »Ich denke immerzu an sie. Und das ist die Wahrheit.«

Sigai antwortete nicht darauf. Aber Táan ahnte, dass er die wahre Bedeutung seiner Worte sehr wohl begriff.

»Dann lass uns gehen«, sagte Sigai nach einigen Sekunden und stand auf. »Es ist ja sowieso nicht zu ändern.«

Und damit hatte er, wie so oft, leider viel zu recht.

# 12

## Am Scheideweg

Kathrin stand auf dem kleinen Balkon, der von ihrem Zimmer in den Garten hinausging, und sah hinab in die Schatten der Sträucher und Blumenbeete. Der Abendwind, noch warm von der Sommersonne, strich um ihre nackten Schultern, zerzauste ihre Haare und trocknete ihre Tränen. Sie fühlte sich leer und seltsam leicht, wie ausgehöhlt und doch befreit. Sie hatte es gesagt. Alles. Mehr konnte sie nicht tun.

Obwohl – alles vielleicht doch nicht.

Etwas war zurückgeblieben, etwas Unausgesprochenes. Drei kleine, schüchterne Worte, die sie nicht gesagt hatte, auch wenn sie nicht genau wusste, warum. Aus Angst vor Táans Reaktion? Aus Furcht vor der Zurückweisung, mit der sie fast sicher rechnete? Wenn Kathrin ehrlich zu sich selbst war, hätte keine Antwort die Situation schlimmer machen können, als sie schon war. Und trotzdem hatte sie die Worte zurückgehalten, war sogar geflohen, als sie doch drohten aus ihrem Mund zu purzeln.

Weil sie nicht allein waren.

Was ungesagt geblieben war, die Gefühle, die sie für Táan empfand, die gehörten nur ihnen beiden. Und Kathrin würde sie nicht zugeben oder in Worte fassen, solange der Rabe jede ihrer Handlungen genau verfolgte.

Oder war das nur eine Ausrede? Schließlich wusste sie jetzt, wie sie den Raben aus ihren Gedanken aussperren konnte.

Kathrin wollte nicht darüber nachdenken. Nicht jetzt, wo sie gerade so einen großen Satz über ihren eigenen Schatten gemacht hatte. Stattdessen lauschte sie mit gespitzten Ohren in die Nacht hinaus. Irgendwo dort unten musste Sigai umherwandern, Gedanken wälzen, drehen und wenden und abwägen. Die bloße Vorstellung, dass er vielleicht doch nicht wusste, was sie tun konnten, um Moritz zu helfen – oder schlimmer, dass er sich entschied, sein Wissen nicht zu nutzen, um ihren kleinen Bruder zu retten, lag wie Eisenbänder um Kathrins Herz. Die Angst war fast zu viel, um sie allein zu ertragen, und mehr als einmal war Kathrin kurz davor, bei Malin anzurufen. Oder nach unten zu gehen, um sich zu ihren Eltern aufs Sofa zu setzen und so zu tun, als würde sie mit ihnen fernsehen. Oder eben – aber das zog sie nur als allerletzte Möglichkeit in Betracht – zurück zu Táan zu gehen und mit ihm gemeinsam zu warten. Sie wäre sogar froh gewesen, wenn ihr Vater Moritz endlich nach oben getragen und ins Gästebett gelegt hätte, das am Nachmittag noch an der Wand ihres Zimmers auf ihn gewartet hatte. Aber das Bett stand inzwischen ohnehin bei ihren Eltern im Schlafzimmer. Und am Ende setzte Kathrin keinen einzigen ihrer Pläne in die Tat um.

Irgendwann hörte sie endlich Schritte auf der Treppe und ihr Herz klopfte unwillkürlich schneller. Das konnte nur bedeuten, dass Sigai zurückgekehrt war. Ob die Zwillinge dann bald hier auftauchen würden?

Aber die beiden ließen sich Zeit. Kathrin hörte ihre leisen Stimmen, die in ruhigem Ton miteinander sprachen. Keine hitzigen Debatten. Sie waren sich offenbar einig.

Kathrin bemerkte selbst kaum, dass sie längst wieder vom Balkon ins Zimmer hineingeschlichen und sogar fast bis an die Tür gegangen war, in der Hoffnung, vielleicht ein paar Satzfetzen aufzuschnappen. Doch vergeblich. Sie konnte gar nichts von dem verstehen, was geredet wurde. Und als sich schließlich die Tür zu Moritz' Zimmer öffnete, schreckte sie zurück, sprang wieder weit in ihr Zimmer hinein und hastete hinaus auf den Balkon, als hätte sie sich nie dort wegbewegt. Das war dumm und albern und sie wusste es. Aber sie hoffte, dass die Zwillinge, falls sie ihre peinlichen Lauschangriffe bemerkt hatten, wenigstens taktvoll genug sein würden, sich das nicht anmerken zu lassen.

Und tatsächlich verzogen weder Táan noch Sigai eine

Miene, als sie das Zimmer betraten und ein wenig unschlüssig in der Mitte des Raums stehen blieben. Sigai hielt die leere Schachtel aus Horn in der Hand. Táan hatte die Hände in die Taschen gesteckt. Der gelbe Schein der Lampe glänzte auf ihrem dicken schwarzen Haar.

Mit zögerndem Schritt betrat auch Kathrin wieder das Zimmer und schloss die Balkontür hinter sich. »Hey«, sagte sie und kam sich blöd vor. Zum Glück schien den beiden das nicht aufzufallen. Sigais Gesicht blieb unbewegt. Táan hingegen lächelte verhalten. Aber er sah Kathrin dabei nicht an.

»Hey ...«, murmelte er halbherzig.

»Du musstest lange warten«, sagte Sigai. »Entschuldige.«

In Kathrins Kopf lachte Xuuyah sein krächzendes Lachen. *Na, jetzt bin ich gespannt.*

Kathrin ignorierte den Raben, so gut sie konnte, und auch ihr noch immer wild pochendes Herz und den kalten Schweiß in ihrem Nacken. »Also, was ist?« Sie sah von Táan zu Sigai und wieder zurück. »Was hat der Kriegsrat ergeben? Was machen wir? Oder ihr?«

Die Zwillinge wechselten einen Blick, dann nickte Sigai seinem Bruder zu.

»Wir wissen, wie wir den Sonnengeist binden können«, erklärte Táan. Obwohl seine Stimme bewusst ruhig klang, konnte Kathrin das aufgeregte Beben darin hören. »Wir wissen nur nicht, wo wir nach ihm suchen müssen.«

»Oder wie man ihn anlocken kann«, warf Sigai ein.

Táan nickte bekräftigend. »Wir hatten gehofft, du hättest vielleicht eine Idee.«

Kathrin hob die Brauen, während in ihrem Kopf das Rabengelächter lauter wurde.

*Na, dann leg mal los*, höhnte Xuuyah. *Zeig ihnen, was du draufhast, Mädchen.*

Aber Kathrin hatte nicht vor, ihre eigenen Regeln heute noch einmal zu brechen – nicht nach allem, was an diesem Tag schon vorgefallen war. Keine Befehle des Raben befolgen. Niemals. Das eine Mal vorhin war mehr als genug gewesen.

»Wie kommt ihr denn darauf?«, fragte sie betont überrascht.

Sigai aber schüttelte gereizt den Kopf. »Du und der Rabe – ihr seid doch seit Jahren auf der Suche nach einer Möglichkeit, den Geist zu fangen. Du willst mir nicht im Ernst erzählen, dass ihr *überhaupt nichts* herausgefunden habt.« Sein Tonfall klang so sehr nach dem Spott des Raben, dass Kathrin ihm in diesem Moment am liebsten eine gescheuert hätte. Stattdessen schnaufte sie wütend.

»Wenn ihr es genau wissen wollt: doch, das haben wir. Habe *ich*. Und das war ziemlich harte Arbeit. Aber bevor ich auch nur daran denke, euch meine Erfolge auf die Nase zu binden, will ich euer Wort, dass ihr mir dann auch helft, Moritz zu retten.« Bei der bloßen Erwähnung ihres Bruders schossen Kathrin erneut Tränen in die Augen. Ärgerlich wischte sie sie weg. Sie musste jetzt hart sein, sonst hatte sie gegen die Zwillinge keine Chance. »Und ihr müsst mir erzählen, was ihr wisst. Und zwar zuerst.«

Sie sah Sigai unwillig die Stirn runzeln und Táan einen warnenden Blick zuwerfen.

Táan aber schaute Kathrin nun endlich direkt in die Augen. Sein Blick war so offen, dass es fast beängstigend war. »Das werden wir, Kate. Wir hätten dir schon längst mehr gesagt. Es ist nur so … Du bist nun mal nicht allein.«

Kathrin schluckte den Kloß in ihrem Hals herunter und nickte. Nein, das war sie natürlich nicht. So weit war sie ja auch schon selbst gekommen.

»Und der Rabe darf niemals unsere Familiengeheimnisse erfahren.« Sigai Stimme klang schroff – schroffer und endgültiger sogar als je zuvor. Er würde sich in diesem Punkt auf keinen Kompromiss einlassen, das war sonnenklar. Und vor wenigen Stunden noch wäre Kathrin über diesem Problem schlicht verzweifelt. Jetzt aber erschien es ihr geradezu lächerlich leicht zu beheben.

»Wenn es nur das ist.« Sie zuckte die Schultern und griff nach ihrem Armband.

Wie erwartet begann der Rabe, hinter ihrer Stirn wütend zu zetern. *Untersteh dich! Ich warne dich, Mädchen! Mach das Armband noch einmal ab und ich lasse deinen Bruder los! Das ist mein voller Ernst!*

Aber Kathrin war fest entschlossen, sich nicht einschüchtern zu lassen. Diesmal nicht. So schrecklich es war, dass Xuuyah Moritz in der Schattenwelt gefangen hielt – Kathrin war sich sicher, dass er ihn nicht loslassen würde, egal was er sagte. Denn damit würde er das wirkungsvollste Druckmittel verlieren, das er ihr gegenüber hatte. Und Kathrin kannte Xuuyah viel zu gut, um zu glauben, dass er einen solchen Vorteil einfach aus den Klauen gelassen hätte.

Trotzdem zitterte sie innerlich wie Espenlaub, als sie sich aufrichtete, die Schultern und den Rücken straffte und das Kinn reckte. »Du musst mir schon vertrauen.« Bei diesen Worten sah sie Táan fest in die Augen, hielt sich an seinem Blick fest, damit der Rabe nicht merkte, wie viel Angst sie tatsächlich hatte.

*Lass es sein, Mädchen, ich warne dich zum letzten Mal!*

Táan erwiderte nur stumm Kathrins Blick. Sigai aber legte die Stirn in tiefe Furchen. »Dir vertrauen? Findest du das nicht ein bisschen viel verlangt?«

Kathrin schüttelte den Kopf. »Ich meine auch nicht euch.«

Und mit diesen Worten griff sie entschlossen nach dem Armband, obwohl der Rabe in ihrem Kopf tobte, kreischte und schrie, und zog es über ihr Handgelenk.

Diesmal ging es erstaunlich leicht, so leicht, dass Kathrin das Band fast aus den Fingern gefallen wäre. Xuuyahs Wüten verstummte abrupt. Es war ein fantastisches Gefühl, so wunderbar, dass Kathrin nicht anders konnte, als zu lächeln.

»Also.« Sie sah von einem Zwilling zum anderen und hielt ihnen auf der ausgestreckten Handfläche das Armband entgegen. »Jetzt sind wir unter uns. Reden wir.«

Für einige Sekunden schienen Táan und Sigai wie erschlagen. Keiner von beiden machte Anstalten, das Armband aus Kathrins Hand zu nehmen.

Dann endlich aber lächelte Táan, und es war das offenste, ehrlichste Lächeln, das Kathrin seit seiner Ankunft in ihrem neuen Leben an ihm gesehen hatte.

»Ja«, sagte er und in seiner Stimme klang ehrliche Anerkennung mit. »Reden wir.«

Auch Sigai hatte sich inzwischen aus seiner Starre gelöst, aber er ließ sich nicht anmerken, ob er von Kathrins Entschlusskraft ebenfalls beeindruckt war. »Na schön.« Er nickte knapp und verschränkte die Arme vor der Brust. »Um es kurz zu machen: Dein Haar war nicht zu schwach. Zumindest vermuten wir das. Es fehlte ihm nur das Blut der Lichtjäger.«

Kathrin hob die Brauen und warf das Armband, so lässig sie konnte, auf ihren Nachttisch. »Lichtjäger, soso. Und ihr werdet mir bestimmt gleich erklären, was das ist.«

»Na ja …« Táan räusperte sich ein wenig verlegen. »Wie es der Zufall so will, sind das wohl wir.«

»Ihr?«, wiederholte sie verwirrt.

Sigai nickte ungeduldig. »Unsere Familie. Unsere Blutlinie. Ach, das habe ich ganz vergessen – auf so etwas legt ihr Europäer ja keinen Wert.«

Für einen Moment war Kathrin kurz davor, ärgerlich etwas zu kontern. Doch stattdessen atmete sie einmal tief durch. Ein Streit über Nebensächlichkeiten würde keinen von ihnen weiterbringen.

»Euer Blut kann Sonnengeister binden?«, hakte sie nach. Das klang zu einfach. Zu gut, um wahr zu sein.

Táan hob ein wenig unbehaglich die Schultern. »Ob gerade wir beide es können, müssen wir natürlich erst noch feststellen. Aber wenn die Legenden stimmen, hat es einer unserer Vorfahren getan. Mit seinem Blut und einem Haar seiner Schwester.«

Kathrin hielt inne. Táans Worte berührten etwas in ihr, wie die Saite einer Geige, die in Schwingung versetzt worden war. Eine vage Erinnerung, die sich nicht recht greifen lassen wollte …

»Moment mal.« Sie hob die Hand und rieb sich angestrengt über die Nasenwurzel. »Die Geschichte kenne ich!«

Es war eine der seltenen Gelegenheiten, bei denen die Gesichter der Zwillinge haargenau den gleichen Ausdruck zeigten: eine Mischung aus Verblüffung, Skepsis und Hoffnung.

»Was soll das heißen – du *kennst* sie?«, fragte Sigai. »Wie kann das sein?«

Kathrin hob die Schultern. Innerlich aber gestattete sie sich wenigstens ein bisschen Genugtuung, dass sie ausnahmsweise etwas wusste, von dem ihre mysteriösen, geheimniskrämerischen Indianer nichts ahnten. »Mein Vater ist doch Ethnologe und er hat sich nicht nur mit eurem Stamm beschäftigt. Und wie schon gesagt – ich war nicht untätig in den letzten Jahren. Ich habe sein Passwort für die digitale Bibliothek der Uni. Da gibt es eine *Menge* Indianergeschichten von allen möglichen Stämmen. Ich hab sie alle gelesen. Natürlich erinnere ich mich an die, in der ein Junge die Sonne mit dem Haar seiner Schwester fängt. Das sollte euch nun echt nicht wundern.« Sie dachte kurz nach. »Das mit dem Blut steht da allerdings nicht. Das wäre mir aufgefallen.«

Táans Wangen hatten sich vor Aufregung leicht gerötet. »Ist das dein Ernst? Das ist ja großartig! Und wie macht er es? Wie lockt er die Sonne in die Falle?«

Er sah so begeistert aus, so hoffnungsvoll, dass Kathrin nichts lieber getan hätte, als ihm die ganze Geschichte zu erzählen. Das Problem war nur: Aus irgendeinem Grund konnte sie sich beim besten Willen nicht daran erinnern, was genau der Junge eigentlich getan hatte, um die Sonne zu fangen. Aber wie konnte das sein? Sie hatte die Geschichte noch ganz klar vor Augen, wieso konnte sie sich denn nicht auf den springenden Punkt besinnen? Warum hatte sie sie damals zur Seite gelegt und nicht weiter angesehen? Hätte sie nicht mit dem Raben versuchen müssen, diesem Hinweis nachzugehen? Irgendetwas passte da nicht zusammen und sie bekam es einfach nicht auf die Reihe. Zu dumm, dass sie nicht Xuuyah um Rat fragen konnte. Dass ihr Kopf gerade jetzt streikte, stellte sie in den Verhandlungen mit den Zwillingen auf eine sehr ungünstige Position – und so sehr der Rabe sie auch die letzten Jahre genervt hatte, in dieser Situation wäre er sicher hilfreich gewesen.

Aber egal. Das musste sie jetzt allein schaffen.

Kathrin straffte entschlossen die Schultern. Wenn sie eines gelernt hatte in ihren Jahren mit dem Raben, dann war es dies: niemals vorschnell den eigenen Vorteil aufzugeben. Und vor allem immer aufzupassen, dass ihre eigenen Bedingungen im Eifer des Gefechts nicht einfach vergessen wurden. Also kniff sie die Lippen zusammen, schüttelte den Kopf – und bluffte.

»Euer Versprechen. Habt ihr vergessen? Das will ich zuerst. Ihr helft mir, Moritz zu retten, dann erzähle ich euch die Geschichte.«

Sie sah Überraschung in den Gesichtern der Zwillinge und auch ein wenig Unglauben. Vermutlich hatten sie nicht damit gerechnet, dass sie so hart verhandeln würde. Wie sollten sie auch? Die kleine Kate hatte am liebsten immer nur gegeben, alles, was sie hatte, ohne jemals eine Gegenleistung zu verlangen. Aber das konnte man sich in einem Leben mit Xuuyah nicht erlauben.

Endlich schüttelte Sigai den Kopf. »Wir können dir nichts versprechen«, sagte er mit fester Stimme. »Denn wir haben noch nichts entschieden. Aber bedenke, nicht nur wir brauchen dich. Du brauchst auch uns. Sonst hat keiner von uns dreien eine Chance, seine Ziele …«

»Doch. Ich verspreche es«, fiel Táan ihm ins Wort. Sein Blick war eigentümlich eindringlich und wich Kathrins nicht aus. »Ich verspreche, dass wir den Geist benutzen werden, um Moritz zu retten.«

Jetzt war es an Kathrin, überrascht zu sein. Sie hatte mit vielem gerechnet, aber nicht damit, dass Táan sich so schnell und ohne jedes Zögern auf ihre Seite schlagen würde. Auch Sigai starrte seinen Bruder fassungslos an. »Táan!«

Doch Táan beachtete ihn gar nicht. Seine Aufmerksamkeit galt noch immer allein Kathrin, obwohl er nun mit seinem Zwilling sprach. »Wir werden eine Lösung finden, keine Sorge. Andere Menschen leben auch ohne einen Sonnengeist in ihrem Dorf. Oder etwa nicht? Also. Wir retten Moritz.«

Endlose Sekunden lang sagte Sigai überhaupt nichts. Er stand einfach nur da, als müsste er einen inneren Kampf mit sich ausfechten – einen, bei dem er nur verlieren konnte. Sein Gesicht war aschfahl und beinahe tat er Kathrin nun leid. Aber sie wusste, sie durfte jetzt nicht nachgeben. Moritz brauchte sie!

Nach einer ganzen Weile erst regte Sigai sich endlich wieder. Er war immer noch blass, aber er schien sich gefasst zu haben. »Na schön«, sagte er. Seine Stimme klang selbst für seine Verhältnisse sehr steif, und es war ihm anzusehen, dass er nur mühsam einen Rest Gelassenheit aufrechterhielt. »Dann habe ich dazu wohl nichts mehr zu sagen. Also. Kommen wir zu deinem Teil der Abmachung. Wie geht diese Geschichte?«

Kathrin schluckte. Jetzt wurde es wirklich kritisch. Sie konnte nur hoffen, dass Táan auch ohne konkrete Pläne bei seiner Meinung blieb. Aber das würde er vermutlich, wenn er sich nicht sehr verändert hatte. Táan brach niemals ein gegebenes Versprechen. Und gerade der strenge, aufrechte Sigai würde das auch nicht von ihm verlangen, das glaubte Kathrin zu wissen. Aber flau im Magen war ihr trotzdem.

»Aus dem Kopf weiß ich das nicht mehr so genau«, erklärte sie ausweichend und ein wenig kleinlaut. »Ich denke, ich lese sie besser noch mal nach.«

Eine tiefe Furche erschien zwischen Sigais Brauen. »Das ist nicht dein Ernst. Du schwatzt uns ein Versprechen ab für etwas, dessen du dir nicht sicher bist? Das glaube ich jetzt nicht!«

Kathrin hob abwehrend die Hände. »Hey«, versuchte sie, sich zu verteidigen, »kein Grund auszurasten, okay? Natürlich bin ich mir sicher! Ich kann mich nur nicht erinnern. Also ist alles, was ich tun muss, diese Geschichte noch mal zu lesen. So viel Zeit werden wir ja wohl haben!«

Sigai schnaubte verächtlich. Natürlich war er kein bisschen besänftigt. Im Gegenteil. Er sah aus, als hätte er Kathrin liebend gern die Worte *Falsche Schlange!* auf die Stirn tätowiert, und es kostete sie große Willensanstrengung, um unter seinem Blick nicht klein wie eine Maus zu werden.

Táan sah zwischen Kathrin und seinem Bruder hin und her. Auch sein Gesicht war nun ein wenig grau. Trotzdem versuchte er mit aller Kraft, die Fassung zu wahren.

»Sie hat recht, Sigai. Vor morgen früh können wir sowieso nichts tun«, bemühte er sich zu schlichten. Er warf einen vielsagenden Blick in die Dunkelheit vor dem Fenster. »Vielleicht sollten wir alle eine Nacht darüber schlafen und unsere Kräfte sammeln. Ich meine, heute Nacht werden wir ja wohl definitiv keinen Sonnengeist mehr fangen.«

Für einen Augenblick sah Sigai so aus, als wollte er hitzig auf diesen schlechten Witz antworten. Doch dann überlegte er es sich offenbar anders. »Ja. Vermutlich«, sagte er spröde und drehte sich auf dem Absatz um. Ohne ein weiteres Wort verließ er das Zimmer.

Táan blieb einen Augenblick länger stehen. Sein Gesicht war noch immer angespannt und seine Augen nachdenklich.

»Tut mir leid …«, setzte Kathrin an. Aber Táan schüttelte nur den Kopf und winkte ab.

»Schon gut. Das war sehr schlau von dir.« Er lächelte schief.

Auch Kathrin probierte ein Lächeln. Es missriet kläglich. »Tja … wenn du meinst …«

Táan hob leicht die Schultern. »Ich habe auch einen Bruder, Kate. Ich weiß, wie du dich fühlen musst.«

In diesem Moment wäre Kathrin ihm vor Dankbarkeit

am liebsten um den Hals gefallen. Aber das traute sie sich nicht. Daher nickte sie nur. »Danke. Du weißt gar nicht, wie sehr. Wirklich. Das bedeutet mir unglaublich viel.« Sie lächelte noch einmal und diesmal fiel es ihr schon viel leichter. »Also dann – gute Nacht.«

Táan nickte. »Ja, gute Nacht«, sagte er. Doch statt seinem Bruder zu folgen, zögerte er. »Kate.« Plötzlich klang seine Stimme wieder entschlossener. »Kann ich noch kurz mit dir reden?«

Kathrin sah ihn verwirrt an. Damit hatte sie nicht gerechnet und ihr wurden prompt die Hände feucht. Worüber wollte er mit ihr reden? Und dann noch ohne Sigai? Viele Möglichkeiten fielen ihr da nicht ein. Ihr erster Impuls war, ihn mit einem platten Spruch aus dem Zimmer zu schicken. Aber sie konnte nicht. »Ja«, brachte sie heraus. »Sicher.«

Táan musterte sie etliche Sekunden mit undeutbarem Blick. Dann wandte er sich um und schloss die Zimmertür. Als er Kathrin wieder ansah, war sein Blick weich. Tief. Und auch traurig.

»Also … ich habe dir eben gar nicht gesagt …« Er stockte, als wüsste er noch nicht so recht, ob es richtig war, seine Gedanken auszusprechen. Kathrin verstand das nur zu gut. Und deshalb verstand sie ebenso, warum er es trotzdem tun musste.

Táan räusperte sich und setzte noch einmal an. »Ich habe dir gar nicht gesagt, dass es mir auch leidtut. Es tut mir leid, dass ich dir nicht vertraut habe und dass ich dir nicht beigestanden habe, als du meine Hilfe am meisten brauchtest. Und ich habe dir auch nicht gesagt, dass ich genauso froh bin wie du, dich wiederzusehen. Auch wenn die Umstände furchtbar sind. Das sollst du wissen, Kate … nein, ich meine Kathrin. Entschuldige.«

Kathrins Mund wurde trocken. Ihr schwirrte der Kopf und die Schmetterlinge waren wieder da – aber anders als am See. Anders als mit Pits. Bei Pits war sie vor Atemnot fast umgekippt und hatte sich wie eine Wasserbombe kurz vor dem Platzen gefühlt. Jetzt wo Táan vor ihr stand, wollte sie lachen und heulen vor Erleichterung, wollte ihn immer weiter sprechen hören, diese Worte, die wie goldenes Licht in sie hineintropften und alles hell werden ließen, und vor allem wollte sie sich in seine Arme stürzen, damit er sie nie wieder losließ.

»Du kannst ruhig Kate sagen«, flüsterte sie, weil sie für mehr nicht genug Stimme hatte.

Táan seufzte tonlos und machte einen Schritt auf sie zu – und in diesem Moment hatte Kathrin den verrückten Gedanken, dass er sie gleich küssen würde. Dass er vielleicht einfach seine Lippen auf ihre legen würde, wenn sie jetzt die Augen schloss, so wie Pits es heute getan hatte. Nur dass es sich anders anfühlen würde, richtiger und so viel schöner …

Kathrin schloss die Augen.

Wartete.

Wartete.

Wartete.

Nichts geschah. Und da begann Kathrin, sich wirklich dumm zu fühlen.

Sie öffnete die Augen wieder und starrte Táan ins Gesicht, der nun ebenfalls sehr verlegen aussah, und sie wusste, dass er begriffen hatte, was sie dachte – was alles nur noch schlimmer machte. Kathrin wollte im Boden versinken vor Peinlichkeit. Zum zweiten Mal an diesem Tag hatte sie einen Jungen völlig falsch eingeschätzt und eine traumhafte Situation komplett ruiniert.

Wenigstens lachte Táan sie nicht aus. Das war ja schon mal etwas. »Ja dann«, sagte er bloß. »Gute Nacht, Kate.«

Kathrin nickte. Vermutlich musste sie dankbar dafür sein, dass er ihnen beiden einen halbwegs würdevollen Ausweg aus dieser Situation ermöglichte.

»Gute Nacht, Táan. Und danke für alles.«

Táan nickte. Ein kleines Lächeln huschte über sein ernstes Gesicht. Dann drehte er sich um und verließ das Zimmer. Die Tür zog er lautlos hinter sich zu.

# 13

## Geh, wohin dein Herz dich leitet

Nachdem er Kates Zimmer verlassen hatte, blieb Táan noch eine Weile auf dem Flur stehen und versuchte, sich zu sammeln. Was war da nur gerade passiert?

Er lauschte in sich hinein, auf das wilde Pochen seines Herzens und die heißen Schauer, die seine Wirbelsäule entlangrannen. Er hatte Kate nicht berührt, war kaum auf Armlänge in ihre Nähe gekommen. Und doch fühlte es sich an, als hätte er sie tatsächlich geküsst und nicht nur darüber nachgedacht. Fast spürte er den leichten Druck ihrer Lippen auf seinen, wie ein Stempel, den sie ihm aufgedrückt hatte, um ihn unwiderruflich zu markieren. Dabei war doch er es, der sie hatte küssen wollen. Ohne zu denken, ohne auf die Stimme in seinem Hinterkopf zu hören, die ihm zuflüsterte, dass er damit nicht nur Gemma, sondern auch seine eigenen Prinzipien verriet. Aber dann war die Stimme doch stärker gewesen. Es war falsch, ganz bestimmt war es falsch, auch nur in Erwägung zu ziehen, diesen Schritt zu gehen. Sigai würde ausrasten, wenn er davon erfuhr.

Und doch war es ebenso richtig. Nie in Táans Leben war ihm irgendetwas richtiger erschienen, als Kate zu küssen, in jenem Moment, als sie zu ihm aufsah und so verlassen wirkte und zugleich so stark. Und jetzt wo die Gelegenheit vorüber war, bereute er, es nicht getan zu haben. Es hätte ihn glücklich gemacht. Dessen war Táan sich nun mehr als sicher. So glücklich, wie er in dieser verfahrenen Situation nie geglaubt hatte, sein zu können. Und er hätte sich selbst in den Hintern beißen können, dass er die Chance nicht genutzt hatte.

Aber nun war es zu spät. Und die Standpauke würde sein Bruder mit Freuden übernehmen, wenn er von seinen wirren Gefühlen für Kate erfuhr. Besser also, Táan brachte das Geständnis möglichst schnell hinter sich. Denn er würde zu dem stehen, was sein Herz ihm sagte. Darum richtete er sich auf und betrat mit geradem Rücken das Zimmer.

Sigai hatte ihn natürlich bereits erwartet. Er saß auf Moritz' Bett, Rücken und Kopf schwer an die Wand gelehnt und mit düsterem, ahnungsvollem Blick die Schwelle zu ihrem Zimmer beobachtend. Natürlich wusste er genau, was es bedeutete, dass Táan zurückgeblieben war, um allein mit Kate zu reden. Dass er sogar die Tür geschlossen hatte, hatte in Wahrheit mehr verraten als verborgen. Und spätestens, als sie sich in die Augen sahen, wusste Sigai sicherlich auch, dass Táan nun endgültig die Linie überschritten hatte, vor der er ihn seit Wochen warnte. Selbst wenn es nur innerlich war.

Táan schob die Tür hinter sich ins Schloss und stellte sich dem vernichtenden Urteil, das ihn ohne Zweifel erwartete – ob es nun wortlos oder wortreich ausfiel. Es überraschte ihn selbst, wie gelassen er mit der Situation umgehen konnte. Das Richtig war stärker als das Falsch. Daran gab es nichts zu rütteln und daran würde auch Sigai nichts ändern können.

Doch als sein Bruder aufstand, sah Táan etwas in seinen Augen, das er dort nicht erwartet hatte. Etwas, das ihm nun doch unerwartet die Brust zusammenschnürte.

Schmerz.

»Warum, Táan?«, fragte Sigai mit vor Zorn brüchiger Stimme. »Warum stellst du dich auf ihre Seite? Hast du vergessen, warum wir hier sind?«

Und da begriff Táan, worum es Sigai tatsächlich ging. Es waren nicht seine Gefühle für Kate. Was ihn so hart getroffen hatte, dass er stumm brüllte und seinen Bruder mit Blicken ohrfeigte, wo seine Hand nur mühsam ruhig blieb, war Táans Versprechen, Moritz zu helfen. Den Geist, den ihr Dorf verloren hatte, an Kate auszuhändigen. Nur für den Geist waren sie hergekommen. Damit Táan seinen Fehler wiedergutmachen konnte. Deswegen hatte Sigai für ihn geschwiegen und sogar gelogen, hatte die Reise nach Deutschland organisiert und ihm am Ende sogar in die geheimen Geschichten eingeweiht, die er stets so streng gehütet hatte. Aber anstatt ihm seine Dankbarkeit zu beweisen, indem er sich an ihren Plan hielt, hatte Táan den gleichen Fehler noch einmal begangen wie vor fast fünf Jahren. Hatte alles weggeworfen, was sie bis hierher erreicht hatten, mit einem einzigen Satz.

*Ich verspreche es.*

»Wir können den Jungen nicht seinem Schicksal überlassen«, versuchte er zu erklären. Aber obwohl das natürlich stimmte, klang es selbst in Táans eigenen Ohren nach einer hohlen Ausrede.

Sigai presste die Lippen zusammen und schüttelte den Kopf. »Dieses Mädchen bringt dir nichts als Unglück. Sie bringt *uns* nichts als Unglück, weil ich meine Treue zu dir einfach nicht aufgeben kann.«

Táan senkte den Kopf. Er fühlte sich zu Recht angeklagt, doch zugleich wusste er, dass er seinen Bruder irgendwie überzeugen musste. Das Richtig war stärker als das Falsch, wiederholte er in Gedanken und es musste mehr zählen.

»Wir sind mit schuld daran, dass Moritz in der Gewalt des Raben ist«, setzte er noch einmal an, während er in sich nach der Überzeugung grub, die ihn diesen entscheidungsschweren Schritt hatte gehen lassen. Als er sie endlich zu fassen bekam, klammerte er sich daran fest und versuchte, so viel wie möglich von dieser Überzeugung in seine Worte zu legen. »Wir sind hier nicht nur in Kates Leben eingedrungen, sondern auch in das ihrer Familie. Wir haben Menschen in die Angelegenheit hineingezogen, die nichts damit zu tun haben und bis jetzt noch nicht wissen können, was ihnen eigentlich gerade geschieht. Ich will Kate nicht mehr in Schutz nehmen, als sie es verdient, denk das nicht. Aber ich habe mir schon zu viel Schuld aufgeladen. Ich kann nicht auch noch für das Schicksal ihres Bruders verantwortlich sein. Bitte, Sigai. Das musst du doch verstehen.«

Sigais Mund war auch weiterhin nichts als ein schmaler Strich. Aber Táan konnte sehen, wie es hinter seiner Stirn arbeitete, und er schöpfte ein klein wenig Hoffnung.

Doch die machte sein Bruder schon kurz darauf wieder restlos zunichte. »Ich verstehe dich sehr gut, Táan«, erwiderte er gepresst. »Und ich verstehe vor allem, dass du dich selbst anlügst. Du kannst noch so oft sagen, dass es dir nicht um Kate geht – wir beide wissen es besser. Sie hat dir völlig den Kopf verdreht, schlimmer noch als damals. Du tust alles für sie, seit wir hier sind, und vergisst dich selbst dabei. Aber sie ist nicht das passende Mädchen für dich, warum begreifst du das denn nicht? Weder ist sie eine vom Rabenclan noch eine von uns noch tut sie dir gut, ganz egal, wie hübsch du sie findest! Bitte, Táan – sei doch endlich vernünftig!«

Während seiner Ansprache hatte Sigai sich richtig in Rage geredet. Selbst seine Hände brachen aus seiner sonst so steifen Haltung aus und unterstrichen seine Worte mit harschen Gesten.

Doch auch Táan spürte allmählich einen Funken Zorn in sich, der mit jedem verbalen Hieb seines Bruders aufflackerte und schließlich eine Flamme entzündete, die auch den letzten Rest seiner Gelassenheit zu Asche verbrannte.

»Und vielleicht hörst du mal endlich auf, mir meine Gefühle vorzuschreiben!«, platzte es aus ihm heraus. »Auch wenn du dir das nur schwer vorstellen kannst, ich kann meine eigenen Entscheidungen treffen, und ich bin nicht so triebgesteuert, wie du offenbar meinst. Ich kann einfach nicht glauben, dass du allen Ernstes auch nur darüber nachdenkst, ein Kind zu opfern, um deinen Kopf durchzusetzen. Und geht es nicht eigentlich darum? Möglich, dass der Sonnengeist Old Masset guttut. Aber wir können auch ohne ihn leben. Moritz kann das nicht. *Ein Kind*, Sigai! Er ist völlig unschuldig an allem, und ob er Kates Bruder ist oder nicht, spielt dabei überhaupt keine Rolle! Was ist bloß für ein kaltherziges Aas aus dir geworden? Ehrlich, du solltest dich schämen, so etwas auch nur zu denken!«

Sigai gab keine Antwort. Sein ganzer Körper schien in Gedankenstarre zu verharren – nur sein Kiefer mahlte, als habe er schwer an Táans Anschuldigungen zu kauen. Táan selbst fühlte sich völlig erschöpft, als habe er gerade unter drohenden Gewitterwolken einen Dauerlauf am Strand hinter sich gebracht. Es war ein unangenehmes Gefühl der Leere, die seine Worte hinterlassen hatten, als hätte er damit eine Kluft zwischen sich und seinem Bruder geschlagen, die nur schwer wieder zu überbrücken sein würde. Es war so grässlich, dass Táan nur Sekunden darauf fast bereit war, alles zurückzunehmen und sich zu entschuldigen.

Doch da richtete sich Sigais Blick wieder auf ihn.

»Liebst du sie?« Er verengte leicht die Augen und musterte Táan so durchdringend, wie nur er es konnte. Aber zu Táans Überraschung war sämtlicher Vorwurf aus seiner Stimme verschwunden. »Gib es wenigstens zu.«

Táan musste nicht lange nachdenken. »Ja.« Er nickte und sah Sigai fest in die Augen, um zu zeigen, wie ernst es ihm war. »Aber das hat bei meiner Entscheidung keine Rolle gespielt.«

Sigai erwiderte das Nicken, eine winzige Bewegung nur, aber Táan sah sie trotzdem. »Dann will ich nichts mehr dazu sagen.« Er seufzte schwer. »Ich respektiere deine Entscheidung, kleiner Bruder. Und du weißt, ich werde dir in allem, was du tust, zur Seite stehen. Auch wenn du unserem Vater beichten musst, wie du den Sonnengeist verloren hast.«

Ein dicker Kloß bildete sich in Táans Kehle. Das war kein Handel, keine Erpressung, das spürte er deutlich. Es war ein Friedensangebot. Und zwar das letzte.

Wortlos trat er auf seinen Bruder zu und schloss ihn in die Arme. Für einen Moment versteifte sich Sigai, dann aber erwiderte er die Umarmung und hielt Táan für etliche Sekunden fest, ehe er ihn losließ und von sich schob, um ihn erneut zu mustern. »Pass nur auf, dass du dich nicht zu sehr an ihr verletzt«, sagte er. »Versprich mir das.«

Táan atmete einmal tief durch. Sigais Worte klangen so unheilschwanger, dass sie ihm die Lunge zudrückten. Aber er wollte dieses Gefühl nicht zulassen.

»Ich verspreche es. Danke, Sigai. Für alles, du weißt schon. Also, sicher weißt du das.«

Und nun erschien tatsächlich ein winziges Lächeln in Sigais rechtem Mundwinkel, so klein, dass es nicht einmal bis zur Mitte des Mundes reichte.

»Ja«, sagte er nur. »Ich weiß. Lass uns schlafen gehen. Morgen wartet ein großer Tag auf uns.«

Und dagegen konnte Táan nun wirklich nichts sagen. Man versuchte schließlich nicht jeden Tag, einen Sonnengeist zu fangen.

Blieb nur noch zu hoffen, dass es ihnen auch gelang.

# 14

## Fräulein Furchtlos

Kathrin war zurück auf den Balkon geflüchtet, in der Hoffnung, sich dort ein wenig beruhigen und sammeln zu können. Die Tür hatte sie hinter sich zugezogen, um zu verhindern, auch nur den kleinsten Laut aus dem Zimmer der Zwillinge mitzubekommen. Sie wollte nicht wissen, wie die beiden jetzt über sie redeten. Dass sie es taten, davon war Kathrin fest überzeugt. Aber sie wollte es wirklich nicht wissen und auch nicht darüber nachdenken.

Der Abendwind war kühler geworden und trieb den feuchten Duft nach Erde und atmenden Blättern aus dem nahen Wäldchen heran.

Aber Kathrin fand keine Ruhe. Wie auch, nachdem sie sich gerade zum zweiten Mal in nur wenigen Stunden bis auf die Knochen blamiert hatte? Was war das nur für ein Tag? Von einem Bruder, der in der Schattenwelt gefangen war, einmal ganz abgesehen – oder davon, dass sie endlich die ewig nörgelnde Stimme des Raben losgeworden war.

Es war ein komischer Gedanke. Aber der Vogel fehlte Kathrin irgendwie. Nicht so sehr, dass sie das Armband wieder umgelegt hätte. Aber doch ein wenig.

Kathrin seufzte und drehte das Armband hin und her, spielte mit den vertrauten Perlen und ließ das glatte Leder durch ihre Finger gleiten. Sie hatte es wieder vom Nachttisch genommen, nachdem die Brüder das Zimmer verlassen hatten, und es seither nicht über sich gebracht, es aus der Hand zu legen. War es nicht ihre letzte Möglichkeit, sich zu vergewissern, dass Moritz noch da war und Xuuyah seine Drohung am Ende nicht doch wahr gemacht hatte? Was würde Xuuyah sagen, wenn sie ihm wieder begegnete? Sicher würde er versuchen, sich zu rächen – in jedem Fall würde er unglaublich wütend sein. Sollte sie nicht doch besser versuchen, ihn zu besänftigen?

Entschlossen schüttelte sie den Kopf. Nicht jetzt. Sie musste auf ihre eigenen Entscheidungen vertrauen. Und vor allem sollte sie schleunigst diese Geschichte noch einmal lesen – von dem Jungen, der die Sonne fing. Vielleicht würde ihr Gehirn sich so wieder zur Mitarbeit überreden lassen.

Kathrin beugte sich ein Stück nach vorn und sah über die Brüstung nach unten. Die Vorhänge vor der Terrassentür im Wohnzimmer waren schon geschlossen, doch ein wenig Licht und das Flackern des Fernsehers drangen hindurch und färbten die Terrassensteine gelblich-blau. Ihre Eltern waren noch wach – oder vor dem Fernseher eingeschlafen. Sie würden es also nicht merken, wenn Kathrin sich ins Arbeitszimmer an den Rechner ihres Vaters schlich. Hoffentlich hatte er sein Passwort nicht geändert.

Auf leisen Sohlen huschte sie über den dunklen Flur. Die Tür zum Arbeitszimmer quietschte, als Kathrin sie vorsichtig aufschob. In der Stille klang das Geräusch viel zu laut. Kurz hielt sie inne und horchte, doch niemand schien sie bemerkt zu haben.

So leise wie möglich schloss Kathrin die Tür hinter sich und hockte sich mit angezogenen Beinen in den großen Schreibtischstuhl aus Leder. Der Monitor warf mattes Licht auf ihr Gesicht, als der Computer leise summend hochfuhr.

Tatsächlich hatte ihr Vater das Passwort nicht geändert und das war ihr Glück. Er hatte ihr zwar nicht verboten, an seinen Rechner zu gehen, aber wenn er es bemerkt hätte, hätte er eine Menge Fragen gestellt, die Kathrin weder beantworten wollte noch konnte. Sie hatte in den letzten Jahren schon viele solcher heimlichen Sitzungen vor der ethnologischen Datenbank der Uni verbracht, auf die ihr Vater als Professor praktischerweise auch von zu Hause Zugriff hatte – oft mitten in der Nacht, weil der Rabe einfach keine Ruhe gab. Ihre Eltern hatten davon nie etwas mitbekommen, sondern hatten sich höchstens gewundert, warum ihre Tochter von Zeit zu Zeit so übernächtigt aussah. Heute allerdings wollte sie nur diese eine Geschichte ausdrucken. Zur Sicherheit, damit sie auch kein Detail übersah, wenn sie morgen mit den Zwillingen darüber sprach.

Sie hatte gerade die Datei aufgerufen und den Drucker eingeschaltet, als sie Schritte auf der Treppe hörte, die sich kurz darauf dem Arbeitszimmer näherten. Kathrin schrak zusammen und schaltete hastig den Monitor aus, um sich nicht durch das Licht zu verraten, das unter der Türschwelle durchschimmern musste. Doch genau in diesem Moment sprang der Drucker an und spuckte brummend eine Seite nach der anderen aus.

Die Schritte auf dem Flur hielten inne – verharrten kurz – und dann öffnete sich auch schon die Tür. Keine Zeit mehr, sich unter dem Schreibtisch zu verkriechen. Aber das wäre ja ohnehin albern gewesen. Wer sonst sollte hier wohl sitzen und in den Indianergeschichten stöbern? Wer hatte seinem Vater denn vor Jahren schon das Passwort aus den Rippen geleiert? Also blieb Kathrin einfach sitzen, starr wie ein Reh im Scheinwerferlicht, und beobachtete, wie die Tür sich öffnete und ihr Vater seinen Kopf hindurchsteckte.

»Kathrin?« Sein bärtiges Gesicht verriet Überraschung. »Was machst du denn hier?«

Kathrin schoss das Blut in die Wangen. Sie fühlte sich auf frischer Tat ertappt, obwohl sie doch gar nichts Verbotenes getan hatte.

»Ich …«, stammelte sie. »Mir war nur eine Geschichte

wieder eingefallen, die mich an Táan erinnert hat. Deshalb dachte ich, ich drucke sie für ihn aus und … ja. Genau das, eigentlich.«

Ihr Vater musterte sie nachdenklich. Dann erschien ein kleines Schmunzeln unter seinem Vollbart. »Táan also. So, so.« Er betrat das Zimmer ganz, schloss die Tür hinter sich und schaltete das Licht ein. Kathrin kniff geblendet die Augen zusammen. »He! Papa!«

Aber ihr Vater grinste nur, während er einen Blick auf die Blätter im verräterischen Drucker warf, der nun wieder schwieg, als hätte er nie auch nur ein Tönchen von sich gegeben.

»*Der Junge, der die Sonne fing*«, las ihr Vater vor. »Eine schöne Geschichte. Aber die ist doch gar nicht von den Haida.«

Kathrin schüttelte den Kopf. »Nein. Dann würde er sie doch selbst kennen.«

»Ah.« Ihr Vater nickte. »Da hast du natürlich recht.« Er musterte Kathrin eingehend. »Ist alles in Ordnung mit dir, Kleines? Deine Mutter hat gesagt, ihr hättet euch heute gestritten. Wegen der Zwillinge. Sie sagte, du wärst überhaupt nicht begeistert gewesen von der Überraschung. Stimmt das?«

Kathrin biss sich auf die Unterlippe. Den Streit am Mittag hatte sie über den Ereignissen des Tages ganz vergessen. Aber für ihre Eltern galt das offenbar nicht. »Ja … das stimmt«, gab sie kleinlaut zu.

Ihr Vater runzelte die Stirn. »Um ehrlich zu sein: Das verstehe ich wirklich nicht, Kathrin. Ich hätte erwartet, dass du dich riesig freust – genau wie deine Mutter. Sie wollte dir so gern eine Freude machen. War Táan nicht immer dein bester Freund? Was ist denn passiert?«

Kathrin seufzte leise und zwang sich, ihrem Vater in die Augen zu sehen. Sie konnte ihm unmöglich die ganze Wahrheit sagen. Aber zu lügen brachte sie auch nicht über sich. »Wir …«, flüsterte sie also. »Wir haben uns damals ziemlich gestritten.«

Ihr Vater musterte sie nachdenklich. Aber in seinem Blick sah Kathrin ein Verständnis, das sie unglaublich erleichterte. »Das tut mir leid für dich, Kleines. Davon wussten wir nichts. Warum hast du uns denn nie etwas gesagt?«

Kathrin hob die Schultern. »Ich dachte eben … ich sehe ihn sowieso nie wieder. Da war es doch egal, oder?«

Ihr Vater seufzte. »So hast du also gedacht.« Er schüttelte leicht den Kopf und strich Kathrin mit seiner großen warmen Hand durchs Haar. »Hör mal, Kathrin. Ich weiß nicht, worum es da bei eurem Streit ging – oder was diese Geschichte damit zu tun hat, die du dir so heimlich ausdrucken musstest, dass du nicht einmal das Licht dafür eingeschaltet hast. Aber es sieht dir nicht ähnlich, dich vor einem Konflikt zu verstecken. Ich bin sicher, du kannst das in Ordnung bringen.« Er lächelte. »Nicht wahr, Fräulein Furchtlos?«

Beim Klang ihres alten Kosenamens musste Kathrin unwillkürlich das Lächeln erwidern. Wie lange hatte sie ihn nicht mehr gehört? So lange, dass sie ihn beinahe vergessen hatte. Doch ihn jetzt zu hören, genau jetzt, wo sie sich so klein und machtlos fühlte gegenüber dem, was um sie herum geschah, gab ihr mehr Kraft, als ihr Vater auch nur im Ansatz vermuten konnte.

»Na klar, Papa«, sagte sie und meinte es ehrlich. »Ich werde zumindest mein Bestes geben. Mehr als schiefgehen kann es ja nicht.«

Auch wenn ein Scheitern in diesem Fall schreckliche Konsequenzen hätte, wie ihr Kopf ihr gleich gehässig mitteilte und sich mit nagenden Zähnen in die frische Kraft verbiss, die sie gerade geschöpft hatte. Aber das konnte und wollte sie ihrem Vater nicht erklären. Also schluckte sie den bitteren Geschmack der Angst hinunter.

Ihr Vater drückte noch einmal sanft ihre Schulter. »Geh schlafen, Fräulein Furchtlos. Morgen sieht alles schon ganz anders aus. Du weißt doch – du kannst alles schaffen, wenn du nur fest daran glaubst.«

Bei seinen Worten fiel Kathrin das Lächeln schon viel leichter. »Sprich es dreimal aus vorm Schlafengehen, dann wird die Realität sich aus deinen Gedanken formen«, ergänzte sie den alten Zauberspruch, den sie in Kindertagen mit ihrem Vater ausgeheckt hatte. Wie ihren alten Kosenamen hatte sie auch diese Formel in den Jahren mit dem Raben völlig vergessen. Aber warum sollte sie es nicht mal wieder probieren? Als Kind hatte sie felsenfest daran geglaubt, dass es funktionierte. Einen Versuch war es allemal wert.

»Danke, Papa«, sagte sie und drückte ihrem Vater einen dicken Kuss auf die Wange. Dann huschte sie zurück über den Flur und kuschelte sich in ihr Bett. Im Schein der Nachttischlampe las sie noch einmal die Geschichte vom Jungen, der die Sonne fing.

Doch entgegen all ihren Erwartungen war das Ergebnis ernüchternd.

Die Geschichte erzählte, wie der Junge wütend auf die Sonne wurde, weil sie seinen schönen Mantel versengt hatte. Sie erzählte, wie er das Haar seiner Schwester durch den Mund zog, bis es fest wie Stahl wurde, und daraus dann eine Schlinge knüpfte.

Aber sie erzählte nicht, wo er die Schlinge dann ausgelegt oder wo er die Sonne abgepasst hatte. Nicht mit einem einzigen Wort.

Kathrin las die Geschichte wieder und wieder, ohne Ergebnis. Irgendwann ließ sie die Blätter einfach neben das Bett fallen. Aber wie konnte das sein? Sie war sich doch so sicher gewesen! Konnte ihre Erinnerung sie denn so täuschen?

Das war schlecht. Sehr schlecht sogar.

Was sollte sie jetzt bloß tun? Sie konnte doch nicht mit leeren Händen vor die Indianer treten! Nicht nach dem Versprechen, das sie ihnen abgeknöpft hatte.

Kathrin schaltete die Lampe aus, drückte sich tiefer in

ihre Kissen und zog einen Zipfel der Bettdecke über den Bauch. Um sich ganz zuzudecken, war es noch immer viel zu warm, obwohl sie sich nur zu gern in der sicheren Deckenhöhle verkrochen hätte. Was sollte sie jetzt bloß tun, was nur?

Da fiel ihr Blick auf das Armband, das noch immer auf dem Nachttisch lag. Xuuyah … Hatte sie ihn jetzt ganz umsonst wütend gemacht? Was, wenn er Moritz doch etwas antat? Dass er ihn loslassen würde, glaubte Kathrin immer noch nicht. Aber das hieß leider nicht, dass der Rabe ihren Bruder nicht quälte. Sie konnte sich nicht mehr zurückhalten. Mit einem raschen Griff nahm sie das Armband und streifte es über ihr Handgelenk. Die Verbindung mit dem Raben zuckte wie eine elektrische Entladung durch ihr Gehirn und ließ sie zusammenfahren. Doch Kathrin konzentrierte sich, presste die Lippen aufeinander und drängte das Kribbeln zurück, bis sie es kaum noch spürte. Erst dann fühlte sie sich sicher genug, mit dem Raben zu sprechen.

»Xuuyah?«, flüsterte sie in die Dunkelheit.

Doch entgegen ihren Erwartungen überfiel sie der Rabe nicht direkt mit Klauen und Schnabel, um wie ein wütender Orkan auf sie loszugehen.

Tatsächlich erhielt sie gar keine Antwort.

Nichts.

Auch das Kribbeln war jetzt völlig verschwunden, spurlos, als sei es gar nicht da gewesen. Und auch von der Schattenwelt zeigte sich nichts.

»Xuuyah?«, wiederholte Kathrin etwas lauter. Doch auch diesmal antwortete ihr nur Schweigen. Nicht einmal ein winziges Rascheln regte sich.

Kathrin starrte auf das Armband. Was war nur los? Was hatte das zu bedeuten? War der Rabe so beleidigt, dass er überhaupt nicht mehr mit ihr sprechen wollte? Aber das ergab doch keinen Sinn. So dringend, wie er diesen Sonnengeist wollte, *musste* er doch auf Nachricht von ihr warten ... Und was um alles in der Welt war dann mit Moritz? Sie musste sofort nach ihm sehen. Entschlossen warf Kathrin die Decke zurück und schwang ihre Beine aus dem Bett. Zum zweiten Mal an diesem Abend schlich sie auf Zehenspitzen über den Flur und blieb vor der Tür stehen, hinter der das Schlafzimmer ihrer Eltern lag. Kurz horchte sie, ob ihre Eltern im Zimmer waren, doch als alles still blieb und nur die leise Stimme des Fernsehers aus dem Erdgeschoss heraufdrang, drückte sie die Klinke herunter und huschte in die Dunkelheit des Zimmers.

Leise zog Kathrin die Tür hinter sich ins Schloss und knipste die Nachttischlampe an. Im dämmrigen Licht trat sie an das Gästebett, in dem ihr Bruder lag.

Moritz hatte sich nicht gerührt, als der Schein der Lampe auf sein Gesicht fiel, und auch jetzt zuckte er nicht einmal mit der Wimper. Er lag einfach da, ganz still, die Wangen und Lippen bleich wie Kreide. Sein Atem ging so flach, dass seine Brust sich weder hob noch senkte, und trotzdem war sein Gesicht ganz ruhig. Friedlich.

*Als würde er schlafen,* dachte Kathrin und erschrak im gleichen Moment über ihre eigenen Gedanken. Moritz schlief doch wirklich! Er war nicht tot!

Mit pochendem Herzen beugte sie sich dicht über ihren Bruder, bis sie seine leisen Atemzüge an der Wange spüren konnte. Ganz leicht strichen sie über ihre Haut. Und erst als ihr eigener Atem zitternd aus ihren Lungen entwich, wurde ihr klar, dass sie unbewusst die Luft angehalten hatte.

Moritz war okay. Es ging ihm nicht gut, aber das war Kathrin schon klar gewesen, bevor sie das Zimmer betreten hatte. Viel wichtiger war, dass sein Zustand nicht schlechter geworden war. Wenn der Rabe ihn foltern oder quälen sollte, würde Kathrin es sehen, davon war sie überzeugt.

»Ich werde dich da rausholen«, flüsterte sie und streichelte Moritz sanft über die Stirn. Dabei schossen ihr Tränen in die Augen und Wut stieg in ihr auf. Sie würde nicht zulassen, dass ihrem Bruder noch weiteres Leid widerfuhr. Sie würde ihn retten.

Als Kathrin gerade die Tür wieder hinter sich schloss, hörte sie Geräusche, die aus dem Erdgeschoss zu ihr hinaufdrangen. Ihre Eltern! Zweimal an einem Abend wollte sie sich wirklich nicht erwischen lassen. Eilig huschte sie zurück in ihr Zimmer und legte sich wieder ins Bett.

Eine ganze Weile lag sie reglos unter ihrer Decke und horchte darauf, wie ihr Herzschlag sich langsam beruhigte. Erst dann wurde ihr bewusst, dass sie aus alter Gewohnheit das Indianerarmband gestreichelt hatte, das ja nun wieder um ihr Handgelenk lag. Sie hatte es tatsächlich vergessen – und nun fiel ihr auch wieder ein, warum.

Der Rabe schwieg noch immer.

Oder vielmehr schien er einfach gar nicht da zu sein. Warum nur?

Ein Gedanke tauchte in Kathrins Kopf auf, so kühn, dass sie ihn zuerst gar nicht zu denken traute. Doch er ließ sich einfach nicht abschütteln, und je länger Kathrin darüber nachgrübelte, desto plausibler erschien er ihr: Vielleicht hatte sie Xuyaah endgültig besiegt. Vielleicht hatte er jetzt endlich keine Macht mehr über sie.

Ja. Das musste es sein!

Ein tiefes Gefühl der Zufriedenheit breitete sich in Kathrin aus. Sie hatte gewonnen. Mit ihrem entschlossenen Handeln hatte sie den Raben überwältigt. Ob sie dann auch Moritz retten konnte, ohne den Sonnengeist gegen ihn einzutauschen? Über diesen beruhigenden Gedanken wurden ihr die Augen immer schwerer, ohne dass sie es wirklich merkte. Irgendwann fielen sie einfach zu und Kathrin glitt halbwegs in den Schlaf hinüber. Und in den letzten Momenten zwischen Wachen und Traum war Táan plötzlich wieder da und küsste sie, lang und zärtlich und ohne dass irgendetwas zwischen ihnen stand.

»Er liebt mich«, flüsterte Kathrin und eine einzelne Träne kullerte über ihre Wange. »Er liebt mich. Er liebt mich.«

Dann trieb sie endgültig in den Schlaf hinüber.

# 15

# Gegen den Strom

Am nächsten Morgen wachte Kathrin mit dem Gefühl auf, einen unglaublich wirren und auch etwas schmutzigen Traum gehabt zu haben. Táan war in der Nacht zurückgekehrt, hatte sie wieder geküsst und wieder … Seine Lippen auf ihren … Sie spürte sie immer noch …

Mit einem Ruck sprang Kathrin aus dem Bett, um die Kette von Gedanken und Gefühlen zu unterbrechen, ehe sie richtig losging. Was machte ihr Kopf da bloß? Gab es nicht viel Wichtigeres, worüber sie nachdenken musste? Weiter hinten unter ihrer Schädeldecke, ungefähr dort, wo bis gestern noch der Rabe gesessen hatte, hörte sie schon Malin verschwörerisch kichern und sie ein böses, böses Mädchen nennen.

Apropos. Der Rabe.

Kathrin warf einen Blick hinunter auf ihr Handgelenk.

Das Armband war noch da – das zumindest hatte sie nicht geträumt. Trotzdem war von Xuuyah immer noch nichts zu hören. So sehr hatte Kathrin sich seit Ewigkeiten nicht mehr wie sie selbst gefühlt. Ein wenig schmerzte ihr der Kopf, und sie fühlte sich eigenartig, ohne es genau benennen zu können, aber das konnte auch tausend andere Gründe haben. Eigentlich kam jede einzelne Minute des gestrigen Tages dafür infrage. Zum Beispiel die Peinlichkeit, in die sie Táan und sich selbst so effektvoll gestürzt hatte. Jetzt wurde Kathrin auch noch schlecht, und sie brauchte nicht in den Spiegel zu sehen, um zu wissen, dass sie kreidebleich und krebsrot gefleckt war wie eine Albinokuh mit Sonnenbrand. So konnte sie Táan unmöglich begegnen. Und Sigai eigentlich sogar noch weniger. Aber am Ende würde sich wahrscheinlich keiner der Zwillinge wirklich dafür interessieren. Sie würden die Geschichte hören wollen, die Kathrin gestern Abend gelesen hatte. Und dann kam ihr Geständnis …

Die Realität hatte Kathrin wesentlich schneller eingeholt, als ihr lieb war. Jetzt wäre sie wirklich am liebsten zurück ins Bett gegangen. Aber es half ja nichts. Trotz allem musste sie in die Schule, um ihren Eltern gegenüber den Schein der Ahnungslosigkeit aufrechtzuerhalten – und frühstücken musste sie auch, ob in ihrem Magen neben den wild flatternden Schmetterlingen und der Übelkeit noch Platz war oder nicht. Außerdem musste sie sehen, wie es Moritz heute ging. Und ihre Eltern machten sich schon genug Sorgen. Zum Glück würde zumindest ihr Vater schon in die Universität gefahren sein. Denn den hatte das Gespräch gestern Abend vermutlich eher besorgt als beruhigt. In jedem Fall konnte sie sich definitiv nicht auch noch krank stellen. Nicht in Anbetracht der Tatsache, was mit Moritz los war.

Kathrin seufzte leise. So viel, was sie musste. So viel, was sie nicht konnte. Da half ihr auch das gute Wetter nicht, das einen weiteren wundervollen Sommertag erwarten ließ. Aber immerhin, erinnerte sie sich selbst – sie war Fräulein Furchtlos. Da war Kneifen keine Option.

Mit schweren Gliedern machte Kathrin sich also fertig. Sie fühlte sich wie zerschlagen, und ihr zerzaustes Abbild, das sie im Badezimmerspiegel erwartete, sah das ziemlich genauso. Vielleicht würde ja eine Dusche helfen. Wenigstens ein ganz klein wenig.

Am Frühstückstisch bot sich Kathrin ein bedrückendes Bild. Sie war die Letzte, die die Küche betrat – alle anderen waren schon versammelt. Aber wo normalerweise fröhliches Lachen und Plaudern gewesen wäre, herrschte heute nur Schweigen. Und das lag ohne Zweifel an Moritz, der mit blassen Wangen am Tisch saß und mit roboterartig abgehackten Bewegungen sein Müsli löffelte. Seine Augen waren glasig und sein Blick leer, als würde er gar nicht wahrnehmen, was um ihn herum geschah. Aber manchmal lächelte er ein maskenhaftes Lächeln und antwortete wie mechanisch auf eine Frage. Oder, was noch schlimmer war, er lachte. Einfach so, ohne Grund, lachte er in die Stille hinein, die er allein mit seiner Anwesenheit über den Raum legte.

Mit einem gemurmelten »Guten Morgen« setzte Kathrin sich auf ihren Platz neben Táan. Sie hielt den Blick auf die Tischplatte gerichtet, um bloß nicht versehentlich ihrem Bruder in die Augen zu sehen. Zu sehr fürchtete sie, was sie dort entdecken könnte. Zeichen der Schattenwelt vielleicht, in der er jetzt trieb. Oder vielleicht auch einfach nur Leere, das wäre sogar schlimmer. Und ihre Eltern wussten noch immer nicht, was los war. Ihre Gesichter waren grau vor Sorge, obwohl sie immer wieder versuchten, ein belangloses Gespräch in Gang zu bringen. Aber auch Táan und Sigai waren wortkarg, und Kathrin konnte nur vermuten, dass Moritz' Zustand ihnen genauso auf den Magen schlug wie ihr. Ganz davon abgesehen, dass sie bestimmt darauf brannten, endlich mit Kathrin allein zu sein, damit sie ihnen von der versprochenen Geschichte erzählen konnte. Der bloße Gedanke daran machte sie ganz krank. Lustlos kaute sie auf einer Scheibe Brot herum und schob die Krümel auf ihrem Teller hin und her.

»...rin. Kathrin?«

Kathrin schreckte auf. Erst jetzt bemerkte sie, dass ihre Mutter sie schon vor einer ganzen Weile angesprochen haben musste. Und dass alle am Tisch sie beinahe ängstlich musterten, weil sie nicht reagierte – außer Moritz, der still in sich hineinlächelte, als lausche er auf einen Witz, den nur er hören konnte.

»Tut mir leid«, beeilte sich Kathrin abzuwehren. »Ich hab echt schlecht geschlafen. Was ist denn?«

Sie konnte das innerliche Aufatmen ihrer Mutter beinahe hören. »Ich sagte, Táan und Sigai werden dann mit dir die letzten zwei Tage noch in die Schule gehen. Ich hoffe, das ist keine zu große Last für dich.« Die spitze Bemerkung konnte sich Miriam wohl trotz allem nicht verkneifen.

»Klar, kein Problem«, sagte Kathrin deshalb betont fröhlich. »Und … sorry wegen gestern.«

Ihre Mutter schüttelte den Kopf. »Schon gut. Hauptsache, du hast dich jetzt wieder eingekriegt, nimmst die Jungs mit und stellst sie deinen Freunden vor, wie es sich gehört.«

Kathrin zuckte unwillkürlich zusammen. Sie hatte an das Intermezzo am See schon gar nicht mehr gedacht. »Das habe ich doch gestern schon«, murmelte sie halbherzig und fragte sich nun doch, was sie heute in der Schule erwarten würde. Plötzlich erschien ihr die Zeit dort nicht mehr bloß wie eine lästige Verzögerung der Dinge, die wirklich wichtig waren. Zusätzlich schmerzte ihr nun auch noch der Magen vor Nervosität, wenn sie auch nur daran dachte, dass sie rein zufällig Pits über den Weg laufen könnte. Hoffentlich ließ Malin sie heute keine Sekunde allein. Aber wenn sie Glück hatte, konnte sie sich den Tag über in der Nähe ihrer Indianer-Attraktion aufhalten und so für Spott oder Gespräche einfach nicht verfügbar sein.

»Gestern war es wirklich sehr schön am See«, sprang ihr in diesem Moment Táan unerwartet zur Seite. »Da war dieses Mädchen – Malin? Sie war echt nett, auch wenn sie ganz schön viel geredet hat. Wir kamen kaum dazu, mit den anderen zu sprechen.« Er grinste schief und Kathrin spürte schon wieder ihr Herz schneller schlagen. Nur war sie sich gerade nicht so sicher, ob das daran lag, dass sie ihm dankbar für die ungebetene Unterstützung war oder weil sie ihn einfach nur so furchtbar anziehend fand, wenn er so grinste – oder ob sie doch wieder ein bisschen eifersüchtig auf Malin war, die so schnell einfach jeden um den Finger wickeln konnte. Dabei sollte sie das nicht sein. Malin hatte Hauke und war ihm ohne Wenn und Aber treu – und dafür, dass sie so war, wie sie war, konnte sie wirklich nichts. Trotzdem machte der Gedanke an ihr ungezwungenes Gelächter mit Táan am See Kathrin schon wieder ein wenig wütend. Sie konnte einfach nichts dagegen tun.

Ihre Mutter lächelte indes zum ersten Mal an diesem Morgen. »Ach. Ihr habt Malin kennengelernt. Ja, die ist ein liebes Mädchen. Ihr werdet sie in den nächsten Wochen sicher noch öfter sehen, so wie Kathrin und sie aneinanderkleben – fast wie ihr damals.« Sie zwinkerte Táan zu.

Sigai hingegen verzog das Gesicht, als hätte er in etwas Saures gebissen.

Táan aber wurde tatsächlich ein bisschen rot. »Unser Vater hält mir heute noch vor, wie wild wir als Kinder waren und wie viel wir zu Bruch geworfen haben«, gestand er. »Aber ich für meinen Teil bin erwachsen geworden, ich gebe dir mein Wort.« Er legte die Hand auf die Brust. »Deine Vasen sind vor mir sicher.«

Und nun lachte Miriam tatsächlich, auch wenn es ein bisschen angestrengt klang und sie gleich wieder zu Moritz sah. »Dann bin ich ja beruhigt.«

Kathrin hielt die verkrampfte Situation nicht länger aus. »Wir müssen los«, sagte sie mit einem Blick auf die Küchenuhr. »Wir sind schon knapp dran.«

In Wahrheit hätten sie ganz entspannt noch eine gute Viertelstunde sitzen bleiben können, aber niemand widersprach. Es schien ganz so, als wären alle erleichtert, das Frühstück auflösen zu können, von dem sie alle wussten, dass es nicht normal war – und was doch niemand laut auszusprechen wagte, als wären die Worte ein Fluch, der das beängstigend Unerklärliche, das vor ihren Nasen geschah, endgültig Wirklichkeit werden lassen würde.

Die Brüder jedenfalls standen prompt auf. »Dann holen wir unsere Sachen«, sagte Sigai. Und auch Kathrin schob ihren Stuhl zurück.

Das Lächeln ihrer Mutter wirkte immer noch angespannt. Kathrin wusste schon, von wem sie ihre Unfähigkeit zu lügen hatte. »Dann macht's mal gut, ihr drei. Viel Spaß und haltet die Ohren steif! Es sind ja nur noch zwei Tage.«

»Klar, Mama. Bis heute Nachmittag.« Kathrin nickte und folgte den Zwillingen hinaus – und wünschte sich, als sie die Tür hinter sich schloss, die zwei noch vor ihr liegenden Schultage wären wirklich ihr größtes Problem.

Sie hatten den Garten ihrer Eltern kaum hinter sich gelassen, als sich Kathrins Erwartungen bezüglich der Ungeduld ihrer indianischen Besucher auch schon bestätigten. Sobald die Zweige der Bäume sie von neugierigen Blicken abschatteten, setzte sich Sigai an die Spitze der kleinen Gruppe und blieb stehen, sodass er Kathrin den Weg versperrte.

»Also, Kate.« Er verschränkte die Arme vor der Brust. »Was ist jetzt mit dieser Geschichte? Ist dir wieder eingefallen, was drinsteht?«

Einmal mehr spürte Kathrin, wie ihr das Blut ins Gesicht schoss. Diesmal war es aber viel mehr Ärger als das schlechte Gewissen, das sie bisher geplagt hatte. Wirklich, dieser Tonfall war nicht nötig. Sie hatte ihr Bestes getan, oder etwa nicht?

»Wenn du es genau wissen willst, habe ich gestern die Geschichte noch mal gelesen. Und zwar mehrfach«, erwiderte sie ein wenig spitz. »Es stand nichts drin. Wenn du mir nicht glaubst, lies ruhig selbst noch mal nach.«

Sigais Gesicht verfinsterte sich, wenn das überhaupt noch möglich war. »Soll das heißen, wir haben nichts? Gar nichts? Und wofür haben wir dich dann in unsere Geheimnisse eingeweiht?«

Kathrin starrte ihn an. Der Ärger wallte in ihr auf wie

eine dunkelrote Meereswoge, die sich schäumend an Sigais Worten brach.

»Jetzt mach aber mal halblang!«, fauchte sie. »Zum letzten Mal, ich habe euch nie gebeten, herzukommen und euch in mein Leben einzumischen! Ist es vielleicht meine Schuld, dass mein Bruder in Lebensgefahr ist? Wohl kaum! Aber ich würde alles, wirklich *alles* tun, um ihn zu retten, oder was glaubt ihr? Wenn ich Hinweise in die Geschichte hineinzaubern könnte, ich würde es tun, verdammt! Aber es sieht nun mal so aus, als müssten wir unsere Köpfe selbst anstrengen, auch wenn euch das nicht passt. Und tut nicht so, als ob ihr bisher eine ach so große Hilfe gewesen wärt! Alles, was ihr könnt, ist mir Vorwürfe machen, mich mit euren blöden Geschichten langweilen und die Situation noch verschlimmern!«

Kathrin verstummte ein wenig überrascht von sich selbst. Der Wutausbruch war plötzlich gekommen, aber sie fühlte sich gut dabei. Es war irgendwie befreiend – zumindest für den Moment.

Táan und Sigai standen da wie vom Donner gerührt. Táan zumindest konnte Kathrin deutlich ansehen, dass sie ihn ganz schön vor den Kopf gestoßen hatte – wahrscheinlich, weil er ihr insgeheim recht geben musste, dachte Kathrin mit leisem Triumph.

Sigais Gesicht hingegen war wie versteinert, und Kathrin wusste, dass er jeden Moment explodieren konnte. Doch es war sein Bruder, der als Erster seine Stimme wiederfand.

»Kate … hörst du eigentlich, was du da sagst?« Táan sah sie immer noch ungläubig an. »Das meinst du ja wohl hoffentlich nicht ernst.«

Kathrin schnaufte. »Und wieso sollte ich es nicht ernst meinen?« Mit einer schroffen Bewegung drängte sie sich an Sigai vorbei. »Ich habe keine Lösung, ob ihr euch die nun gewünscht habt oder nicht. Also werden wir jetzt wohl oder übel in die Schule gehen. Oder wollt ihr doch noch abhauen? Sähe euch ähnlich, feiges Adlervolk. Aber *ich* gehe jetzt.«

Weder Táan noch Sigai antworteten darauf. Anscheinend machten Kathrins Worte sie endgültig sprachlos.

Auch gut. Kathrin jedenfalls blickte sich nicht noch einmal nach ihnen um. Sollten sie doch sehen, wo sie mit ihren Märchen blieben.

Als sie an der Schule ankamen, war Kathrins Zorn zum größten Teil wieder verflogen. Ein wenig wunderte sie sich inzwischen über sich selbst, dass sie so ausgerastet war. Das war nicht ihre Art und nun war es innerhalb von nur vierundzwanzig Stunden schon zum zweiten Mal passiert. Es musste an Sigai liegen. Es gab keine andere Erklärung dafür. Er reizte sie einfach bis aufs Blut mit seinem arroganten Gehabe. Und seit sie Xuuyah endgültig losgeworden war, war Kathrin nicht bereit, sich auch nur einen Tag länger in ihren Gedanken und Gefühlen einschränken zu lassen. Dieser Typ hatte es mehr als verdient, dass ihm endlich mal jemand die Meinung geigte. Und Kathrin übernahm diesen Job nur zu gern. Selbst wenn auch Táan darunter leiden musste.

»Huhu, Kathi! Guten Morgen!«

Natürlich war die Allererste, der sie an diesem Morgen begegneten, Malin – Kathrin hatte nie verstanden, wie ihre beste Freundin es schaffte, immer genau da zu sein, wo die relevanten Dinge passierten oder wo sie gebraucht wurde. Sie schien einfach einen Riecher dafür zu haben und folgte immer ihrem untrüglichen Instinkt. Kathrin war sich nicht sicher, welche von beiden Versionen heute auf sie zutraf – ob sie von gesellschaftlicher Relevanz war oder ob sie ihre Freundin einfach gerade besonders dringend brauchte – aber sie war froh darüber, Malin zu sehen.

»Na, Süße?« Malin drückte ihr einen dicken Schmatzer auf die Wange und umarmte sie fest. »Das ist schön, dich aufrecht und auf den Füßen zu sehen. Ich hab mir die ganze Nacht über Sorgen um dich gemacht!«

Unwillkürlich musste Kathrin lächeln. Allerdings wartete Malin ihre Antwort gar nicht ab, sondern wandte sich gleich an Táan und Sigai, die Kathrin in einigem Abstand gefolgt waren und bisher kein Wort mehr verloren hatten. Kein lautes, zumindest. In ihrem üblichen stummen Zwiegespräch waren sie vermutlich eifrig dabei, über Kathrin zu lästern. Aber das wollte Kathrin gar nicht wissen. Sie war immerhin noch sauer genug, dass es ihr egal war. Und das war auch gut so.

Nicht egal war ihr allerdings, dass Malin ihre freundschaftliche Sorge so schnell zugunsten der hübschen Indianer fallen ließ.

»Und deine knackigen Teilzeitmitbewohner hast du auch mitgebracht!«, sagte sie spitzbübisch und schenkte vor allem Táan ein besonders hinreißendes Lächeln, wie nur Malin es konnte. »Schön, euch wiederzusehen, Jungs!«

»Hallo, Malin. Freut mich auch.« Táan reagierte auf das Lächeln, wie jeder Junge reagiert hätte, den Kathrin kannte: Er lächelte äußerst erfreut zurück. Keine Spur mehr von Ärger oder Vorwurf. Es war, als reiche Malins Lächeln allein völlig aus, um sämtliche anderen Belange nebensächlich werden zu lassen. Ob das nun Kathrin war, Moritz in der Schattenwelt oder die völlig unwichtige Frage, wie um alles in der Welt sie nun den Sonnengeist fangen sollten. Und sogar Sigai schmunzelte leise in sich hinein. Nur Kathrin spürte schon wieder, wie Wut in ihr zu brodeln begann. Diese dunkelrote Wut, in die sie eintauchen konnte wie in ein warmes Bad, wo sie sonst vor innerer Kälte erstarrt wäre.

»Ach«, bemerkte sie gehässig. »So große Sorgen hast du dir also gemacht, dass du direkt weiterflirten kannst. Klar doch.«

Malin warf ihr einen überraschten Blick zu. So offen hatte Kathrin ihren Neid noch nie in Worte gefasst, und noch nie hatte sie mit so viel Spitze ausgesprochen, was sie dachte. Es fühlte sich wunderbar an, obwohl ein kleiner

Teil von ihr sie eindringlich warnte, dass sie es später vielleicht sehr bereuen würde. Aber es war zu verführerisch, sich einfach hineinfallen und von den Wogen des Zorns tragen zu lassen. Keine Fesseln an ihren Gedanken mehr. Für niemanden. Sie hatte den Raben besiegt, dann sollte auch niemand anders über ihren Kopf bestimmen.

»Hey … ist alles okay mit dir?« Malin runzelte die Stirn. »Bist du mit dem falschen Fuß aufgestanden?«

Kathrin verzog das Gesicht. »So ein Quatsch. Ich habe einfach die Nase voll davon, dass du dich an meine Gäste ranmachst. Und du weißt genau, warum, also tu bloß nicht so unschuldig!«

Malin blieb der Mund offen stehen. Damit hatte Kathrin sie kalt erwischt, und zwar deutlich unter der Gürtellinie. Ihre Freundin setzte mehrmals an, etwas zu sagen, blieb am Ende aber stumm.

»Ich glaube, es reicht langsam«, schaltete sich Sigai ein – als ob der zu diesem Thema irgendetwas zu sagen gehabt hätte! »Bist du von allen guten Geistern verlassen?«

Es war nur eine Redewendung. Aber in Anbetracht dessen, was seit gestern los war, wirkte sie so verdreht, dass Kathrin in Gelächter ausbrach. Wildes, ungezügeltes Gelächter, das glühte vor Zorn. »Oh ja!«, kicherte sie atemlos. »Ja, genau das ist es! Ganz genau das!«

Was tat sie da bloß? Irgendwo in ihrem Inneren hockte der Teil von Kathrin, der immer so verzweifelt hatte dazugehören wollen, der seit Jahren dafür kämpfte, als ganz normales Mädchen durchzugehen, und beobachtete sich selbst starr vor Unglauben. Was passierte da nur mit ihr, sie machte gerade alles kaputt, was sie sich so mühsam aufgebaut hatte! Ihre Freundschaft zu Malin – der kostbarste Schatz, den sie besaß! Aber aufhalten konnte sie sich selbst auch nicht. Die Chance war längst vorüber. Sie genoss das Gefühl der Genugtuung bereits viel zu sehr.

Und als wäre all das noch nicht schlimm genug, tauchte in diesem Moment auch noch Pits auf der Bildfläche auf. Er schlenderte zu ihnen herüber, die Hände gewohnt lässig in den Hosentaschen. Aber etwas in seinem Gesicht war anders. Aus dem Augenwinkel sah Kathrin, wie Malin, noch immer kreideweiß im Gesicht, die Hände hob und abwehrend den Kopf schüttelte. Doch Pits schien das nicht die Spur zu interessieren. *Was für ein Arschloch*, dachte Kathrin und unterdrückte ein weiteres Kichern. *Was für ein blödes, arrogantes Arschloch!*

Pits blieb vor ihr stehen und schüttelte sich eine lockige schokobraune Strähne aus der Stirn. »Hey, Hellweg«, sagte er. »Kann ich kurz mit dir reden?«

Kathrin schluckte die Reste des Kicherns mühsam hinunter und starrte Pits mit einer Kühnheit in die Augen, die sie sich selbst noch vor wenigen Stunden nie im Leben zugetraut hätte. »Wenn du mir was zu sagen hast«, erklärte sie geradeheraus, »kannst du das ruhig hier tun, wo es jeder hört.«

Pits runzelte die Stirn, bewahrte aber die Fassung. Natürlich. Er hatte immerhin einen Ruf zu verlieren. »Na schön.« Er zuckte die Schultern. »Also, das gestern am See, das hätte ich lassen sollen. War nicht okay. Also, sorry. Kommt nicht wieder vor, okay? Vergessen wir's. Wär uncool, wenn das die Clique sprengt, oder?«

Kathrin fühlte sich wie vor den Kopf geschlagen. Sie musste sich verhört haben. Was war denn das bitte für eine Nummer? Wollte der Typ sie jetzt völlig verarschen mit seiner halb garen Entschuldigung, die nichts, aber auch wirklich gar nichts mit ihr zu tun hatte – von mangelndem Feingefühl mal ganz abgesehen? Wie von selbst flog ihr Blick zu Malin. Die stand da wie zur Salzsäule erstarrt und sah aus, als würde sie gleich in Tränen ausbrechen – und Kathrin war mit einem Schlag klar, wem sie auch diesmal die »Freude« über den Kontakt mit Pits zu verdanken hatte.

Und das war der Moment, in dem etwas in ihr platzte. Wie in Zeitlupe sah sie ihrer eigenen Hand dabei zu, wie sie ausholte und Pits in sein betont gelangweiltes Gesicht schlug. Das Klatschen hallte so laut in ihren Ohren, dass es auf dem gesamten Schulhof zu hören sein musste. Und wie aus weiter Ferne hörte Kathrin ihre eigene Stimme, schrill vor unbändiger Wut und so laut, dass die Luft erzitterte:

»IHR KÖNNT MICH! IHR KÖNNT MICH ALLE MAL!«

Dunkelrote Wogen brandeten auf und nahmen ihr die Sicht.

Und dann nichts mehr.

Kathrin flog auf Rabenschwingen. Die Wut hatte sich in Geschwindigkeit verwandelt, in rauschenden Wind unter ihren Flügeln, der sie schnell wie einen Pfeil vorantrug. Wohin, das wusste sie nicht. Sie konnte nichts sehen, sie spürte nicht einmal Boden unter ihren Füßen, obwohl sie doch in Wahrheit rennen musste.

Stattdessen wusste sie jetzt etwas anderes: Xuuyah war nicht fort. Und sie hatte ihn auch nicht besiegt. Nachdem sie das Armband wieder angelegt hatte, war er die ganze Zeit über dort gewesen und tiefer in ihren Geist geschlüpft als je zuvor. Dies war seine Rache für den Verrat, den sie begangen hatte, als sie ihn gegen seinen Willen aus dem Gespräch mit den Brüdern aussperrte. Die Rache dafür, dass sie ihn und seine Drohungen nicht ernst genommen hatte.

Doch da war noch etwas anderes. Etwas, das tiefer rührte als bloße Vergeltung.

Mit scharfen Klauen und spitzem Schnabel hatte sich der Rabe darangemacht, ihr Innerstes freizulegen. Die Erinnerungen, von denen Kathrin nicht einmal mehr wusste, dass sie sie besaß, ans Tageslicht zu zerren. Hatte ein Loch gegraben, so tief, dass der Grund nicht zu sehen war. Und als der Wind unter Kathrins geliehenen Schwingen plötzlich verebbte, stürzte sie einfach mitten hinein.

Haltlos.

Bis sie hart auf dem Grund aufschlug und endlich wieder sehen konnte.

# 16

## Das Mädchen, das die Sonne fing

Es war Sommer auf den Haida Gwaii.

Es war Sommer, mitten in den langen Ferien, und sie paddelten den Yakoun River landeinwärts – Táan, Sigai und Kate. Bis zum Yakoun Lake wollten sie, eine Reise von gut fünfunddreißig Meilen für die einfache Strecke. Sigai hatte eigentlich nicht mitkommen wollen. Er begleitete sie nur, weil er Angst hatte, Táan könnte Kate sonst wieder Geschichten erzählen, von denen sie nichts wissen durfte. Sigai war so. Immer so erwachsen, immer so ernst, immer so öde. Aber Kate machte das nichts aus, solange auch Táan dabei war. Mit ihm wurde es ihr nie langweilig und umgekehrt genauso wenig. Gemeinsam lachten sie über Sigais strenge Ansichten. Erwachsen konnten sie doch auch in ein paar Jahren noch werden.

Seit Stunden schon glitten ihre kleinen Kajaks unter tief

hängenden Ästen von Birken und Kiefern hindurch, vorbei an moosbedeckten Findlingen und Biberdämmen. Sie hatten rotköpfige Lachse gezählt und einen Bären beim Fischfang beobachtet. Lautlos, ohne auch nur zu flüstern, waren sie an dem riesigen Tier vorbeigeglitten. Es hatte ihnen in die Augen gesehen und ihnen nachgeschaut, die Pranke noch zum Fang erhoben. Aber gerührt hatte es sich nicht. Nicht einen Millimeter. Und Kate war erschauert vor Ehrfurcht vor diesem sanften Riesen. Noch nie hatte sie die Seele des Waldes so deutlich gespürt wie in diesem Augenblick, als ein Strahl Sonnenlicht, der seinen Weg durch das Dach der Zweige gefunden hatte, den Bären in eine goldene Aura hüllte, im letzten Moment, ehe er hinter einer Flussbiegung verschwand.

Eine ganze Weile später machten sie Rast in einer kleinen Bucht, die voll war mit feuchtbraunem Geröll und Kieselsteinen. Zu diesem Zeitpunkt hatte Kate die Begegnung mit dem Bären schon fast wieder vergessen, zu viele andere Eindrücke hatte sie auf dem Weg den Fluss hinauf in sich aufgesogen. Außerdem taten ihr vom steten Paddeln gegen die Strömung die Arme weh, ihre Handflächen brannten und sie hatte gewaltigen Hunger. Also hockte sie sich ans Ufer, die nackten Zehen im Wasser, und hielt die Finger ins kühlende Nass, während die Zwillinge hinter ihr ein Feuer anzündeten und den Biber brieten, den Táan früher am Tag gefangen hatte. Es war ungewöhnlich heiß und beständig für einen Sommertag auf den Inseln, auf denen normalerweise schnelle und vor allem drastische Wetterumschwünge an der Tagesordnung waren. Heute aber schwitzte Kate seit dem Aufstehen ununterbrochen und am liebsten hätte sie sich einfach direkt ins Wasser des Flusses fallen lassen. So vereinnahmend war der Gedanke, dass sie erst merkte, dass sie sich immer weiter nach vorn gelehnt hatte, als sie schon drohte tatsächlich mit dem Gesicht voran in den Fluss zu fallen. Kate schreckte auf, taumelte und verlor so erst recht das Gleichgewicht. Mit einem lauten Platschen purzelte sie ins Wasser. Kühl glucksend schlug es über ihr zusammen. Der Fluss war hier nicht besonders tief und reichte Kate im Stehen kaum bis über die Hüfte. Aber untergehen konnte man darin anscheinend trotzdem. Und in dem endlosen Moment, bevor Kate prustend und spuckend wieder an die Oberfläche kam, sah sie es.

Das Licht.

Es waberte zwischen den trüben Partikeln, die durchs Wasser tanzten und die Sonnenstrahlen brachen, flimmerte und funkelte und leuchtete wie Millionen winziger Edelsteine. Dort, wo Kates Haare es berührten, schien es sich zu verfangen wie in einem Netz. Kate hatte noch nie so etwas Schönes gesehen, und beinahe hätte sie vergessen, dass sie wieder auftauchen und Luft in ihre Lungen lassen musste.

*Táan!*, wollte sie rufen. *Sigai, schaut mal! Das Licht hängt in meinen Haaren!*

Doch als sie an sich heruntersah, wie sie dastand – bis zur Hüfte im Wasser, triefend wie eine Ziege im Regen –, war das Licht bereits fort. Die Zwillinge standen am Ufer und starrten sie an – erst verwirrt, aber dann vor allem ziemlich schadenfroh, wie ihr unterdrücktes Lachen verriet, sodass Kate jeden Gedanken daran, ob sich das Licht in ihren Haaren verfangen konnte, schnell ganz weit von sich schob.

Weit, weit in der Zukunft jedoch fiel es Kathrin in diesem Moment wie Schuppen von den Augen. Das Licht! Im Wasser! Und dann in ihren Haaren! Wie hatte sie das nur jemals vergessen können?

Und sie wusste mit einem Mal, die Erinnerung, die sie so vergeblich im Märchen vom Jungen, der die Sonne fing, gesucht hatte, war in Wahrheit ihre eigene gewesen. Die Erinnerung an diesen Tag, an dem sie selbst beinahe die Sonne gefangen hatte.

Kathrin blieb stehen, mitten in dem wie eingefrorenen Bild, als sei sie Teil eines Films, der plötzlich angehalten worden war. Das war es, sie hatte die Lösung! Aber wie hatte sie das bloß geschafft?

Es spielte keine Rolle. Sie musste zurück in die Gegenwart, und zwar schnell. Sie musste den Zwillingen von ihrer Erkenntnis erzählen – und hoffen, dass sie nicht zu wütend auf sie waren. Doch noch bevor sie den Gedanken ganz zu Ende gedacht hatte, öffnete sich unter ihr plötzlich der Boden erneut. Wieder schlugen die trüben Wellen über ihr zusammen, so unerwartet diesmal, dass Kathrin nach Luft schnappte. Wasser drang in ihre Lungen und sie hustete verzweifelt, strampelte und wand sich, aber sie konnte nicht an die Oberfläche gelangen.

*Beruhige dich*, *Mädchen*, sagte eine nur zu bekannte Stimme, begleitet von krächzendem Lachen. *Es ist gleich vorbei. Ich will dir nur etwas zeigen.*

# 17

## Ein Sturm zieht auf

Nachdem Kate vom Schulgelände geflohen war, waren Táan, Sigai, Malin und der Junge vom See, der anscheinend Pits hieß, wie vom Donner gerührt stehen geblieben. Für den Augenblick schien jeder von ihnen völlig unfähig, auch nur einen klaren Gedanken zu fassen, geschweige denn zu begreifen, was da gerade über sie hereingebrochen war.

»Was ist denn bloß los mit ihr?«, flüsterte Malin endlich. Eine Träne rollte ihr über die Wange, und ihr war anzusehen, dass Kates harte Worte sie wirklich tief getroffen hatten. »Was habe ich ihr denn getan? Ich wollte doch nur …« Ein kleiner Schluchzer beendete ihren Satz frühzeitig.

Táan zögerte kurz. Dann aber legte er behutsam eine Hand auf Malins Schulter. »Sie war nicht sie selbst«, sagte er vorsichtig. »Das hast du doch sicher auch gesehen. Es gibt eine Erklärung dafür, ganz sicher.«

Er sah, wie Malin tapfer die Tränen zurückdrängte. Die Glocke zum Unterrichtsbeginn hatte inzwischen längst geläutet und allmählich leerte sich der Schulhof. »Ja«, murmelte sie. »Da hast du recht. Aber was hat sie denn nur?«

»Wir werden sie suchen gehen«, schaltete sich in diesem Moment Sigai ein.

Malin schniefte leise und nickte. »Okay …«

»Und du«, Sigai widmete Pits einen scharfen Blick. »Du könntest dich um Malin kümmern.«

Sein befehlender Tonfall holte Pits endlich in die Wirklichkeit zurück. Sofort erschien ein ablehnender Ausdruck auf seinem Gesicht. »Warum glaubst du, dass du mir was zu sagen hast?«

Sigai legte die Stirn in tiefe Falten. Rasch schüttelte Táan den Kopf. Sie hatten jetzt keine Zeit für Streit. Kate war so schnell gerannt, sie würden sich beeilen müssen, um sie einzuholen, bevor … ja, was passierte? Dass er es nicht wusste, machte Táan nur umso nervöser.

»Meinetwegen mach, was du willst«, sagte er zu Pits. »Wir müssen los.«

Zum Glück schien Sigai der gleichen Ansicht zu sein, denn er begnügte sich damit, Pits einen weiteren stechenden Blick zuzuwerfen. Dann lächelte er Malin noch einmal ermutigend zu und sie verließen das Schulgelände.

»Wo, glaubst du, ist sie hin?«, fragte Sigai.

Táan musste nicht lange überlegen. »Im Park«, antwortete er, ohne genau zu wissen, warum er sich so sicher war. Auf den Steinplatten des Bürgersteigs gab es keine Spuren, denen er hätte folgen können. Aber er hatte das eigenartige Gefühl, als könnte er die Wut, die Kate so sehr aufgebracht hatte, förmlich riechen.

Sigai fragte nicht nach, weshalb Táan mit solcher Bestimmtheit antwortete, sondern schlug wortlos den Weg ein, den sie kurz zuvor erst mit Kate gekommen waren.

Während sie schweigend nebeneinander herliefen, versuchte Táan, seine wirren Gedanken zu ordnen. Die Wut, die sich aus Kathrin herausbrach, war ungerecht gewesen – und gleichzeitig völlig fremd. Er wollte sie zur Rede stellen und herausfinden, ob sie das, was sie ihm an den Kopf geworfen hatte, wirklich ernst meinte. Dass er sich so sehr in Kate getäuscht haben sollte, wollte er einfach nicht glauben. Sigai schien in ähnlich düstere Grübeleien vertieft, denn er schritt mit grimmigem Gesicht voran.

Es dauerte nicht lange, bis sie den Park erreichten, an dessen anderem Ende das Haus von Kates Eltern lag. Und im von der Hitze der letzten Tage schon etwas trockenen Gras konnte Táan nun endlich Kates Fußspuren entdecken. Es überraschte ihn nicht, dass sie nicht den geraden Weg über die Wiese in Richtung ihres Elternhauses genommen hatte. Stattdessen war sie offenbar am Rand des kleinen Wäldchens entlanggelaufen, in dem sich auch der See versteckte.

Táan spürte eine innere Unruhe in sich aufwallen, wie immer wenn er sich während der Jagd ganz in der Nähe einer Beute befand. Natürlich war Kate eigentlich keine Beute. Aber Táan hoffte, dass sein Gefühl bedeutete, dass sie auf dem richtigen Weg waren – und Kate nun sehr bald finden würden. Sein Instinkt sagte ihm, dass es eilte, und zwar sehr.

Er hatte den Gedanken kaum zu Ende gedacht, da hörte er in der Ferne einen spitzen Schrei.

»Kate!« Ohne noch eine Sekunde zu zögern, rannte Táan los. Die Schritte seines Bruders erklangen dicht hinter ihm. Sein Herz raste bis in seinen Hals hinauf. Das war ihre Stimme gewesen! Es gab keinen Zweifel.

Und dann, am Grunde einer mit Sommerblumen übersäten Senke, entdeckte er sie: Kate lag da, als sei sie mitten im Lauf einfach umgekippt, und rührte sich nicht.

Táan sog scharf Luft durch die Nase und beschleunigte seinen Schritt, bis er neben ihr auf die Knie fallen konnte. Er packte sie an der Schulter und drehte sie auf den Rücken. Ihr Körper war schlaff, ohne jede Spannung, und ihre Haut war ein wenig blass unter der Sonnenbräune. Aber sie atmete, wenn auch recht flach und etwas zu schnell, als habe sie sich noch nicht von ihrem rasanten Lauf durch Straßen und Park erholt.

»Kate …« Táan schüttelte sie an der Schulter, erst leicht, dann etwas stärker. »Kate, wach auf!«

»Táan.« Sigai war hinter ihm stehen geblieben und

blickte schwer atmend auf sie herab. »Schau. Sie trägt wieder das Armband.«

Táans Blick flog zu Kates Handgelenk. Tatsächlich. Das Armband schlang sich darum, als wäre es nie von seinem Platz entfernt worden. Wann hatte Kate es wieder angelegt? Warum war es ihnen heute Morgen noch nicht aufgefallen? Táan konnte sich nicht erklären, wie sie so blind hatten sein können, aber ihm wurde schlagartig klar, dass das Armband an Kates plötzlicher Veränderung schuld sein musste.

Immerhin sah Kates Zustand nicht annähernd so bedrohlich aus, wie es am Vortag bei ihrem kleinen Bruder gewirkt hatte. Auf den zweiten Blick sah es sogar vielmehr so aus, als würde sie nur lebhaft träumen. Ihre Augen bewegten sich hinter den geschlossenen Lidern rasch hin und her und ab und zu murmelte sie sogar im Schlaf. Als Táan jedoch nach ihrem Handgelenk griff und versuchte, das Armband abzustreifen, versteifte sie sich, wand sich hin und her und entriss ihm ihren Arm mit überraschender Kraft.

»Nein …«, flüsterte sie undeutlich. »Nein … ich muss es sehen!«

Táan wechselte einen Blick mit Sigai. Doch der schien ebenso ratlos zu sein wie er. Was nun? Scheinbar drohte Kate keine unmittelbare Gefahr. Und am Tag zuvor hatte es Moritz nichts genützt, dass sie das Armband entfernt hatten.

»Lassen wir es erst mal dran«, sprach Sigai schließlich

aus, was sie beide dachten. »Wir sollten sie nach Hause bringen. Und zwar so, dass Miriam nichts mitbekommt. Moritz' Zustand ist wirklich beunruhigend genug.«

Táan runzelte die Stirn. Der Gedanke, Kates Mutter anzulügen, gefiel ihm nicht. Aber er sah für den Moment auch keine andere Option. »Was sagen wir ihr?«

Sigai überlegte kurz. »Falls sie uns bemerkt – Kreislaufprobleme«, entschied er dann. »Ist ja auch ziemlich schwül.«

Das war es allerdings. Die tiefgrauen und schwefelgelben Gewitterwolken am Horizont waren inzwischen bedenklich nahe gekommen und füllten fast den gesamten Himmel aus. Nur noch hier und da lugte ein Stück Blau durch ein Loch in den Wolken wie durch ein Fenster in eine andere Dimension.

»Du sagst es.« Táan nickte. »Wir sollten uns besser beeilen, damit wir sie vor dem Gewitter noch ins Trockene bekommen.«

Er griff mit den Armen unter Kate hindurch und nahm sie hoch. Als sie ihr Gesicht an seine Brust legte, sah er zu ihr hinab und wünschte sich nichts sehnlicher, als dass sie so schnell wie möglich wieder erwachte.

## 18

# Von der Sonne geküsst

Kathrin erwachte von einem schrecklichen Knall. Im Zimmer war es hinter den vorgezogenen Vorhängen fast dunkel, nur ein seltsam diffuses, gelblich graues Gewitterlicht drang mit einem Schwall schwülwarmer Luft zur halb geöffneten Balkontür herein.

Der Balkontür in ihrem Zimmer.

Kathrin griff sich an die Stirn. Sie war zu Hause? Aber wie …? Das Letzte, woran sie sich erinnerte, war, dass sie Pits eine Ohrfeige gegeben hatte. Und selbst das erschien ihr seltsam unwirklich, als hätte sie das alles nur geträumt. Vielleicht hatte sie das ja?

Das bleiche Licht eines Blitzes zuckte durch den Raum, gefolgt von einem weiteren lauten Rumpeln und Donnerkrachen. Kathrin stöhnte leise und wandte den Kopf in Richtung Tür.

»Schschsch …«, murmelte eine vertraute Stimme. »Bleib ruhig liegen. Es ist alles gut.«

»Táan …«, brachte Kathrin heraus. Dann brach ihre Stimme.

Im gewittrigen Halbdunkel konnte sie seinen besorgten Blick eher erahnen, als dass sie ihn sah.

»Du hast lange geschlafen. Geht es dir besser?«

Kathrin wusste nicht, was sie darauf antworten sollte. Ging es ihr besser? Sie hatte keine Ahnung, wenn sie ehrlich war.

In diesem Moment spürte sie, wie Táan nach ihrer Hand griff, und ein heißer Schauer lief von ihrem Scheitel bis hinunter zu den Fußsohlen. Der Druck seiner Finger war warm, aber fest.

»Das war Xuuyah, oder?«, fragte er leise.

Xuuyah.

Unwillkürlich war Kathrins Blick zu ihrem Handgelenk gezuckt, wo sie das Armband zu sehen erwartete.

Aber da war nichts.

Mit einem Ruck streckte Kathrin den Arm in die Höhe, wobei sie ihre Finger aus Táans riss.

»Wo ist es?« Sie hörte selbst, wie panisch ihre Stimme klang.

Táan schüttelte den Kopf und griff mit ruhiger Bestimmtheit wieder nach Kathrins Hand. »Beruhige dich. Es liegt dort auf dem Nachttisch. Du hast dich lange Zeit wild daran geklammert und wolltest es nicht loslassen. Aber irgendwann bist du einfach ganz tief eingeschlafen. Da haben wir es dir abgenommen, damit dich nichts mehr stört.«

Kathrin schaffte es nicht gleich zu antworten. Nur langsam beruhigte sich ihr Herz und genauso langsam tröpfelten nun auch die Bilder der vergangenen Ereignisse wieder in ihr Bewusstsein.

Xuuyah, wiederholte sie in Gedanken. Er war zurückgekommen und hatte diese furchtbare, unkontrollierbare Wut in ihr geweckt, gerade als sie dachte, ihren Machtkampf endgültig gewonnen zu haben.

Und im nächsten Moment fiel ihr siedend heiß ein, dass sie bei ihrem letzten Zusammentreffen keineswegs liebenswürdig zu Táan gewesen war.

Oh verdammt

Die Wut. Der Streit. Plötzlich waren sie wieder ganz nah und sehr real. Keine Spur von Traum mehr. Sie hatte Táan ihr hässliches Gesicht gezeigt und es auch noch genossen. Am liebsten wäre Kathrin dafür jetzt gleich vom Balkon gesprungen. Stattdessen blieb sie steif wie ein Brett unter ihrer Decke liegen und beobachtete ängstlich Táans Mienenspiel – oder zumindest das, was sie davon erkennen konnte. Und für endlose Sekunden sah es tatsächlich so aus, als wollte er eine Rechtfertigung oder zumindest eine Erklärung von ihr verlangen. Saß er vielleicht sogar genau deswegen hier an ihrem Bett? Selbst wenn nicht, dachte Kathrin, selbst wenn er einfach nur nach ihr hatte sehen wollen, er hatte eine Erklärung mehr als verdient.

Doch dann spürte sie, wie Táan leicht ihre Hand drückte. Er lächelte nicht. Aber sein Blick sprach Bände. Er gab ihr keine Schuld, nicht dieses Mal.

»Willst du es nicht sagen?«, fragte er sanft, und da erinnerte sich Kathrin, dass sie ihm noch eine Antwort schuldete.

Sie räusperte sich. »Doch«, murmelte sie. »Also, ja. Es war Xuuyah. Er hat … ich weiß auch nicht genau. Ich war plötzlich so wütend …« Sie brach ab. Es war so schwer, in Worte zu fassen, was sie erlebt – was sie *gesehen* hatte. Die Wut, die Xuuyah in ihr geweckt hatte, war nur ein Mittel zum Zweck gewesen, das glaubte Kathrin jetzt zu wissen. Gut, ein klein wenig Rache für das eigenmächtige Abnehmen des Armbands mochte auch eine Rolle gespielt haben. Aber vor allem hatte er mithilfe der Wut ihr Innerstes freigelegt – schnell und schmerzhaft, wie man ein Pflaster abreißt. Hatte Erinnerungen, von denen Kathrin nicht einmal gewusst hatte, dass sie sie besaß, an die Oberfläche gezerrt und gnadenlos bis in den letzten Winkel ausgeleuchtet. Der Nachmittag am Fluss war nur der Anfang gewesen.

Kathrin schauderte. So klar waren die Bilder vor ihrem inneren Auge, dass sie sie auch jetzt noch ohne Mühe sehen konnte. Und eines war dabei besonders deutlich. Ein Bild, dessen Bedeutung sie nicht ganz verstand und das ihr dadurch nur umso wichtiger schien …

»Táan …«, setzte sie erneut an und hielt inne, als ein weiterer Donner ihre Stimme verschluckte.

»Der Rabe … Er war ganz tief in mir drin«, sagte sie dann und hörte beunruhigt, wie belegt ihre Stimme klang. »Er hat diese Wut benutzt, um Erinnerungen auszugraben, die ich vergessen hatte, weil sie mir bisher nie wichtig erschienen sind.«

Táan nickte langsam. »So was haben wir uns schon gedacht, um ehrlich zu sein.«

Kathrin sah ihn verblüfft an. »Wirklich?«

»Ja«, bekräftigte Táan. »Weißt du, deine Wut kam doch ein bisschen zu plötzlich, um *normal* zu sein.« Er hob die Schultern und lächelte ein bisschen schief. »Ehrlich, Kate, du musst dir deswegen keine Sorgen machen. Auch nicht wegen deiner Freunde. Sigai und ich haben mit ihnen gesprochen, und ich denke, sie werden es verstehen.« Er hielt kurz inne. »Auch ohne dass du sie in alle Details einweihst, meine ich«, fügte er dann hinzu.

Die Erleichterung, die seine Worte in Kathrin auslösten, war unbeschreiblich. »Danke«, sagte sie. Etwas Besseres fiel ihr nicht ein, um zu sagen, was sie empfand.

Táan winkte mit der freien Hand ab. Sein Blick allerdings war noch immer ernst. »Trotzdem. Sigai und ich haben uns beraten und … nun ja. Als du bewusstlos warst und dir das Armband nicht abnehmen lassen wolltest, hast du immer wieder geflüstert, du müsstest *etwas sehen*.« Eine steile Falte war zwischen Táans Brauen erschienen. Sein Blick war eindringlich, und er machte eine Pause, ehe er weitersprach, als müsste er sich erst sammeln.

»Was hast du gesehen, Kate?«, fragte er dann, die Stimme ebenso eindringlich wie sein Blick. »Du solltest es uns wirklich sagen, meinst du nicht?«

Kathrin schwieg eine Weile. Es kostete sie einige Überwindung, Táans forschendem Blick nicht auszuweichen. Natürlich musste sie es ihnen sagen. Vor allem wenn sie sich Hilfe von den Brüdern erhoffte. Und das tat sie.

»Ich weiß, du und Sigai, ihr habt schon zu viele Grenzen übertreten«, sagte sie endlich, »aber kann ich dich etwas fragen? Zu der Geschichte, die erklärt, warum ihr Lichtjäger seid?«

Táan hob überrascht die Brauen. »Ja«, sagte er, aber es klang zurückhaltender, als Kathrin lieb war. »Frag ruhig. Aber sei mir nicht böse, wenn ich danach entscheide, dass ich dir nicht antworten kann.«

Kathrin nickte langsam. Das schien ihr nur fair zu sein. Ein leises Platschen ertönte von der Balkontür her. Der Regen kam. Endlich. Erste dicke Tropfen klatschten bereits gegen das Glas.

»Als ich bewusstlos war … hat Xuuyah mir etwas gezeigt«, begann Kathrin schließlich. »Ich glaube, es ist keine echte Erinnerung, eher die Erinnerung an einen Traum oder so. Aber ich verstehe nicht, was er bedeuten soll. Oder warum der Rabe ihn so wichtig findet. Und ich hatte gehofft, du – oder ihr – könntet mir dabei helfen.«

Táan antwortete nichts darauf, sondern sah Kathrin nur aufmerksam an. *Erzähl mir davon!*, sagte sein Blick. Wie dieser Blick auf ihrer Haut kribbelte und bis in ihren Bauch drang … Sie kniff die Lippen zusammen. Dafür war jetzt wirklich nicht der richtige Augenblick.

»Also … ich habe keinen Körper und schwebe über einer Lichtung im Wald«, beschrieb sie stattdessen mit leicht wackliger Stimme die Szene, die noch immer vor ihrem inneren Auge ablief wie ein Kurzfilm in Endlosschleife. »Auf der Lichtung ist ein besonderer Felsen, er sieht unbearbeitet aus, hat aber beinahe die Form einer Sonne. Und dort, neben dem Felsen, da … sind zwei junge Menschen, die … also, du weißt schon … die sich lieben …« Blut schoss ihr in die Wangen. Das Kribbeln auf ihrer Haut wurde fast unerträglich, und dass Táan sich ausgerechnet an dieser Stelle wie elektrisiert aufrichtete, machte es nicht gerade besser. In seiner Gegenwart von Sex zu sprechen, wühlte Kathrin so sehr auf, dass sie sich wunderte, überhaupt noch einen Ton über die Lippen zu bekommen.

Doch jetzt war es gesagt. Und komischerweise erschien gleich alles wenigstens ein bisschen leichter. »Da war ein Licht zwischen ihnen, Táan. Ein besonderes Licht, fast wie der Sonnengeist, aber es war keiner, glaube ich. Und auf dem Baum gegenüber … saß ein riesiger Adler. Er hat das alles auch gesehen.«

Táan schwieg eine Weile. Doch seine Haltung war immer noch angespannt wie ein Bogen kurz vor dem Schuss, wenn der Pfeil zitternd darauf wartet, endlich sein Ziel zu finden. Schließlich ließ er Kathrins Hand los, stand auf und schloss die Balkontür gegen den sekündlich stärker werdenden Regen. Dann legte er die Hand gegen die Scheibe, als bräuchte er dringend die Kühle auf seiner Haut.

»*Im Wald, wo in Stein die Sonne ruht …*«, flüsterte er und seine Stimme klang beinahe ehrfürchtig.

»Was?« Kathrin versuchte, sich nicht zu sehr dem Gefühl hinzugeben, wie leer ihre eigene Hand plötzlich war. Zögernd schwang sie die Beine aus dem Bett, doch sie konnte sich nicht dazu durchringen, aufzustehen und zu Táan hinüberzugehen.

»Sigais Geschichte«, sagte Táan, ohne sie anzusehen. »Er sprach von einem magischen Ort, an dem der erste Lichtjäger gezeugt wurde. *Wo in Stein die Sonne ruht.* Das hat er gesagt.«

Im matten Licht, das durch die Balkontür fiel, war sein Gesicht voller Schatten. Inzwischen regnete es so heftig, dass die Sicht nach draußen völlig von zerplatzenden Tropfen und kleinen Sturzbächen rinnenden Wassers versperrt war. Dahinter war es ziemlich finster, nur zuckende Blitze erhellten von Zeit zu Zeit den Himmel, dicht gefolgt von bedrohlich rumpelndem Donner.

Kathrin griff mit beiden Händen nach ihrer Decke und knetete sie nervös zwischen den Fingern. Sie fühlte sich mit einem Mal seltsam verloren – vielleicht, weil die gewohnten Kommentare des Raben ausblieben oder zumindest ihr Bewusstsein nicht erreichten, seit das Armband auf dem Nachttisch lag. Es war ein Gefühl, fast als wäre sie nackt, und Kathrin war sich nicht sicher, ob sie es angenehm fand. So oft hatte sie sich gewünscht, einmal ganz allein mit Táan zu sein und alles sagen zu können, ohne belauscht zu werden. Aber jetzt stellte sie fest, dass das Sprechen in dieser Situation auch nicht einfacher war als mit einem Raben, der ständig gehässig seine Meinung zu allem kundtat.

»Du meinst … Xuuyah hat mir den Ort gezeigt, an dem der Lichtjäger gezeugt wurde? Aber …« Sie schüttelte den Kopf. »Das macht keinen Sinn, Táan. Wie soll das zusammenpassen? Wieso sollte ich daran eine Erinnerung haben? Nicht einmal der Rabe selbst kann das wissen!«

Táan hatte begonnen, unruhig vor den Fenstern auf und ab zu gehen. Seine Miene war grüblerisch verschlossen und Kathrin konnte die Zahnräder in seinem Kopf förmlich knirschen hören.

Doch dann plötzlich drehte er sich ruckartig zu ihr um. »Kate!« Mit zwei raschen Schritten kam er zurück zum Bett, griff nach Kathrins Händen und sah ihr fest in die Augen. In seinem Blick stritten Hoffnung, Unglauben und Ehrfurcht vor dem eigenen wahnwitzigen Gedanken. »Kate, diese beiden Menschen auf der Lichtung – bist du sicher, dass es Haida waren? Hast du sie erkannt?«

Kathrin runzelte die Stirn. »Ich weiß nicht … wegen des Lichtes konnte ich es nicht so gut sehen. Worauf willst du hinaus?«

Táans Griff um ihre Hände verstärkte sich, bis Kathrin

glaubte, er wollte ihr die Finger brechen. Seine Stimme bebte. »Könnten es … deine Eltern gewesen sein?«

Es war, als würden mit einem Schlag alle Worte aus Kathrins Kopf fallen. Sie öffnete den Mund und schloss ihn wieder, unfähig, ihre wirbelnden Gedanken in klare Sätze zu fassen. Ja, sie konnte nicht einmal richtig begreifen, was es genau war, das Táan da vermutete. Und zugleich spürte sie tief in sich einen kleinen, warmen Funken glühen. Ein Gefühl, das sie nicht kannte und das ihr doch mit großer Sicherheit sagte, dass Táan recht hatte, ob sie es nun verstand oder nicht. Es *waren* ihre Eltern gewesen, die sie gesehen hatte. Wie hatte sie das nicht erkennen können?

Táan schien ihre Verwirrung kaum aufzufallen. Seine Augen brannten. »Überleg doch mal«, fuhr er aufgeregt fort. »Was, wenn diese Szene kein Traum, sondern deine allererste Erinnerung ist? Deine Zeugung, Kate! Am Ort, wo die Sonne ruht! Das kann doch kein Zufall sein, oder?«

Kathrin schüttelte stumm den Kopf. Ihre Zunge streikte noch immer.

Táan holte einmal tief Luft. »Jetzt ergibt alles Sinn«, murmelte er und nun sprach er fast eher zu sich selbst als zu Kathrin. »Warum Xuuyah ausgerechnet dich ausgesucht hat. Das habe ich mich schon die ganze Zeit gefragt. Wo du doch nicht mit uns verwandt und noch nicht einmal eine Haida bist. Aber es geht nicht nur um unser Blut, denn davon wusste er ja gar nichts. Es geht auch um dein Haar! Ohne dich ist unser Blut gar nichts wert! Und wenn du auch auf dieser Lichtung gezeugt wurdest, wie unser Vorfahr, dann bedeutet das …«

Kathrins Herz klopfte inzwischen so wild, dass sie befürchtete, es würde ihr jeden Moment den Brustkorb sprengen. Ja. Das war es. In diesem Augenblick fügte sich alles zusammen, auch ohne dass Táan seinen Satz beendete. Denn jetzt schien es auch ihm endgültig die Sprache verschlagen zu haben.

Sie? Eine Lichtjägerin? War das wirklich möglich?

Kathrin dachte an den Nachmittag am Fluss in ihrer Erinnerung. An das Licht im Wasser und in ihren Haaren. Konnte es wirklich sein?

»Wir müssen es ausprobieren.« Táan hatte seine Stimme wiedergefunden und war nun voller Tatendrang. Es war so viel Hoffnung in seinen Worten, dass es Kathrin trotz aller Verwirrung ein Lächeln auf die Lippen lockte.

»Sicher«, sagte sie und warf einen Blick nach draußen. »Sobald das Wetter mitspielt.«

Sofort verlor das Strahlen in Táans Augen ein wenig an Intensität. »Natürlich. Du hast recht.« Er stand wieder auf, als könnte er bei diesen aufregenden Neuigkeiten einfach nicht ruhig sitzen. »Hör zu. Ich rede mit Sigai darüber, wenn es dir nichts ausmacht. Das wird ihn sicher sehr interessieren.«

Kathrin nickte. »Natürlich. Erzähl es ihm ruhig. Das … ändert ja so einiges, nehme ich an.«

Táan lächelte schief. »Ja, alles, irgendwie. Oder vielleicht auch gar nichts. Ich bin einfach wahnsinnig gespannt, was Sigai dazu sagen wird. Kann ich dich denn hier allein lassen?«

Jetzt musste Kathrin sogar ein bisschen lachen. Es war schon fast rührend, wie besorgt Táan um sie war, und es tat vor allem gut, auf diese Weise ein wenig von der Anspannung loszuwerden. Aber sie verkniff es sich zu zeigen, wie sehr sie sich darüber freute. »Klar. Ich warte einfach hier, bis du wiederkommst.« Sie überlegte einen Moment und rang mit sich, ob sie es aussprechen sollte. Aber dann entschied sie sich dazu, einfach einmal mutig zu sein.

»Ach, und Táan?«

Schon fast auf der Schwelle drehte Táan sich noch einmal um. »Ja?«

Kathrin biss sich auf die Lippe. »Ich wollte fragen, ob es in Ordnung wäre, wenn … also, wenn du wiederkommst, kannst du dann noch einmal allein kommen? Ohne Sigai?«

Sie spürte, wie ihre Ohren noch beim Sprechen feuerrot wurden, und war froh, dass das im spärlichen Licht vielleicht nicht ganz so sehr auffiel.

Táan schwieg eine Weile und musterte sie, als müsse er gründlich über ihre Frage nachdenken. Schließlich aber nickte er – und lächelte. »Ja. Ganz wie du willst. Ich bin auch nicht lange weg.«

Damit schloss er leise die Tür hinter sich.

# 19

## Gemeinsam sind wir stark

Nachdem Táan das Zimmer verlassen hatte, saß Kathrin noch eine ganze Weile reglos auf ihrem Bett und ließ das Gespräch wieder und wieder an sich vorbeiziehen. Das Gewitter vor der Balkontür beruhigte sich so schnell, wie es aufgetaucht war. Der Donner verklang zu einem fernen Grummeln, der Wind legte sich und der Regen fiel nur noch in winzigen, vereinzelten Tropfen vom Himmel. Auch die Wolken waren ein wenig lichter geworden und hier und da wagte sich sogar schon ein kühner Strahl blassgoldenen Sonnenlichts hindurch und funkelte in den Spuren des Regens auf der Glasscheibe. Der Anblick zog Kathrin wie magisch an. Sonnenlicht …

Sie stieg aus dem Bett, öffnete die Balkontür und trat mit einem tiefen Atemzug in die gewitterfrische Luft hinaus. Eine Gänsehaut überzog ihre bloßen Arme und die nackten Beine unter dem weiten Shirt, das sie trug. Wo war der Tag nur hin? Wie lange war sie bewusstlos gewesen? Es musste schon später Nachmittag sein. Aber Kathrin hatte wenig Lust, darüber nachzudenken, was an diesem Morgen eigentlich genau vorgefallen war. Das ganze Szenario auf dem Schulhof stand ihr deutlich vor Augen, doch es fühlte sich noch immer eher wie ein bizarrer Traum an als wie eine Erinnerung an die Wirklichkeit. Und wenn es nach Kathrin ging, durfte das auch gern so bleiben. Heute jedenfalls hatte sie keine Kraft mehr, sich damit auseinanderzusetzen. Und es erschien ihr auch gar nicht so wichtig. Was sie durch den Raben erfahren und von Táan bestätigt bekommen hatte, wog so viel schwerer. Sie … eine Lichtjägerin? Kathrin starrte auf die Regentropfen, die am Balkongeländer hingen und in einem jener vorwitzigen Sonnenstrahlen funkelten. Wenn sie es einfach mal versuchte? Oder sollte sie auf Táan warten? Aber wer wusste schon, wie lange der nun brauchen würde? Gespräche mit Sigai konnten ewig dauern …

Kurz entschlossen zupfte Kathrin ein einzelnes Haar von ihrem Kopf und versuchte, eine Schlinge zu binden – was allerdings gar nicht so einfach war. Immer wieder glitt ihr das feine Haar aus den Fingern und schien sich mit aller Kraft gegen den Knoten zu wehren. Erst als sie schon kurz davor war aufzugeben, gelang es ihr, eine halbwegs passable Schlinge zu knüpfen. Mit vor Aufregung unwillkürlich zitternden Fingern hielt Kathrin das Haar vor ihr Gesicht und betrachtete ihr Werk. Würde es reichen? Vorsichtig näherte sie die feine Schlaufe einem der Tropfen am Geländer und tauchte das Haar hinein.

Der Tropfen fiel. Und als hätte der Sonnenstrahl sich über Kathrins kühnen Vorstoß erschreckt, zog auch er sich im gleichen Moment hinter die dicken Wolken zurück.

Doch an dem Haar hing, glitzernd wie ein geschliffener Edelstein, ein winziges Stück Licht. Kein echter Sonnengeist, nein, nicht einmal ein Fingerchen von einem. Aber es war ohne Zweifel ein Stückchen Sonnenlicht, das sich in Kathrins Haar verfangen hatte, das zappelte und zuckte, bis etliche Sekunden später die Schlinge plötzlich mit einem leisen Zischen riss und das Licht wie ein einzelner Funke eines Lagerfeuers in den Himmel stieg und schließlich aus Kathrins Sicht verschwand.

Kathrin starrte dem Funken nach, selbst als sie ihn schon längst nicht mehr sehen konnte. Doch erst als ein leises Klopfen an ihrer Zimmertür sie aus ihrer Versunkenheit aufschreckte und ein Schwall kühler Luft in ihre Lungen strömte, wurde ihr bewusst, dass sie die ganze Zeit über den Atem angehalten hatte.

Sie fuhr herum und tat ein paar tiefe Atemzüge, um sich zu sammeln. In ihrem Kopf tanzten die Gedanken. War das gerade wirklich geschehen oder hatte sie es sich nur eingebildet? Aber an ihrem Finger hing noch immer der Rest des Haares, am Ende leicht gekräuselt, als sei es verbrannt.

Noch einmal klopfte es, und Kathrin fiel auf, wie sehr sie in Gedanken abgedriftet war.

»Ja?«, sagte sie – ein bisschen vorschnell, wie ihr einfiel, als ein leichter Windstoß über ihre bloße Haut strich und sie daran erinnerte, dass sie nur Unterwäsche und ein übergroßes T-Shirt trug. Hastig sprang sie ins Zimmer und sah sich nach einer Shorts um. Aber da öffnete sich auch schon die Tür.

Und natürlich stand Táan auf der Schwelle. Er war wirklich nicht lang weg gewesen. Ganz wie versprochen.

Kathrin spürte, wie sie flammend rot anlief. In diesem Augenblick entdeckte sie die rettende Shorts – zu spät natürlich. Kathrin riss sie trotzdem an sich und schlüpfte hastig hinein. »Táan … oh … ähm … ich …«

Sie verstummte und wünschte sich, sie hätte wie der Funke von eben einfach davonfliegen und verschwinden können.

Táan aber grinste nur schief und sah rücksichtsvoll zur Seite, während Kathrin sich die Hose überzog.

»Tut mir leid«, sagte er. »Ich hatte nicht damit gerechnet, dass du aufgestanden bist.« Er runzelte die Stirn und sah zur geöffneten Balkontür. »Warst du draußen?«

Kathrin folgte seinem Blick. Ihre Gedanken rasten immer noch schneller, als sie folgen konnte – nur um sich dann zu einem dicken Wust zusammenzuballen, der alles andere erstickte außer dem dringenden Bedürfnis, Táan zu sagen, was sie tun konnte. Es ihm zu *zeigen*.

»Táan«, stieß sie hervor, ohne auf seine Frage einzugehen. »Es funktioniert! Ich kann es. Ich kann die Sonne fangen!«

Für einen Moment sah Táan einfach nur überrumpelt aus. Keine Spur von Freude oder Erleichterung – eher ein wenig Enttäuschung, dass Kathrin nicht auf ihn gewartet hatte.

Dann aber erschien doch wieder ein kleines Lächeln in seinen Mundwinkeln. »Ehrlich? Das ist großartig. Zeigst du es mir?«, fragte er. »Bitte.«

Kathrin konnte den erleichterten Stoßseufzer nicht zurückhalten. »Na klar«, brachte sie heraus. »Komm mit. Wir müssen auf ein bisschen Sonne warten.«

Gemeinsam traten sie wieder auf den Balkon hinaus. Kathrin fühlte sich ein bisschen zittrig, als sie ein neues Haar von ihrem Kopf zupfte und die Schlinge knüpfte. Dieses Mal klappte es schon besser – aber was, wenn es jetzt doch nicht funktionierte? Wenn sie es sich nur eingebildet hatte? Wie stand sie dann da? Und dass Táan sie wahrscheinlich auslachen würde, war dann vermutlich ihr geringstes Problem.

Als die Sonne das nächste Mal durch ein Loch zwischen den Wolken hervorlugte und einen ihrer Strahlen auf die Erde schickte, fischte Kathrin noch einmal einen winzigen Sonnenfunken aus einem Regentropfen, der kurz darauf die Schlinge sprengte und leicht und frei zurück in den Himmel stob.

Eine ganze Weile standen Kathrin und Táan ehrfürchtig nebeneinander und starrten in die Wolken, die jetzt wieder dunkel und schwer waren. Es schien, als sei das vorerst der letzte Sonnenstrahl gewesen, den sie zu sehen bekommen würden. Als sei die Sonne nun vorsichtig geworden. Vor ein paar Tagen noch wäre dieser Gedanke dermaßen absurd gewesen, dass Kathrin fast angefangen hätte zu kichern, als sie darüber nachdachte. Aber es blieb ihr im Hals stecken. Die Gründe, warum es ihr nun nicht mehr absurd schien, waren einfach zu ernst.

Aus dem Augenwinkel sah sie, wie Táan sie mit einem langen Blick musterte. Und dann, ganz unerwartet, legte er ihr ein wenig zögernd den Arm um die Schultern. Erst jetzt bemerkte Kathrin, dass sie noch immer viel zu dünn angezogen war, weil sich dort, wo die Haut seines Unterarms ihren Oberarm berührte, wohlige Wärme ausbreitete.

»Das war sehr beeindruckend«, sagte Táan mit seltsam weicher Stimme. »Wirklich. Ich habe noch nie so etwas Schönes gesehen.«

Und in diesem Moment wusste Kathrin, was passieren würde. Sie sah es in seinen Augen, in dem kleinen Lächeln, das sich in seinen Mundwinkeln versteckte und nur von ganz nah zu sehen war, und sie schmeckte es in seinem Atem, der sanft über ihre Wangen strich, als er sich zu ihr beugte. Ihr Herz begann zu rasen, und die Gänsehaut, die ihren ganzen Körper überzog, fühlte sich plötzlich glühend heiß an.

»Ich bereue nichts«, flüsterte Táan, doch Kathrin hatte das Gefühl, dass er nicht zu ihr sprach, sondern zu sich selbst.

Dann aber berührten sich ihre Lippen und es war ohnehin gleichgültig.

Táans Kuss war fest und sanft zugleich, ohne Druck und ohne Forderungen. Seine Hände legten sich behutsam um Kathrins Hüfte, luden sie ein, sich an ihn zu lehnen und zumindest für einen kurzen Moment Halt zu finden, ein Ruhepunkt im wirbelnden Strudel der Ereignisse des Tages und doch selbst tanzend wie ein rauschender Wildbach, der sie beide mit sich riss. Für die endlosen Sekunden, die es dauerte, hörte Kathrin einfach auf zu denken und fühlte nur noch, ließ alle dunklen Wolken hinter sich und die Schmetterlinge, die in ihrem Bauch gefangen gewesen waren, in den wolkigen Abendhimmel steigen. Wenn er sie niemals mehr losgelassen hätte, Kathrin wäre in diesem Augenblick nichts auf der Welt lieber gewesen.

Aber natürlich tat er es doch.

Táan trat einen Schritt zurück. »Ich bereue nichts«, wiederholte er. War sein Lächeln noch da? So weit, wie er nun entfernt stand, konnte Kathrin es nicht mit Sicherheit sagen. Sie lächelte trotzdem zurück.

»Ich auch nicht«, flüsterte sie.

Táan grinste ein wenig schief und fuhr sich verlegen mit der Hand durch die Haare. »Das war wohl nicht besonders klug von mir«, murmelte er. »Aber ich musste es tun, bevor … puh. Also, bevor wir uns in diese Jagd stürzen. Wer weiß, ob die Gelegenheit je wiederkommt.«

Kathrin wusste nicht, was sie darauf sagen sollte. Zu aufgewühlt rauschte das Blut noch immer durch ihre Adern, als dass sie auch nur einen klaren Gedanken hätte fassen können außer dem einen.

»Geh nicht weg.«

Sie wusste selbst nicht genau, was sie damit meinte. Aber sie musste es sagen, musste diese verzweifelte Bitte endlich aussprechen, um nicht daran zu ersticken.

Táan musterte sie überrascht. Auch er schien mit ihren Worten nicht direkt etwas anfangen zu können. Doch zu Kathrins Glück entschied er sich, einfach gar nichts zu sagen, sondern sie fest in den Arm zu nehmen.

»Lass uns reingehen«, sagte er leise an ihrem Ohr. »Du wirst noch krank.«

Kathrin nickte. Wäre es nach ihr gegangen, sie hätten sich einfach niemals wieder auch nur einen Millimeter weit bewegt.

Aber davon hielt die Welt nun einmal auch nicht an.

Und davon bekam sie auch nicht ihren Bruder zurück.

Draußen schwand inzwischen hinter den Wolken allmählich das Licht. Schon wieder war ein Tag vergangen, ohne dass sie Moritz gerettet hatte. Und wenn auch der Rabe wieder einigermaßen friedfertig gestimmt schien – zumindest, wenn Kathrin sein Verhalten in ihrem Traum richtig interpretierte –, Moritz würde er nicht freilassen.

Nicht solange Kathrin ihm keinen Sonnengeist brachte, den er in die Schachtel sperren und bis ans Ende aller Tage bebrüten konnte. Zumindest konnte Kathrin sich nicht vorstellen, was er sonst damit vorhaben sollte.

Immerhin hatte er ihr gezeigt, was sie tun musste, um endlich einen zu fangen, selbst wenn es auf recht unangenehme Weise geschehen war. Wenn es nach Kathrin ging, konnten sie sich also direkt am nächsten Morgen ans Werk machen.

Aber da war noch jemand, den sie in die Rechnung mit einbeziehen musste. Jemand, von dem Kathrin immer noch nicht wusste, ob er den Sonnengeist wirklich zugunsten von Moritz aufgeben würde.

Sigai.

Kathrin hatte schon immer gewusst, dass sie eines Tages so aufeinanderprallen würden, dass es wehtat. Dass es dabei ausgerechnet um das Leben ihres Bruders ging, machte die Sache nicht einfacher. Und Kathrin wurde bewusst, dass sie vor lauter Aufregung gar nicht danach gefragt hatte, was Táans Zwilling zu den großen Neuigkeiten gesagt hatte. Immerhin hatte er recht behalten: Weder Kathrin noch die Zwillinge konnten den Geist allein fangen.

»Mach dir um Sigai keine Sorgen«, sagte Táan, als hätte er ihre Gedanken gehört. Oder vielleicht hatte er sie auch in ihrem Gesicht gelesen. Kathrin hatte derzeit wirklich keine besonders gute Kontrolle über ihre Mimik. Da hätte sie definitiv noch bei Sigai in die Lehre gehen können.

»Wirklich?« Sie sah Táan dankbar an. Ob er spüren konnte, wie viel er ihr bedeutete? Der Gedanke ließ ihre Knie ein wenig weich werden.

Táan nickte und zwinkerte ihr zu – ein ehrliches Zwinkern, obwohl nichtsdestotrotz ein wenig Besorgnis darin zurückblieb. »Ich hab ihn im Griff. Glaub mir, ich kenne ihn gut genug. Er wird deinen Bruder nicht im Stich lassen, wenn es wirklich um sein Leben geht. So kaltblütig ist nicht einmal er. Man muss ihn eben nur von Zeit zu Zeit daran erinnern.«

Kathrin nickte und schaffte es tatsächlich, ebenfalls zu lächeln. »Das klingt ganz nach ihm, das stimmt.«

»Also.« Táan trat noch einmal an sie heran und drückte ihr einen sanften Kuss auf die Stirn. »Ruh dich für heute noch aus und versuch, dich zu entspannen. Wir sehen uns morgen. Und dann wird alles gut. Ich verspreche es dir.«

Kathrin konnte nicht anders. Impulsiv schlang sie die Arme um Táans Brust und drückte ihn so fest an sich, wie sie konnte. In diesem Moment war es ihr plötzlich egal, ob sie peinliche Klamotten anhatte, ob sie noch völlig fertig aussah oder auf ihren Wangen rote Flecken blühten. Sie wollte nur noch diesen einen Augenblick bis zum Letzten auskosten, wollte sich für ein paar Sekunden noch einbilden, es könnte tatsächlich alles gut sein, ehe sie morgen wieder dieses Armband umlegen musste.

Und wer wusste schon, was dann geschehen würde.

# 20

## Der Geist im See

Am nächsten Morgen hatten sich die Wolken weitestgehend verzogen. Nur noch ein paar watteweiße Fetzen hingen über dem silbrig und golden schimmernden Horizont jenseits des Sees, wie eine Erinnerung daran, welches Unwetter am Vortag über das Land gezogen war.

Kathrin, Táan und Sigai hockten in der Bucht, wo vor zwei Tagen noch Würstchen über dem Grill gebrutzelt und Jugendliche sich in der Sommerhitze geaalt hatten. So früh am Morgen allerdings war außer ihnen noch niemand hier, abgesehen von ein paar Fröschen und Vögeln, die mit einem Sommerlied die bald aufgehende Sonne begrüßten.

Kathrin hatte in dieser Nacht so gut wie gar nicht geschlafen. Zu viel war ihr durch den Kopf gegangen, und zu sehr hatte sie befürchtet, sie könnte sowohl das Klingeln der drei Wecker als auch das Klopfen der Zwillinge an ihrer Zimmertür überhören und den Sonnenaufgang, der alles zum Guten ändern sollte, einfach verschlafen. Stattdessen hatte sie Stunden damit verbracht, sich Haare vom Kopf zu zupfen und feine Schnüre daraus zu flechten, die stärker sein sollten als ein einzelnes Haar – die ihr allerdings ständig rissen, weil ihre Hände vor Müdigkeit schon ganz fahrig gewesen waren. Trotzdem hatte sie es immer weiter versucht und trug nun in einer leeren Streichholzschachtel wenigstens drei vielleicht brauchbare Fäden bei sich. Dafür hingen nun ihre Augenringe gefühlt bis zum Boden, alle halbe Minute riss sie den Mund zum Gähnen auf, und obwohl sie sich dick in Jeans und einen übergroßen Kapuzenpullover eingepackt hatte, fröstelte sie in der feuchten Morgenluft, die noch nach dem Regen des gestrigen Tages schmeckte.

Zum sicher hundertsten Mal tastete Kathrin in ihrer Gesäßtasche nach dem Armband. Sie hatte noch nicht gewagt, es wieder umzulegen. Das nächste Mal, wenn sie Xuuyah entgegentrat, wollte sie das mit dem Sonnengeist in der Hand tun. Sie warf einen Blick zu Táan, der ihr seinerseits aufmunternd zulächelte – oder es zumindest versuchte. Denn auch er konnte seine Nervosität nicht verstecken, egal wie sehr er sich bemühte. Neben ihm hockte Sigai, die Schachtel aus Horn in den Händen, und versuchte ebenfalls, ein gefasstes Gesicht zu machen, ohne dass es ihm so recht gelingen wollte.

»Also.« Kathrin sah von einem zum anderen. Instinktiv

hatte sie ihre Stimme gedämpft. »Kommt jetzt der Teil mit dem Blut?«

Die Zwillinge wechselten einen Blick. Dann nickte Táan. »Vermutlich schon.« Er hob die Schultern und grinste schief, als wollte er Kathrin für seine Ahnungslosigkeit um Verzeihung bitten. Dabei wusste Kathrin doch selbst nicht mehr als er. Eher im Gegenteil. Also fummelte sie nur mit zittrigen Fingern die Streichholzschachtel aus der Bauchtasche ihres Hoodies und hielt sie Táan hin. »Hier. Keine Ahnung, was ihr damit tun müsst.«

Táan nahm die Schachtel entgegen. Ihre Finger streiften sich dabei und ein warmer Schauer rieselte durch Kathrins Körper. Sofort fühlte sie sich ein bisschen zuversichtlicher. Gemeinsam würden sie es schaffen.

Táan gab derweil die Schachtel an Sigai weiter, der sie öffnete und mit spitzen Fingern einen von Kathrins mühsam geflochtenen Fäden herausfischte.

»Wir haben entschieden, dass es wohl klüger ist, es erst mal mit Sigais Blut zu versuchen«, erklärte Táan auf Kathrins fragenden Blick hin. »Er ist der Ältere von uns beiden, wenn auch nur um ein paar Minuten.«

Kathrin nickte. Das klang logisch. Sie hatte in den letzten Jahren nun so viele Märchen und Geschichten gelesen, und in vielen davon war es der Erstgeborene, der die besonderen Fähigkeiten abbekam, die in der Familie vererbt wurden. Dabei spielte es dann vermutlich auch keine Rolle, wie viel früher er geboren war.

Sigai hob derweil Kathrins Faden in die Höhe und ließ ihn wie prüfend durch seine Finger gleiten. Ganz kurz schloss er die Augen, als müsste er sich konzentrieren, und seine Brust hob und senkte sich sichtbar unter ein paar tiefen Atemzügen. Dann zog er den Faden straff, sodass Kathrin unwillkürlich den Atem anhielt, in der Erwartung, die Arbeit mehrerer verzweifelter Stunden schon wieder zerreißen zu sehen.

Aber der Faden aus Haar hielt. Und im nächsten Moment hob Sigai ihn zum Mund, öffnete leicht die Lippen und ließ das feine Geflecht über die weiche Haut gleiten.

Kathrin starrte ihn verwundert an. Was tat er denn da? Sie öffnete den Mund, um Sigai daran zu erinnern, dass sie Blut brauchten, nicht Spucke – da verstärkte Sigai den Druck. Und im nächsten Moment sah Kathrin eine feine dunkelrote Spur aus Sigais Mundwinkel rinnen und das Haar benetzen.

Das Blut des Lichtjägers. Da war es.

Kathrin stockte der Atem. Hatte Sigai sich gerade wirklich mit ihrem Haar in die Lippe geschnitten? Sie hatte nicht gewusst, dass das überhaupt ging, so fein, wie ihre Haare waren. Fasziniert starrte sie auf den glänzenden roten Tropfen, der den Faden zwischen Sigais Fingern hinabrann. Doch anstatt einfach daran entlangzulaufen, schien sich das Blut an das Haar anzuschmiegen, in die winzigen Flechten hineinzufließen und es zu umhüllen, bis es wie eine Haut darumlag.

Noch einmal zog Sigai den nun zum Zerreißen straff gespannten Faden durch das Blut auf seiner Lippe. Noch einmal und noch einmal. Und mit jeder Wiederholung legte sich eine weitere glänzende Schicht um das Haar, bis es gar nicht mehr fein, sondern dick wie ein Stück Stopfgarn und zugleich fest wie Zwirnsfaden war.

Schließlich hob Sigai den Faden aus Blut und Haar in die Höhe, ließ ihn zwischen zwei Fingern baumeln und begutachtete ihn aus zusammengekniffenen Augen. Die Schnur war rot wie frisches Blut, schimmerte dabei aber matt im blassen Morgenlicht wie angerauter Stahl.

»Fertig.« Sigais Stimme war nur ein heiseres Flüstern. Die Aufregung vor dem bevorstehenden Ereignis lag nun fast greifbar in der Luft. Zumal allmählich die ersten glitzernden Punkte über die kleinen Wellen tanzten, die der leichte Wind auf die Oberfläche des Sees malte.

Die Sonne ging auf.

Es war so weit.

Mit unwillkürlich zitternden Händen nahm Kathrin den Faden von Sigai entgegen. Er fühlte sich merkwürdig an, immer noch weich, aber nicht mehr wie Haar, sondern viel dicker und fester. Als Kathrin die Schlinge daraus knüpfte, hatte sie gar keine Angst mehr, sie könnte ihn versehentlich zerreißen. Ein letztes Mal sah sie zu den Indianern. Sigai hatte die Schachtel wieder an sich genommen und hielt sie fest in den Händen, den Deckel weit geöffnet. Sein Blick war ernst und streng wie immer, aber Kathrin sah auch etwas darin, das sie sonst nicht sah: Zuversicht. Und Vertrauen in das, was sie tun konnte. Das war vollkommen ungewohnt für Kathrin und es gab ihr fast noch mehr Kraft als Táans Lächeln. Dann allerdings fiel ihr der Kuss vom Abend zuvor wieder ein, und sie spürte, wie ihr eigenes Gesicht aufleuchtete und sie ganz tief in ihrem Inneren von einer Wärme erfüllt wurde, die überhaupt keinen Raum mehr für Zweifel ließ. Sie konnte das.

»Geh«, sagte Sigai und nickte ihr noch einmal zu.

Kathrin erwiderte das Nicken. Mit einem tiefen Atemzug füllte sie ihre Lungen bis zum Bersten mit der neu gewonnen Zuversicht. Dann wandte sie sich um und ging hinunter zum Ufer, jeder Schritt im Takt mit dem erwartungsvollen Pochen ihres Herzens.

Am Wassersaum blieb sie stehen. Kleine Wellen schwappten auf ihre nackten Zehen, funkelnd erleuchtet von den ersten Strahlen der Sonne, die sich jetzt über den Horizont wagten. Kathrin ging in die Hocke und ließ das kühle Nass um ihre Finger spielen.

Und in diesem Moment sah sie sie.

Die Sonnengeister.

Nicht nur einen, nein – es mussten mindestens zehn oder sogar zwanzig sein. Sie tanzten in den winzigen Wellen wie zu einer lautlosen Melodie, und fast meinte Kathrin, ihr helles, klingelndes Lachen zu hören. Warum hatte sie sie vorher noch nie gesehen? Wie blind war sie all die Jahre durch die Welt gelaufen?

Unwillkürlich hielt sie den Atem an. Jetzt war der Moment. Jetzt musste sie handeln, ehe die Sonne weiterzog, die Schneise verließ, in der sie aufging, und sich hinter den Bäumen am Seeufer verbarg. Also griff sie den blutgetränkten Faden aus Haar fest mit der ganzen Hand, beugte sich vor, so weit sie es wagte, und senkte die Schlinge ganz langsam in das glitzernde Wasser.

Wie eine dunkelrote Alge wiegte sich der Faden in den Wellen, wurde vom Tanz der Sonnengeister hin und her getrieben, auf und ab und zwischen ihnen hindurch, bis …

Ein Ruck ging durch die Schlinge. Ein Ruck, dann ein Zappeln, hektisch wie ein Fisch an der Angel und ein greller Schrei, den Kathrin kannte. Sie würde ihn nie im Leben vergessen. Genau so hatte der Geist aus der Schachtel geklungen. Ihr Puls begann zu rasen.

Sie hatte einen! Sie hatte einen erwischt!

Doch der Geist gab nicht kampflos auf. Kreischend wand er sich, strampelte und riss an dem Faden, dass der sich tief in Kathrins Handfläche grub, in die Haut schnitt wie schon zuvor in Sigais Lippe, bis es zu bluten begann. Kathrin biss die Zähne zusammen. Dies war anders als damals, als sie es mit nur einem einzigen, durch lange Gefangenschaft geschwächten Sonnengeist aufgenommen hatte. Langsam, aber sicher glitt ihr die Schlinge aus den verkrampften Fingern, egal wie sehr sie versuchte, sie festzuhalten.

»Helft mir!« Ihre Stimme klang so schrill, dass sie sie selbst kaum erkannte. »Ich kann ihn nicht halten!«

Hastige Schritte erklangen hinter ihr auf dem Kies.

»Halt durch, Kate!« Das war Táan. Und Kathrin gab ihr Bestes. Doch schon beim nächsten festen Ruck rutschte der Faden ihr endgültig durch die vom Blut glitschigen Finger und die Schlinge verschwand mit dem Sonnengeist im glitzernden Wasser.

Kathrin fluchte so laut, dass sie sich selbst erschreckte.

Neben ihr kamen schwer atmend Táan und Sigai zum Stehen.

»Verdammt!« Sigai starrte mit zorniger Miene aufs Wasser. »Das kann doch nicht wahr sein!«

»Kate … du bist verletzt!« Táan griff nach ihrer Hand.

Aber Kathrin schüttelte ihn ab. Ihr Puls raste, und sie hatte das Gefühl, nicht einmal eine leichte Berührung zu ertragen. Es konnte jetzt noch nicht vorbei sein! »Dafür haben wir keine Zeit! Sie entwischen uns! Sigai, wo sind die anderen Fäden?«

Wortlos hielt Sigai ihr eine zweite Schnur hin. Er hatte sie bereits in Blut getränkt. Kathrin riss den Faden an sich und zum ersten Mal war sie Sigai für seine Weitsicht wirklich dankbar. Beim Versuch, die Schlinge zu knüpfen, fiel ihr der Faden mehrfach aus der Hand. Kathrin fluchte noch einmal. Schon schwand das Glitzern der Brandung, als zöge die Sonne absichtlich schnell weiter, um ihre Kinder zu schützen.

Eine Hand legte sich auf Kathrins Rücken, ganz leicht nur, wie um sie nicht zu stören.

»Weißt du noch, wie wir früher Lachse fischen waren?«, flüsterte Táan. »Wie wir den Riesen gefangen haben? Wir schaffen es auch diesmal. Lass nur nicht los. Wir helfen dir.«

Lachse fischen. Kathrin wollte zugleich lachen und weinen, weil die Erinnerung so schmerzlich schön war. Die Ahnung einer unbeschwerten Zeit. Freunde, mit denen ihr die Welt gehörte.

Ja, Táan hatte recht. Wenn die Zwillinge bei ihr waren, konnte es nur gut gehen. Und plötzlich schien es ihr auch gar nicht mehr schwer, den Faden zu einer Schlinge zu knoten. Als sie sie ins Wasser tauchte, legte sich ein kräftiger Arm von hinten um ihren Brustkorb.

Táan. Seine Hand schloss sich um ihre und um den Faden, kurz darauf gefolgt von Sigais Fingern. Sie war nicht mehr allein.

Zu dritt warteten sie. Starrten in die Wellen, die aufgeregt gluckten, bis ihre drei Herzen in einen gemeinsamen Takt gefunden hatten, kräftig und ruhig. Und als sich ein zweites Mal ein Geist in ihrer Schlinge verfing, ließ Kathrin nicht mehr los. Sie krampfte die Finger zusammen, dass es schmerzte, und hielt fest, auch als die anderen Sonnengeister ihrem Bruder zu Hilfe kamen. Ein gleißender Ball aus Licht bildete sich um das Ende von Kathrins Schlinge, wo ihr Fang zappelte, ein Gewirr leuchtender Ärmchen und Beinchen, so grell, dass Kathrin die Augen schließen musste. Der Zug am Faden und damit an ihrem Arm verstärkte sich so sehr, dass sie das Gefühl hatte, gleich selbst ins Wasser gezogen zu werden. Aber sie konnte nicht aufgeben, nicht noch einmal! Solange der Faden nicht riss, würde sie ihn auch festhalten!

Sie stemmte die nackten Fersen in den Kies.

»Táan!«, presste sie zwischen zusammengebissenen Zähnen hervor. »Sigai! Hilfe!«

Der Druck des Arms um ihre Taille verstärkte sich. Sie hörte Táan schwer atmen, als er sich nach Kräften bemühte, sie vom Ufer wegzuziehen. Sie waren stark, diese Sonnengeister. Unfassbar stark.

Aber ganz langsam, einen winzigen Schritt nach dem anderen, entfernten sie sich vom See – und damit auch von den anderen Sonnengeistern. Immer wieder ging ein leichter Ruck durch den Faden, als einer nach dem anderen losließ und zurück ins Wasser fiel, bis schließlich nur noch ein einziges, vom vielen Zappeln und Zerren völlig geschwächtes Stück Licht in der Schlinge hing.

Vorsichtig blinzelte Kathrin durch halb geschlossene Lider. Der Geist in der Schlinge wankte und taumelte durch die Luft wie eine flackernde Papierlaterne kurz vor dem Verlöschen. Immer wieder sank er fast zur Erde, ehe er doch noch einmal mit letzter Kraft ein Stück in die Höhe stieg. Ein letztes Mal versuchte zu entkommen. Und noch einmal. Und noch einmal. Bis er schließlich endgültig aufgab.

# 21

## Gold und Schwarz

Zu dritt standen sie um ihren Fang herum – Kathrin, Táan und Sigai. Schwach glimmend lag das kleine Licht am Boden zwischen den bunten Kieseln der Bucht und wie aus weiter Ferne konnte Kathrin sein leises Weinen hören. Wäre sie nicht so erleichtert gewesen, sie hätte vermutlich Mitleid mit dem winzigen Wesen gehabt. So aber passte sie bloß gut auf, dass sie am Ende nicht doch die Schlinge losließ, die sie immer noch zwischen ihren völlig verkrampften Fingern hielt.

Auch Táan und Sigai schienen schwer beeindruckt von dem zu sein, was bisher nur als Vorstellung in ihren Köpfen existiert hatte und nun ganz echt und zumindest theoretisch greifbar vor ihnen lag. Dass einer von ihnen den Sonnengeist tatsächlich berühren würde, glaubte Kathrin allerdings nicht. Sie selbst zumindest hatte viel zu viel Respekt vor dem kleinen Wesen, dem sie da gerade ihren Willen aufgezwungen hatte.

Irgendwann trat Sigai vor, die Schachtel aus Horn immer noch in den Händen, und streckte sie Kathrin hin. Er musste nichts sagen, damit sie wusste, was er von ihr erwartete. Sie hatte den Geist gefangen. Jetzt musste sie es zu Ende bringen, auch wenn irgendwo in ihrem Hinterkopf, wo normalerweise der Rabe saß, ihr Gewissen zaghaft an die Tür ihres Bewusstseins klopfte. Wollte sie wirklich ein so hilfloses, unschuldiges Geschöpf auf ewig in eine Kiste sperren? Ein Geschöpf, das ohne Tränen so bitterlich weinte, weil es ahnte, welches Schicksal ihm drohte.

*Ein Kind. Er ist nur ein Kind …*

Kathrin schüttelte heftig den Kopf. Nein, sie konnte sich kein schlechtes Gewissen leisten. Wenn sie wählen musste zwischen dem Geist und Moritz – dann konnte ihr die Wahl ja wohl nicht schwerfallen!

Trotzdem fühlten sich ihre Finger steif und unwillig an, als sie an dem Faden zog und ihn um den kleinen Griff aus Horn knotete, der das Zentrum der Schachtel bildete. Und das lag nicht nur daran, dass ihre Muskeln inzwischen so verkrampft waren, dass sie zitterten, oder dass die blutige Wunde in ihrer Handinnenfläche bei jeder Bewegung schmerzte. Was Kathrin wirklich lähmte, war das unablässige Schluchzen des zarten Geisterstimmchens.

*Für Moritz*, dachte Kathrin immer wieder. *Es ist für Moritz! Ich habe keine andere Wahl!*

Eine Hand legte sich auf ihre Schulter und drückte sie. Auch ohne hinzusehen, wusste Kathrin, dass es einmal mehr Táan war, der ihr da zur Seite stand und versuchte, ihr Kraft zu geben.

»Bring es hinter dich«, sagte er leise, und seiner Stimme konnte Kathrin anhören, dass ihm die Qual des Geistes ebenfalls zu schaffen machte.

Natürlich hatte er recht. Je länger sie wartete, desto schwerer würde es ihr fallen, das war Kathrin nur zu klar. Also zog sie mit einem beherzten Ruck an der Schlinge. Mit einem schrillen, klagenden Kreischen verschwand der Geist in der Schachtel.

Ohne auch nur eine Sekunde zu zögern, klappte Sigai den Deckel zu und verschloss ihn mit dem kleinen Stift.

Das Weinen verstummte.

Alles war wieder still.

Und als hätte sie zusammen mit dem Geist auch den letzten Rest ihrer Kraft in die Schachtel gesperrt, fiel Kathrin im nächsten Moment zu Boden. Sie plumpste einfach auf ihren Hintern, ohne Spannung, ohne auch nur einen Funken Energie im Leib. Erst jetzt wurde ihr wirklich bewusst, wie sehr ihr das alles an die Substanz ging. Hätte sie sich nicht dagegen gewehrt, die Augen wären ihr auf der Stelle zugefallen, und sie wäre eingeschlafen.

Aber das ging natürlich nicht. Sie war hier noch nicht fertig.

Das Wichtigste stand ja noch bevor!

Entschlossen mobilisierte Kathrin alle Kraftreserven, die sie hatte, um sich wieder aufzurappeln. Ein bisschen vorschnell, wie sich herausstellte, denn kaum stand sie auf den Füßen, wurde ihr schwarz vor Augen, und sie wäre direkt wieder umgefallen, wenn Táan sie nicht im letzten Moment aufgefangen hätte.

»Hey … langsam«, murmelte er. »Lass dir Zeit. Wir haben – du hast den wichtigsten Schritt geschafft. Wir brauchen uns nicht zu hetzen.«

Dankbar hielt Kathrin sich mit beiden Händen an seinem Shirt fest. *Hoffentlich gehen die Blutflecken wieder raus*, dachte sie verschwommen und musste im nächsten Moment beinahe albern kichern. Wie merkwürdig, worüber das Gehirn sich sorgte, wenn es mangels Energie auf Sparflamme lief.

»Aber Moritz …«, nuschelte sie in den weichen Stoff an Táans Brust, während sie eine Hand aus seinem Shirt löste und nach dem Armband tastete, das sie mit Xuuyah verbinden würde. Sie hatte den Geist, sie hatte, was er wollte – jetzt musste er Moritz freilassen! »Er ist dort in den Schatten ganz allein … Ich will nicht, dass er noch länger dort allein sein muss.«

Táans Hand strich noch immer behutsam ihren Rücken auf und ab. »Okay«, sagte er sanft. »Das verstehe ich.«

Kathrin hob den Kopf und sah ihn dankbar an. Wann und wie waren sie sich eigentlich so nahegekommen? Wie war es passiert, dass sie inzwischen das Gefühl hatte, sich in seiner Nähe einfach fallen lassen zu können und ihr würde nichts geschehen? So wie es früher gewesen war … und doch so anders. So *mehr*.

Ein Lächeln stahl sich auf ihre Lippen, als sie das Armband aus der Tasche zog. »Ich habe keine Angst«, versprach sie Táan. »Ich kann mit dem Raben umgehen.«

Táan erwiderte das Lächeln und öffnete den Mund zu einer Antwort. Doch er sprach sie nicht aus.

Denn in diesem Moment ertönte hinter Kathrin eine weitere Stimme. Eine Stimme, die sie schon fast vergessen hatte, eine Stimme, die sie kannte und die doch auf einmal völlig fremd klang.

»Das wäre auch besser für dich«, sagte Sigai. »Denn der Rabe wird den Geist nicht bekommen.«

Kathrin fuhr herum. Ihr Herz setzte einen Schlag aus, um danach umso schneller von innen gegen ihren Brustkorb zu hämmern.

»Was redest du da?« Auch Táan hatte Kathrin vor Überraschung losgelassen und starrte seinen Bruder ungläubig an. »Wir haben doch besprochen …«

Sigai stand da, nur zwei Schritte von ihnen entfernt, mit steifem, aufrechtem Rücken und verkniffenem Gesicht. In den Händen hielt er noch immer die Schachtel mit dem Sonnengeist, so fest, dass er mit seinem Griff alles Blut aus seinen Fingerspitzen presste.

»Ihr habt mich schon verstanden.« Die Worte klangen rau und seltsam abgehackt und kaum noch nach dem Sigai, den Kathrin kannte. »Der Geist gehört meinem Volk und dieser jämmerliche Rabe wird ihn niemals bekommen! Niemals!«

»Sigai …«, setzte Táan an, brach aber ab. Und auch Kathrin sah, was ihn so verstörte. Etwas stimmte nicht mit Sigais Augen. Sie leuchteten plötzlich in rötlichem Gold und schienen von innen heraus zu glühen, als hätte jemand in Sigais Kopf eine Fackel angezündet.

Es waren nicht Sigais Augen. Nicht Sigais Stimme.

Kathrin wurde schwindelig. *Sie kannte diese Augen!* Das Bild ihrer ersten Erinnerung, wie der Rabe es in ihr freigelegt hatte, stand ihr mit einem Mal wieder fast beängstigend klar vor Augen. Nicht nur sie hatte die Lichtung beobachtet, während ihre Eltern …

*Der Adler hatte es auch gesehen.*

Warum erkannte sie ihn erst jetzt? Die ganze Zeit war er bei ihnen gewesen. Hatte seinen alten Rivalen durch Sigais Augen beobachtet, weil er wusste, dass er Kathrins Begleiter war. Und nun – ganz gleich, was Sigai selbst wollte oder seinem Bruder und Kathrin versprochen hatte – war er bereit, das Leben eines kleinen Jungen für einen uralten Streit zu opfern.

In diesem Augenblick – Kathrin wusste nicht, ob sie es unterbewusst selbst getan oder ob es bei Sigais Anblick einen eigenen Willen entwickelt hatte – rutschte das Armband des Raben über ihr Handgelenk. Wie ein Stromschlag fuhr ihr die Verbindung durch alle Glieder.

*TS'ÁAK! Verschwinde von hier!*

Das Kreischen des Raben brachte Kathrins Kopf fast zum Bersten. Und ihr wurde klar, das war mehr als ein Wutgeheul. Es war ein Kampfschrei.

Noch ehe sie richtig begriff, was geschah, fühlte sie, wie sich der Rabenschatten in ihrem Kopf zu einem Klumpen zusammenballte. Auch nach all den Jahren erkannte sie das Gefühl augenblicklich wieder. Genau so hatte es sich angefühlt, als sie den Sonnengeist befreit hatte. Und Kathrin graute es vor dem, was ihr als Nächstes bevorstand. Als der finstere Klumpen in ihren Rachen hinabrutschte, presste sie die Hand vor den Mund, um die Übelkeit zurückzuhalten, die scharf aus ihrem Magen emporstieg – vergeblich. Saure Galle verätzte ihr den Gaumen, und sie würgte und spuckte, während sie noch nach Luft rang.

Und dann brach die mächtige Schattengestalt des Raben aus ihrem Mund. Pechschwarze Schwingen fegten die stille Morgenluft wie einen Sturm über den See, und sein wilder Schrei gellte aus einem riesigen, schattenhaften Schnabel, der gebogen und scharf war wie ein Säbel.

Im gleichen Moment verlosch das eigenartige Feuer in Sigais Augen und auch er taumelte. Sperrte den Mund weit auf. Und eine Gestalt aus golden leuchtendem Nebel quoll aus seinem Rachen, größer noch als der Rabe, mit mächtigen Klauen und Augen wie glühende Kohlen.

Xuuyah und Ts'áak.

Rabe und Adler.

Sie waren bereit zum Kampf, bereit, eine jahrtausendealte Fehde endgültig auszutragen.

Und es gab nichts, was Kathrin oder die Zwillinge dagegen tun konnten.

# 22

## Ein Streit, so alt wie die Welt

Als sich die Goldnebelgestalt des Adlers vollständig von ihm löste, fiel Sigai zu Boden wie eine Marionette, der die Fäden gekappt worden waren. Reglos blieb er liegen, in einer seltsam verdrehten Haltung, sein Gesicht im Licht des Adlers kränklich gelb beleuchtet.

»Sigai!«

Fast gleichzeitig stürmten Kathrin und Táan vor. Doch Kathrin hatte ihre Rechnung ohne den Raben gemacht, der noch immer an einem dünnen Rauchfaden aus ihrem Mund hing und ihr mit seinen düsteren Flügeln den Weg versperrte. Sie strauchelte und wäre beinahe gestürzt. Als sie sich wieder gefangen hatte, war Táan längst neben seinem Bruder auf die Knie gefallen. Ungläubig starrte er auf ein Amulett, das an einem Lederband offenbar unter der Kleidung verborgen um Sigais Hals gehangen hatte. Táan ließ die Kette durch seine Finger gleiten – und auch ohne dass er etwas sagte, wusste Kathrin sofort, dass auch er nun die schreckliche Wahrheit erkannt hatte: Die ganze Zeit über – wer wusste, wie lange schon – hatte Sigai den Adler in seinem Kopf beherbergt, so wie sie mit Xuuyah verbunden war. Er konnte Moritz gar nicht retten, selbst wenn er es gewollt hätte, und schlimmer noch: Er hatte ihr etwas vorgespielt, um sicheren Zugriff auf die Schachtel zu bekommen. Ihr Bruder war verloren.

Wie in Trance sah Kathrin, wie Táan mit steinerner Miene die Schachtel aufhob, die Sigai bei seinem Sturz aus den Händen gefallen war. Langsam richtete er sich zu voller Größe auf und trat mit festem Schritt den beiden Vögeln entgegen, die noch immer reglos in der Luft über ihnen hingen. Einer schwarz, der andere golden. Licht und Dunkel. Rivalen seit Anbeginn der Zeit.

Als Táan zwischen sie trat, schlug der Adler einmal mit den Schwingen und blinzelte mit den feuerglühenden Augen.

*Sehr gut, mein Sohn.* Seine Stimme war tief, krispelrau wie ein alter Kontrabass und genauso volltönend. *Du hast den Geist für unseren Clan zurückgewonnen, wie es deine Aufgabe war. Nun binde ihn an mich, und wir bringen ihn dorthin zurück, wo er hingehört.*

Ein wütendes Krächzen unterbrach ihn, noch ehe er ganz ausgesprochen hatte.

*Hör mal zu, Junge*, fauchte der Rabe in gewohnt ätzendem Ton. *Mach jetzt bloß keine Dummheiten! Denk dran, ich habe immer noch das Menschenkind!* Mit diesen Worten wandte er den Kopf in Kathrins Richtung. Düster glimmende Augen starrten sie an, dass ihr die Brust eng wurde.

*Sag es ihm, Mädchen.* Xuuyahs Stimme klang nun höhnisch zufrieden. *Erinnere ihn an das Versprechen, das er dir gegeben hat! Wenn du den Geist nicht an mich bindest, lasse ich deinen Bruder los. Das verspreche* ich *dir!*

Kathrin schluckte mühsam. Das Atmen fiel ihr schwer. »Táan …«, flüsterte sie rau. »Bitte …« Sie brach ab, weil sie selbst nicht wusste, worum sie gerade eigentlich bitten wollte. Darum, dass er seinen eigenen Bruder im Stich ließ? Das konnte sie nicht. Sie konnte es einfach nicht. Keiner von ihnen wusste in diesem Moment, was genau mit Sigai geschehen war. Vielleicht bluffte der Adler nur. Aber wenn nicht …

Táan wandte sich zu ihr um. Sein Gesicht war grau vor Sorge. Es zerriss ihn, das konnte Kathrin deutlich sehen. Die Entscheidung, die er treffen musste, war zu viel, als dass er sie allein hätte tragen können. Und doch hing jetzt alles einzig und allein an ihm.

*Überleg es dir gut, mein Sohn*, erklang nun wieder die Stimme des Adlers – samtweich und zugleich hart und unnachgiebig wie Obsidian. *Willst du wirklich deinen eigenen Bruder für ihren opfern? Dein Blut verraten für ein Mädchen, das dir seit jeher nur Unglück gebracht hat?*

Táans Schultern versteiften sich. Er warf Kathrin einen

langen, undeutbaren Blick zu. Dann drehte er sich um, und Kathrin fühlte sich auf schreckliche Art und Weise an die Nacht erinnert, in der sie die Schachtel aus dem Haus von Táans Vater stahl. Wie sie nichts mehr von ihm sehen konnte als seinen geraden, stolzen Rücken. Wie er seine Entscheidung treffen musste – ob er sie schützte und damit seine Familie verriet oder ob er sie ihrem Schicksal überließ.

Damals hatte er sich für sie entschieden und sich das nie verziehen, das hatte er selbst gesagt.

Noch einmal würde er diesen Fehler nicht begehen.

Tränen stiegen Kathrin in die Augen. Und genau wie damals wollte sie Táan anflehen, sich noch einmal zu ihr umzudrehen, sie anzusehen und ihr wenigstens zu verzeihen. Aber auch diesmal brachte sie keinen Ton heraus. Und Táan drehte sich nicht um.

Stattdessen hörte Kathrin seine Stimme, die fest und klar über den See schallte. »Ich will ehrlich sein, großer Adler«, sagte er und reckte herausfordernd das Kinn vor. »Ich habe dich mein Leben lang geehrt. Aber so viel Hinterlist hätte ich von dir niemals erwartet. Lass dir eines gesagt sein: Ich halte meine Versprechen und ich lasse mich nicht erpressen. Auch nicht von dir.«

Unwillkürlich schnappte Kathrin nach Luft. Hatte er das gerade wirklich gesagt? Sie konnte es nicht glauben.

Doch dann brach der Rabe über ihr in kreischendes Gelächter aus, und die Augen des Adlers loderten in zornigem

Feuer hell auf – und da begriff Kathrin, dass Táan gerade wirklich dem großen Adler, dem Stammestotem seines Clans, die Stirn geboten hatte. Aber sie hatte keine Zeit herauszufinden, was sie dabei empfand.

*Wie du willst!* Der dröhnende Bass des Adlers ließ ihre Ohren klingeln. *Dann hole ich mir eben, was mir gehört!*

Mit einem mächtigen Schlag seiner Schwingen schoss der Adler in die blasse Morgenluft hinauf. Einmal nur zog er mit ausgebreiteten Flügeln einen Kreis über sie hinweg – dann stürzte er sich mit dem Schnabel voran im Sturzflug auf Táan, der ihm breitbeinig entgegentrat und den Blick nicht eine Sekunde von seinem Angreifer abwandte.

Kathrin konnte nicht länger hinsehen. »Xuuyah!«, brüllte sie und kniff die Augen zusammen, um nicht sehen zu müssen, wie der scharfe Adlerschnabel Táan in Stücke hackte. »Tu doch was!«

Doch das hätte sie dem Raben nicht erst sagen müssen.

*Du glaubst, du kannst dir meinen Sonnengeist einfach nehmen, Ts'áak? Nicht mit mir!*

Und mit einem gellenden Kreischen stürzte sich der Rabe auf den Adler und rammte ihn noch im Flug in die Seite. Kathrin spürte die Erschütterung des Aufpralls bis ins Mark. Mit einem kleinen Schrei ging sie in die Knie und beobachtete mit großen Augen, wie über ihr ein wilder Kampf in Gold und Schwarz entbrannte. Es war, als ob der wolkenlose Himmel mit düsteren Blitzen und nebelgoldenen Kondensstreifen bemalt würde, während dazwischen die beiden riesenhaften Vögel mit Schnäbeln und Klauen aufeinander losgingen. Die stille Morgenluft vibrierte von ihren Schreien, Federn und Blut regneten herab und verwandelten sich noch im Fallen in feinen Staub, der auf den Kieseln der Bucht glitzerte und als pudrige Schicht auf Kathrins Pullover liegen blieb. Der Anblick war wunderschön und furchterregend zugleich.

Als jemand nach ihrer Hand griff, schreckte Kathrin heftig zusammen, so gebannt war sie von dem Schauspiel über ihr gewesen. Sie fuhr herum und sah in Táans erschöpftes Gesicht. »Kate …«, flüsterte er. »Wenn wir etwas tun wollen, dann ist jetzt unsere einzige Chance.«

Kathrin starrte ihn an. Ihr Kopf fühlte sich an wie leer gefegt. Etwas tun … Ja, das mussten sie. Aber was nur? Was?

Sie nickte und drückte Táans Hand, um ihm zu zeigen, dass sie verstanden hatte. Dann kniff sie die Augen zusammen, in der Hoffnung, sich zumindest ein bisschen konzentrieren zu können. Aber das war bei dem Lärm, den die Vögel veranstalteten, gar nicht so einfach. Gab es überhaupt eine Lösung? Konnten sie irgendwie beiden geben, was sie wollten?

Nein, dachte Kathrin, weil sie beide das Gleiche wollten: Sie wollten den Sonnengeist an sich gebunden wissen. Aber der Geist konnte nur an einen gebunden werden.

Nur an einen …

Kathrins Gedanken stockten. Natürlich!

»Táan«, flüsterte sie aufgeregt. »Gib mir die Schachtel!«

Táan runzelte die Stirn und sah sie zweifelnd an. Das Spiel aus Licht und schwarzem Gold malte bizarre, flimmernde Muster auf sein Gesicht. »Was hast du vor?«

Kathrin sah ihm lange und eindringlich in die Augen, die im Lichtertanz ebenfalls zu flackern schienen. Sie wollte es nicht erklären. Die Gefahr war viel zu groß, dass einer der beiden Vögel mitbekam, was sie tat. Und dann wären sie und Moritz und vermutlich auch Táan und Sigai endgültig verloren.

»Vertrau mir«, bat sie. »Bitte.«

Táan zögerte noch eine Sekunde. Dann aber nickte er und reichte ihr behutsam die Schachtel, während er sie, so gut es ging, mit seinem Körper vor den Blicken der Vögel abschirmte.

Aber die waren noch immer mit ihrem Kampf beschäftigt und beachteten die beiden kleinen Menschen ohnehin nicht.

Kathrin holte tief Luft. Jetzt musste sie schnell sein.

Hastig zog sie den Stift aus seiner Halterung, der die Schachtel verschlossen hielt. Der Deckel sprang auf, und wie ein Blitz schoss der Sonnengeist heraus – wenigstens so weit, wie es ihm die Schlinge erlaubte, denn die hielt noch immer fest wie ein Stahlseil.

»Was tust du da? Bist du verrückt geworden?« Táan starrte sie ungläubig an und wollte schon nach der Schachtel greifen, doch Kathrin wehrte ihn ab.

»Hol die Streichholzschachtel! Sigai muss sie eingesteckt haben. Beeil dich!«

Kathrin konnte Táans Zweifel in seinen Augen lesen. Doch dann schüttelte er den Kopf und rannte zu seinem Bruder, während Kathrin sich vergeblich bemühte, den Geist ein Stück zu sich heranzuziehen, der wie wahnsinnig tobte und gegen seine Fessel kämpfte. Es war ein Wunder, dass bisher weder Adler noch Rabe auf ihn aufmerksam geworden waren. Doch vor dem gold-schwarzen Flackern ihres Kampfes verblasste das Licht des Geistes wie eine Kerzenflamme neben einem Osterfeuer. Trotzdem behielt Kathrin die kämpfenden Giganten nervös im Auge, bereit, sich jede Sekunde unter einer zweifachen Attacke riesiger Schnäbel hinwegzuducken.

Endlose Sekunden später kehrte Táan endlich zurück und reichte ihr die letzte Schlinge. Kathrin griff danach und versuchte verzweifelt, ihre bebenden Muskeln zur Ruhe zu zwingen.

*Es ist dein Haar! Nur du kannst die Schlinge knüpfen oder sie wird nicht halten!* Das hatte Xuuyah damals gesagt. Nun denn, wie gut, dass sie noch einen Faden übrig hatte. So schnell sie konnte, band Kathrin eine Schlaufe um den freien Fuß des Sonnengeistes. Dann machte sie sich daran, den Knoten zu lösen, der das Wesen an die Schachtel fesselte. Doch der Sonnengeist zerrte noch immer viel zu sehr, sodass Kathrin es schnell aufgab. Stattdessen griff sie nach der Schlinge und zerriss sie mit einem entschlossenen Ruck. Im nächsten Augenblick stieg der Geist wie ein leuchtender Drache ein Stück in den Himmel hinauf, bis der blutige Faden in Kathrins Hand sich erneut stramm zog und seinen Flug in die Freiheit beendete – gerade als am Himmel sich Adler und Rabe voneinander lösten, um sich für einen erneuten Angriff zu sammeln.

*Was tust du?*, heulte das kleine Wesen schrill in die unerwartete Stille hinein. *Hast du mich nicht schon genug gequält?*

»Schscht!«, machten Kathrin und Táan wie aus einem Mund.

Doch es war bereits zu spät.

Von einer Sekunde auf die andere schienen Xuuyah und Ts'áak ihren Kampf vergessen zu haben. Zwei glühende Augenpaare richteten sich auf die Menschen unter ihnen, während sie bedrohlich über Kathrin und Táan schwebten.

*Ja, Mädchen*, fragte der Rabe mit seiner angriffslustigsten Stimme. *Was genau denkst du, was du da tust?*

Aber Kathrin ließ sich nicht mehr beirren. So flink, wie sie es sich selbst niemals zugetraut hätte, wickelte sie das freie Ende der Schlinge um ihr Handgelenk und knotete sie zu.

»Ich binde euren Geist an mich!«, erklärte sie herausfordernd. »Und jetzt lasst ihr gefälligst Moritz und Sigai frei. Alle beide! Oder der Geist bleibt für immer bei mir!«

Unheilvolle Stille folgte ihren Worten. Es war, als wäre für einen endlosen Augenblick die Zeit eingefroren, in der alle Beteiligten steif vor Schreck verharrten. Warteten.

Hofften, dass ein Ruck in der Zeit das soeben Geschehene vielleicht doch noch rückgängig machen würde.

Aber dann zerstörte das erneute Einsetzen schrillen Geistergeheuls jegliche Illusion, an die sich die beiden Vögel diesbezüglich geklammert haben mochten.

Der Bund zwischen Kathrin und dem Sonnengeist war endgültig. Das Mädchen, das die Sonne fing, hatte die zwei uralten Totemgeister ausgetrickst. Der Wutschrei des Raben vermischte sich mit der Klage des Sonnenwesens.

*Was erlaubst du dir!* Auch der Adler tobte vor Zorn. Der dröhnende Bass seiner Stimme ließ die Luft erbeben. *Mischst dich in Dinge ein, von denen du nichts verstehst, bleichgesichtiges Menschenkind! Jetzt sei vernünftig und gib den Geist heraus. Oder willst du etwa die Schuld am Schicksal gleich zweier Menschenjungen tragen?*

Die Worte wogen so schwer, dass Kathrins Knie zu zittern begannen. Ein Bild schwamm vor ihren Augen und trübte ihre Sicht. Moritz, wie er in den Schatten trieb. Weit fort, fast schon außer Sichtweite und doch ganz klar zu erkennen. Bald würde er ganz verschwunden sein. Und Sigai, wie er am Boden lag, die Kehle aufgerissen von scharfen Klauen. Das Schicksal zweier Menschenjungen, besiegelt durch ihre Schuld. Wenn sie sich nicht jetzt noch anders entschied. Kathrin kniff die Augen zusammen und schüttelte heftig den Kopf. Der Rabe kannte sie zu gut. Er wusste genau, wie er ihren Willen in die Knie zwingen konnte.

*Ich lasse ihn los*, hörte sie im nächsten Moment auch schon seine boshafte Stimme. Das Kitzeln der Rabenfedern kribbelte überall auf Kathrins Haut. *Er wird sterben*, sagte fast im gleichen Augenblick der Adler. Sein goldenes Licht glomm bedrohlich. Ein Stöhnen erklang ganz nah bei Kathrin und da wusste sie: Táan sah die Bilder auch.

Kathrin wurde übel. Auf einmal kam ihr ihre Kühnheit reichlich dumm vor. Wie hatte sie sich bloß so sicher sein können, die beiden uralten, mächtigen Vögel so leicht zu überrumpeln? Der Rabe bluffte vielleicht nur, aber der Adler? Sie konnte ihn überhaupt nicht einschätzen. Kathrin hielt nun nicht nur den Sonnengeist, sondern auch die Leben von Moritz und Sigai an sehr dünnen Fäden. Der bloße Gedanke daran schnürte ihr die Kehle zu.

Doch dann spürte sie Táans Schulter an ihrer, als er neben sie trat. »Lass dich nicht einschüchtern«, flüsterte er und rückte noch näher an sie heran. So stützten sie sich gegenseitig, während der schwarz-goldene Flügelschlag ihnen rauschend das Licht um die Ohren blies. Der Sonnengeist an Kathrins Schnur schrie und zappelte, als ginge es um sein Leben. Und das ging es im Grunde ja auch.

Kathrin schloss die Augen und nahm allen Mut zusammen. »Lasst die beiden in Frieden«, forderte sie noch einmal und verwünschte sich selbst dafür, dass ihre Stimme so klein und wackelig klang. »Oder keiner von euch bekommt den Geist. Niemals!«

Der Schrei des Adlers war so laut, dass die Erde unter

Kathrins Füßen erzitterte und das Wasser des Sees Wellen schlug, die gurgelnd ans Ufer brandeten. Neben Kathrin ging Táan mit einem Mal keuchend zu Boden, als habe ihn mit einem Schlag alle Kraft verlassen.

*Dummes Menschenkind!*, donnerte der Adler. *Du hast es nicht anders gewollt! Dann hole ich mir den Sonnengeist eben mit dir zusammen!*

Und schneller, als Kathrin es begreifen konnte, schoss er hoch in die Luft, um gleich darauf mit gespreizten Klauen auf sie herabzustürzen.

Reglos wie ein Kaninchen vor der Schlange starrte Kathrin dem angreifenden Adler entgegen, starrte in die zornesglühenden roten Augen und konnte keinen Finger rühren. Der Sonnengeist allerdings schien weniger gelähmt zu sein. Er brach in wildes Kreischen aus, zischte über ihr hin und her und brüllte ihr ins Ohr.

*Tu doch was! Verschwinde da!*

»Kate …«, hörte sie auch Táan mit heiserer Stimme hervorstoßen. »Lauf … ins Wasser, schnell!«

Aber Kathrin konnte nicht laufen. Sie war wie gelähmt. Es war vorbei. Und alles war ihre Schuld. Sie hatte nie eine Chance gehabt.

In diesem Augenblick tauchte schattenhaft eine Gestalt vor ihr auf, drängte sie grob zurück, dass sie neben Táan auf den Kiesstrand fiel – im letzten Moment, ehe die Adlerklauen sie erreichten.

»*Nein*«, sagte Sigai mit tödlich ruhiger Stimme.

Dann traf ihn der Angriff des Adlers.

Wie in Zeitlupe sah Kathrin, wie Táans Bruder über den grauen Strand geschleift wurde. Kies und Sand spritzten nach allen Seiten, Funken stoben. Neben sich hörte Kathrin Táan schreien, so schmerzerfüllt, als sei er es, der dort in den Klauen des Adlers hing.

Kathrin fühlte sich wie betäubt. Sigai! Wo war er so plötzlich hergekommen? Wie konnte er …

Ihre Gedanken versagten ihr den Dienst. Tränen stiegen ihr in die Augen. Das hatte sie nicht gewollt! Nicht dass Sigai … oder *irgendwer* …

»Hört auf …«, murmelte eine Stimme neben ihr. Heiser, gebrochen und doch erfüllt von einer fast unheimlichen Kraft. Táan stützte sich schwer auf Kathrin, als er sich aufrappelte, als könnte er kaum allein stehen. Aber in seinem Blick loderte ein Feuer von solcher Intensität, dass Kathrin die Hitze der Flammen beinahe spüren konnte.

»*Hört – sofort – auf!*«, wiederholte er, und seine Stimme war nun laut genug, um das klagende Jaulen des Sonnengeistes zu übertönen und sogar das zornige Fauchen des Adlers, weil er das falsche Opfer gegriffen hatte. »Wie erbärmlich seid ihr eigentlich?«

Mit einem Schlag wurde es still am Ufer des Sees. Rabe, Adler und Geist waren verstummt, und es schien, als halte sogar der Wind in den Baumkronen und der Wasserfläche den Atem an, um ja nicht zu verpassen, was als Nächstes geschehen würde.

Langsam wandte sich der Adler zu Kathrin und Táan um. *Was sagst du da, Junge?*

Táan streckte den Rücken. »Ihr wollt große, weise Geister sein? Dass ich nicht lache!«, sagte er sehr deutlich und spuckte mit verächtlichem Gesicht dem Adler vor die Füße.

Wenn das überhaupt möglich war, wurde es am Strand noch stiller. Anscheinend hatte so viel Tollkühnheit selbst dem Adler und dem Raben die Sprache verschlagen.

»Erbärmlich«, sagte Táan noch einmal und starrte dem Adler fest in die rot glühenden Augen. »Und ich sage euch auch, warum. Seit meiner Geburt habe ich mein Leben nach deinen Werten ausgerichtet, großer Adler. Aufrichtigkeit. Beständigkeit. Ehre und Weitsicht. Wie kann es sein, dass du – großer alter Geist, der du bist – für eine kleinliche Fehde all diese Ideale selbst verrätst? Und wenn ich kleinlich sage, meine ich: kindisch. Sag mir – wofür das alles? Wofür dieser erbitterte Streit um ein winziges Licht? Solche Selbstsucht schreiben wir dem Raben zu, aber nicht dir. Und sieh dir an, wohin es dich gebracht hat! Sigai hat an dich geglaubt und nach deinen Anweisungen gehandelt und dafür bringst du ihn um? Für nichts und noch einmal – *nichts*?!« Ein trockener Laut, fast wie ein Husten, begleitete Táans letzte Worte. Und auch Kathrin schnürten sie die Kehle zu. Ungläubig sah sie zu Sigai, der reglos und in seltsam verdrehter Haltung zu Ts'áaks Füßen lag. Hatte Táan recht? War er wirklich tot? Bei dem Gedanken schossen Kathrin Tränen in die Augen.

Der Adler indes schwieg. Blinzelte einmal, zweimal und schien tief in sich hineinzuhorchen, während er sinnend auf den Jungen zu seinen Füßen herabsah. Das Feuer in seinen Augen verglomm zu sanft glühenden Kohlen.

Endlich breitete er die Flügel aus und segelte mit einem eleganten Schwung zu ihnen herüber. Dann senkte er den Kopf, bis seine Augen auf ihrer Höhe waren.

*Und wie kann es sein*, sagte er mit plötzlich ganz sanfter Stimme, *dass ein so junger Mann wie du so weise spricht und mich alten Geist zur Vernunft bringen muss? Du hast recht. Mehr als das sogar. Diese Fehde ist kleinlich und kindisch. Ich war so blind in meinem Antrieb, den Machenschaften des Raben Einhalt gebieten zu wollen, dass ich gar nicht bemerkte, wie ich mich auf das Spiel des schwarzen Gauners einließ.*

Der Adler hob den Kopf und sah hinauf zum Raben, der immer noch ungewöhnlich schweigsam über ihnen schwebte und die Szene mit stechendem Blick beobachtete. *Und nun sage du mir, Xuuyah: Nachdem du mich so weit gebracht hast, was war dein Plan hinter all dem? Auf welche deiner Listen bin ich diesmal hereingefallen?*

Ein krächzend triumphierendes Lachen, das Kathrin nur allzu gut kannte, ertönte über ihnen. *Was bist du doch für ein behäbiger Geist, Ts'áak! Hast du es wirklich erst jetzt bemerkt? Hast du wirklich geglaubt, ich jage all die Jahre hinter einem Sonnengeist her, von dem es in jedem Gewässer der Welt Tausende und Abertausende gibt? Hast du wirklich geglaubt, nur dafür quäle ich mich so lange Zeit mit einem kleinen Men-*

*schenmädchen herum? Für so dumm hätte ich nicht einmal dich gehalten!*

Kathrin blieb der Mund offen stehen. Eine List? Sie sollte die ganze Zeit über Teil einer List gewesen sein? Der Gedanke schien ihr so absurd, dass sie um ein Haar selbst in das Lachen des Raben eingestimmt hätte. Doch dann flog ihr Blick zu Sigai und Wut keimte in ihr auf. Für eine List sollten sie all das erlitten haben?

*Du denkst zu engstirnig, alter Freund Ts'áak*, höhnte der Rabe inzwischen weiter. *Seit Jahrzehnten und Jahrhunderten verharrst du in dem Bestreben, die alten Traditionen zu wahren, die Magie zu schützen, und begegnest allem Fremden mit Misstrauen. Du bist wie der alte Mann, dem ich einst das Licht stahl – du behältst deine Schätze für dich, wo sie so viel mehr Nutzen haben könnten, wenn du sie freiließest. Aber mit Worten ist bei einem Sturkopf wie dir nichts auszurichten. Darum habe ich dich zu deiner Erkenntnis zwingen müssen, indem ich dich selbst in die große weite Welt hinauslockte. Ich wusste, wenn der Geist, den du für so kostbar hältst, nicht mehr bei deinen Menschen wäre, würdest du früher oder später einen Boten auf die Suche schicken.* Xuuyah grinste sein verschlagenes Grinsen. *Ich hätte nur nicht damit gerechnet, dass du so lange damit warten würdest. Nun denn, was lange währt … Meine Aufgabe ist erfüllt – und deine damit auch, Mädchen.*

Mit diesen Worten breitete der Rabe seine Schattenschwingen aus und landete direkt vor Kathrin, um ihr ins Gesicht zu sehen.

*Dein Bruder ist soeben in seinen Körper zurückgekehrt.*

Kathrin konnte es noch immer nicht glauben. Eine List, um einem alten Rivalen zu beweisen, dass er recht gehabt hatte? Dafür das ganze Theater? Und …

*Mach dir nicht so viele Sorgen um den Adlerjungen.* Täuschte Kathrin sich, oder funkelte da tatsächlich ein Lächeln in den tiefschwarzen Rabenaugen? *Er wird wieder ganz der Alte, nicht wahr, Ts'áak?*

Der Adler neigte den Kopf. Hätte Kathrin es nicht besser gewusst, sie hätte tatsächlich geglaubt, Schuldbewusstsein in der Haltung des stolzen Vogels zu sehen. *Er ist nicht unversehrt*, räumte er ein. *Aber er wird es wieder sein. Ich verspreche es.* Damit beugte er sich herab und schob Táan, der inzwischen bei seinem Bruder kniete, sanft mit dem Schnabel zur Seite. Eine Kugel aus warmem Licht bildete sich in seinem Rachen, wurde größer und größer und fiel schließlich auf Sigai herunter. Sekundenlang umhüllte ihn ein weiches Leuchten. Dann war das Licht verschwunden.

*Es ist jetzt an der Zeit, Lebewohl zu sagen*, sagte Xuuyah.

Kathrin war so überfahren von dem, was sie gerade gehört und gesehen hatte, dass sie nicht einmal klar denken konnte, von antworten ganz zu schweigen.

»Lebewohl?«, brachte sie endlich hervor. »Aber …«

*Ja*, warf der Adler ein. Seine goldene Nebelgestalt begann bereits zu verblassen, nur die Augen glühten noch. *Lass uns heimkehren, Xuuyah. Und du auch, Adlerjunge. Kehre heim. Sobald dein Bruder wieder bei Kräften ist.*

Táan nickte nur mit grimmigem Gesicht. Er schien von der Wendung der Ereignisse ähnlich überrumpelt zu sein wie Kathrin. In der Hand hielt er sein Handy, und Kathrin konnte nicht anders, als ihm innerlich beizupflichten, dass Sigai trotz Totemmagie vermutlich einen Krankenwagen brauchte. Auch wenn Táans Zwilling tatsächlich wieder ein bisschen Farbe im Gesicht bekommen hatte und seine Brust sich sichtbar hob und senkte.

Dann war es also vorbei? Es war wirklich alles vorbei?

*Leb wohl, Mädchen, das die Sonne fing*, hörte sie Xuuyahs Stimme beinahe liebevoll in ihrem Kopf ebenso wie sein vertrautes Lachen, während sich vor ihren Augen die mächtige Schattengestalt des Raben langsam auflöste und wie ein träger Rauchfaden in den wolkenlosen Sommerhimmel stieg. *Es war eine lustige Zeit mit dir.*

Dann waren er und der Adler fort.

# 23

# Das Vermächtnis des Raben

Zwei Stunden später saßen Kathrin und Táan an Sigais Bett im Krankenhaus und warteten darauf, dass er aus der Bewusstlosigkeit erwachte. Sigai trug den rechten Arm in Gips, sein rechter Knöchel war bandagiert und er hatte einige blutige Schrammen und Prellungen abbekommen. Ansonsten aber schienen Xuuyah und Ts'áak die Wahrheit gesagt zu haben: Er würde wieder ganz gesund werden.

Zwischen Táan und Kathrin stand die Schachtel aus Horn. Sie hatten den Geist wieder hineingesperrt – denn das war die Frage, die noch immer offenblieb: Was sollte nun mit dem Sonnengeist geschehen? Sollten die Brüder ihn mit zurück in die Heimat nehmen, jetzt wo Kathrin ja keinen Grund mehr hatte, ihn bei sich behalten zu wollen? Bei dem Gedanken an das flehentliche Weinen des Geistes, als sie den Deckel über ihm schloss, war Kathrin gar nicht wohl zumute. Wäre es nur nach ihr gegangen, sie hätte die Schlinge, die den Geist hielt, am liebsten endgültig zerrissen. Aber sie wollte diese Entscheidung nicht ohne Sigai treffen. Nicht, nachdem er sich vor Kathrin geworfen und ohne Zögern sein eigenes Leben für sie riskiert hatte.

Eine Hand tastete wortlos nach ihrer. Dankbar ließ Kathrin ihre Finger zwischen Táans schlüpfen. Doch die Wärme, die sie dabei durchströmte, war bittersüß, und ein Blick in Táans Augen verriet ihr, dass es ihm genauso ging. Sie brauchten keine Worte, um sich zu verstehen. Der Abschied von Rabe und Adler hatte sie beide daran erinnert, dass auch ihnen in nicht allzu ferner Zukunft ein Abschied bevorstand.

Einem spontanen Impuls folgend, lehnte Kathrin sich vor und legte ihre Lippen auf Táans. Es sollte ein leichter Kuss werden, ein rasches Zeichen, wie dankbar sie für seine Gegenwart war und dass es keine Rolle spielte, wie lange sie zusammen sein konnten, solange sie nur endlich zueinanderstanden, ohne Zweifel und ohne die drückende Last vergangener Ereignisse.

Aber bevor sie sich wieder zurückziehen konnte, hatte Táan schon seinen freien Arm um sie gelegt, hielt sie fest und küsste sie so innig, dass Kathrin glaubte, er wollte sie nie wieder loslassen. Gleichzeitig explodierte in ihrem Körper ein Feuerwerk an Gefühlen, warm und leicht und leuchtend hell und doch so unsagbar traurig.

»Wir haben es geschafft«, flüsterte Táan irgendwann,

sein Gesicht noch so nah an ihrem, dass Kathrin seinen Atem spüren konnte. »Du und ich, Kate. Wir haben gewonnen.«

Da musste Kathrin sogar ein bisschen lachen, auch wenn es beim Gedanken an das, was Moritz und Sigai geschehen war, immer noch bitter schmeckte. »Du meinst, der Rabe hat gewonnen. Du hast es doch gehört, es war alles sein Plan, von Anfang an.«

Táan legte sanft eine Hand an ihre Wange. »Vielleicht. Aber wir haben uns doch tapfer geschlagen, findest du nicht?«

Dagegen konnte Kathrin nichts einwenden. Sie wollte auch gar nicht. Denn ob sie den Sieg nun selbst errungen oder ihn geschenkt bekommen hatten – blieb nicht das Wichtigste, dass sie dadurch endlich zueinandergefunden hatten?

Táan lächelte, als hätte er ihre Gedanken erraten. »Das Wir, Kate. Das kann uns jetzt niemand mehr nehmen.«

Kathrin nickte, lehnte sich an ihn und schmiegte sich in Táans Arme. Und nun drängte sich die Frage doch auf ihre Zunge und ließ sich nicht mehr länger zurückhalten, während Kathrin zugleich kaum wagte, sie auch tatsächlich auszusprechen.

»Bleibst du?«, flüsterte sie schließlich. »Wenigstens noch eine Weile?«

Táan antwortete nicht sofort, sondern schlang nur seine Arme fester um sie und drückte sie noch ein wenig enger an sich. »Natürlich«, sagte er leise. »So lange es irgendwie geht.« Er drückte seine Wange an ihr Haar, und Kathrin spürte, wie er lächelte. »Ich hätte es ohnehin nicht besonders eilig, das kannst du dir sicher denken. Ich meine, du kennst ja meinen Bruder. Er wird verlangen, dass ich Vater erkläre, was eigentlich passiert ist.«

Kathrin wandte sich halb zu ihm um. »Eine neue Geschichte für das geheime Familienerbe.«

»Sozusagen.« Táans Lächeln verblasste. »Aber dafür müssen wir sie ja erst noch endgültig abschließen, nicht wahr?«

Das Lächeln, das Kathrin gerade hatte erwidern wollen, blieb auf halbem Wege stecken. »Ja«, murmelte sie und wusste, dass Táan sich längst denken konnte, dass sie den Geist am liebsten einfach freilassen wollte. Und dass das vermutlich nicht mit Sigais Plänen vereinbar war.

Táan flocht seine Finger in ihre und schwieg betreten.

In diesem Augenblick erklang vom Bett her ein leises Stöhnen. Gleichzeitig wandten sich die beiden um und nun erschien doch ein erleichtertes Lächeln auf Táans Gesicht.

»Sieh an, wer da aufwacht«, sagte er und ließ Kathrin ein wenig widerstrebend los. »Wie geht es dir, Sigai?«

Sigais Mundwinkel zuckten, als versuchte er zu lächeln, ohne dass es ihm gelang. »War schon mal besser«, erwiderte er knapp. Sein Blick wanderte von Táan zu Kathrin und dann zur Schachtel aus Horn. Das Lächeln wurde ein kleines bisschen deutlicher.

»Ihr habt den Geist halten können«, murmelte er hörbar erleichtert. Dann setzte er sich mühsam auf.

»Was ist denn passiert, nachdem ich … weg war?«

Kathrin und Táan wechselten einen Blick. Dann erzählte Táan in knappen Worten, mit welcher überraschenden Wendung der Kampf am See ausgegangen war.

Sigai hörte mit wachsendem Unglauben zu. Als Táan geendet hatte, schüttelte er nur fassungslos den Kopf.

»Na, immerhin«, meinte er schließlich und sah noch einmal zur Schachtel, »ist zuletzt alles gut ausgegangen. Dann können wir ja die Schachtel und das Licht dorthin zurückbringen, wo sie hingehören.«

Kathrin versteifte sich unwillkürlich bei diesen Worten. Hilfe suchend sah sie zu Táan. Der aber nickte ihr nur ermutigend zu.

Sigai runzelte die Stirn. »Oder gibt es da ein Problem?«

»Na ja«, Kathrin suchte händeringend nach den richtigen Worten, um Sigai zu überzeugen. »Ich habe inzwischen das Gefühl, der Geist ist ein Lebewesen, weißt du? Und ich …«, sie holte tief Luft, »… ich glaube nicht, dass ich dir erlauben kann, ihn für immer einzusperren.«

Táan neben ihr seufzte leise. Aber auch so hätte Kathrin Sigais finsterer Miene sofort angesehen, dass sie genau die falsche Formulierung gewählt hatte.

»So«, knurrte er. »Das kannst du also nicht erlauben, ja? Und was ist, wenn mich das nicht interessiert? Old Masset braucht diesen Geist, Kate. Ich denke, das haben wir mehr als einmal klargemacht. Die Stürme, die Missgunst, die schlechten Schwingungen, die sich verbreiten, seit der Geist fort ist – die Menschen in unserem Dorf leiden darunter. Und sie sind auch *Lebewesen*.« Er schnaufte gereizt. »Davon abgesehen hätte er niemals aus unserem Haus entfernt werden dürfen. Also, wenn du nur einen Funken Anstand im Leib hast, dann hörst du auf zu jammern und lässt uns mit dem Licht nach Hause fahren, so wie es von Anfang an geplant war!«

Sein abfälliger Tonfall machte Kathrin wütend. Sie hatte sich wirklich bemüht, ihm ihre Beweggründe zu erklären – warum konnte er nicht einmal versuchen, sie zu verstehen? Sie öffnete den Mund zu einer hitzigen Antwort. Doch sie kam nicht dazu, sie auszusprechen. Denn in diesem Moment legte Táan den Finger an die Lippen.

»Hey. Seid doch mal still. Hört ihr das? Der Geist in der Schachtel – ich glaube, er redet mit uns.«

Verwirrt wandten sich Kathrin und Sigai um und lauschten. Tatsächlich. Von dem niedrigen Tisch her, auf dem die Schachtel stand, ertönte ein aufgeregtes, helles Geräusch, wie ein feines Klingeln.

Kathrin, Táan und Sigai wechselten einen Blick. Sigai nickte Táan zu, und der ging zur Zimmertür, um sie abzuschließen. Dann trat Kathrin zur Schachtel und hob behutsam den Deckel an.

Wie eine zu fest gestoßene Billardkugel schoss der Sonnengeist heraus.

*Na endlich!*, legte er auch gleich empört los. *Seid ihr taub, oder was? Na, wundern würde es mich nicht! Sagt mal, ist das echt euer einziges Problem? Ihr wolltet mich in eine Kiste sperren für ein bisschen Sonne in eurem blöden kleinen Menschendorf? Also, mal ehrlich, ihr habt sie ja wohl nicht mehr alle!*

»Äh …«, machte Kathrin ein wenig verwirrt. »Ja, so gesehen schon.«

Der Sonnengeist begann so schrill zu schimpfen, dass keiner der drei mehr auch nur ein Wort verstand. Er sauste am Ende seiner Fußfessel hin und her und auf und ab, dass nur noch ein leuchtend goldener Streifen von ihm zu sehen war. Und dann begann er, glühende Sonnentropfen in die nun wieder leere Schachtel zu werfen.

*Hier! Hier!*, schimpfte er mit seinem zirpenden Stimmchen. *Und hier und hier und hier! Könnt ihr haben! Alles! Aber lasst mich gefälligst endlich frei!*

Mit großen Augen sah Kathrin, wie sich die Schachtel weiter und weiter mit glimmenden Perlen aus reinem Licht füllte, die strahlten und wärmten, als wären sie eine eigene kleine Sonne. Mit einem letzten wütenden Schnaufen warf der Geist den Deckel der Schachtel zu und hockte sich oben darauf. Und obwohl sie noch immer kein echtes Gesicht an ihm erkennen konnte, spürte Kathrin doch seinen bohrenden Blick.

*Seht ihr, ihr braucht mich nicht. Ü-ber-haupt nicht! Also, was ist jetzt?*

Kathrin wechselte einen Blick mit Táan und Sigai, die

das Schauspiel ebenso gebannt verfolgt hatten. So einfach sollte es die ganze Zeit gewesen sein?

Táan schüttelte leicht den Kopf. »Er hat recht«, murmelte er und es klang ebenso schuldbewusst wie fassungslos. »Wir brauchen ihn wirklich nicht. Sigai?«

Sigai schien ebenso einen Augenblick zu brauchen, bis das, was gerade geschehen war, wirklich sein Bewusstsein erreichte. Dann aber lächelte er ein selbstironisches Lächeln, das Kathrins eigene Gefühle in diesem Moment ziemlich genau widerspiegelte. »Tja, wenn das so ist … brauchen wir uns wohl nicht weiter zu streiten, oder?«

Der Sonnengeist zwitscherte verächtlich. »Also, lasst ihr mich jetzt frei, oder was?«

Kathrin spürte, wie sich ein Lächeln auf ihrem Gesicht ausbreitete. »Ja«, sagte sie und es fühlte sich wunderbar an. »Wir lassen dich frei.« Noch während sie sprach, packte sie mit festem Griff die so mühsam gefertigte Schlinge, die noch immer das Bein des Geistes an die Schachtel gefesselt hielt.

Und als sie den Faden aus Blut und Haar mit einem kräftigen Ruck zerriss, spürte sie nichts als grenzenlose Erleichterung.

# Epilog

Wie Táan es versprochen hatte, blieben die Zwillinge noch bis zum Ende der Ferien im Haus von Kathrins Eltern. Es waren die schönsten Wochen in Kathrins Leben. Nicht nur, dass sie jede einzelne Minute mit Táan genoss, jeden bewundernden Blick ihrer Freundinnen, jedes Lachen und jede kleine Berührung. Auch Moritz war, wie Xuuyah versprochen hatte, wieder ganz gesund geworden. Malin verzieh ihr ohne Wenn und Aber sofort, als Kathrin sie noch am gleichen Abend anrief, und im Ausgleich dafür erzählte Kathrin ihr endlich die ganze Geschichte, inklusive der vom Raben in ihrem Kopf. Malin war angemessen beeindruckt, auch wenn Kathrin nicht genau sagen konnte, ob sie ihr wirklich alles glaubte. Am Ende spielte es auch einfach keine Rolle. Gemeinsam mit ihr, Hauke und Táan verbrachte sie wunderbar klischeehafte Pärchennachmittage, während Sigai – zu jedermanns Überraschung – eine ungewöhnliche Freundschaft mit Pits begann. Die beiden verloren sich in hitzigen Debatten, kaum dass sie sich von Weitem sahen, und sie schienen es beide gleichermaßen zu genießen.

Kurzum: Es war ein traumhafter Sommer, der nur noch gekrönt wurde von der grenzenlosen Freiheit, die Kathrin genoss, seit sie nach so langer Zeit endlich ihren Kopf und Körper wieder für sich allein hatte.

Leider war er viel zu schnell vorbei.

Wie im Flug waren die Wochen vergangen, und der Tag, an dem die Zwillinge in den Flieger zurück nach Kanada steigen sollten, war unaufhaltsam näher gerückt. Nun stand die ganze Familie Hellweg am Flughafen am Gate, vor den großen Scheiben, hinter denen die Flugzeuge starteten und landeten. Das Gepäck war aufgegeben, der Aufruf bereits durch die Lautsprecher geknistert. Aus den Stunden waren Minuten geworden.

Wortlos standen Kathrin und Táan voreinander. Es gab zu viel, das sie hätten sagen wollen. Zu viel, um sich für irgendetwas davon entscheiden zu können, schon gar nicht unter den Augen von Sigai und ihren Eltern samt Moritz, der mit großen Augen die Flugzeuge bestaunte. Für einen letzten zweisamen Moment hatte die Zeit in all der Aufregung kaum gereicht. Und Kathrin hatte genug damit zu tun, die Tränen niederzukämpfen, die ihr in die Augen steigen wollten.

»Schreib mir«, brachte sie endlich doch heraus und hielt

Táan den Zettel hin, den sie noch auf der Autofahrt zum Flughafen vorbereitet hatte. Ein Stück Papier mit E-Mail, Handynummer und Skype-Account. Und ihrem alten und zugleich neuen Namen, den nur er benutzen sollte: Kate.

Táan lächelte. Es war ein trauriges Lächeln. »Sooft ich kann«, versprach er und steckte den Zettel ein.

Und dann umarmte er Kathrin und drückte sie fest an sich. Küsste sie, als wären sie allein, als würden nicht sein Bruder und Kathrins Familie und Hunderte fremder Menschen um sie herum sie beobachten.

Und was spielte das auch für eine Rolle? Jeder durfte sehen, wie sehr Kathrin ihn liebte. Auch die Tränen durfte jeder sehen. Sie kämpfte nicht mehr dagegen an.

Und dann spürte Kathrin, wie Táans Hand nach ihrer tastete, wie er ihre Finger öffnete und etwas hineinlegte.

»Ich wünsche mir, dass du bald nach Hause kommst«, flüsterte er dicht an ihrem Ohr.

Nach Hause. Das Wort ließ die Tränen umso zahlreicher fließen. Ja, dachte Kathrin, die Haida Gwaii waren ihr Zuhause. Immer noch. Ein Zuhause, von dem sie gedacht hatte, verbannt zu sein. Jetzt wieder Hoffnung auf eine Heimkehr zu haben, war beinahe mehr, als sie ertragen konnte. Doch sie wollte. Sie wollte es so sehr, dass es schmerzte.

»Darf ich wirklich?«, flüsterte sie.

Sie spürte Táans Lächeln, seine Wange an ihrer. »Immer. Ich warte auf dich, so lange es dauert.«

Kathrin umarmte ihn, so fest sie konnte. Am liebsten wäre sie gleich sofort mit ihm ins Flugzeug gestiegen.

In diesem Augenblick ertönte aus den Lautsprechern der letzte Aufruf für den Flug.

»Táan!«, sagte Sigai hinter ihnen und erinnerte Kathrin daran, dass sie doch nicht allein waren. Sehr widerstrebend ließ sie Táan los.

Doch der Funke der Hoffnung hatte ein kleines Feuer in ihrer Brust entzündet, das sie wärmte und den Abschied immerhin ein bisschen erträglicher machte.

»Ich liebe dich«, sagte Táan leise, sodass es niemand außer Kathrin hören konnte. Dann ließ auch er sie los.

Noch immer unter Tränen lächelte Kathrin. »Ich komme«, sagte sie und hatte noch nie etwas so sehr gewollt. »Ich verspreche es.«

Dann war Táan aus ihrem Blickfeld verschwunden. Und Kathrin wusste, er hatte ein Stück ihres Herzens für immer mitgenommen.

Wie gut, dass er ihr dafür ein Stück von seinem dagelassen hatte.

Und als sie den Blick senkte und in ihre Hand sah, lag darin ein neues Armband, geflochten aus weichen Lederbändern und Perlen, die wie sonnenfunkelnde Regentropfen leuchteten.

Eine letzte Träne rollte über Kathrins Gesicht – doch diesmal war es eine Glücksträne. Und während sie neben ihren Eltern an der großen Fensterscheibe stand und beobachtete, wie das Flugzeug abhob und in den Wolken verschwand, wusste sie, sie hatte nichts verloren.

Sie hatte nach all den Jahren ihr Zuhause wiedergefunden.

Und eines Tages würde sie dorthin zurückkehren.

Bald.

Bald.

Ana Jeromin, geb. 1983, wuchs in der Bergstadt Oerlinghausen am Teutoburger Wald auf. Das Schreiben und Lesen fantastischer Geschichten begleitet sie seit frühester Kindheit. Außerdem interessiert und begeistert sie sich für Kampfkunst, fremde Kulturen und Naturschutz. Nach dem Abitur lebte sie einige Zeit in Spanien, bevor sie in Bielefeld ein Biologiestudium begann. Nach Abschluss der Bachelorarbeit nahm sie eine Teilzeitstelle an der Universität an, bis sie sich im Juli 2010 als Schriftstellerin selbstständig machte. Bis heute lebt und schreibt sie in Bielefeld.

Antoinette Lühmann
*Dragonfly – Finde deine Bestimmung*
416 Seiten. Gebunden
ISBN 978-3-649-66684-4
Auch als ebook erhältlich:
ISBN 978-3-649-67068-1

Jårlys und Flüstersteine – im Königreich Himmerland sind diese zauberhaften Dinge etwas ganz Normales. Doch aus unerklärlichen Gründen schwindet die Magie und dem jungen König droht ein Aufstand seines Volkes.

Mitten in dieser aufwühlenden Zeit ist für Charlotte der große Tag des Triviums. Bei der feierlichen Zeremonie wird jedes Jahr über die Zukunft aller 14-Jährigen des Landes entschieden. Dabei hätte Charlotte mit allem gerechnet, nur nicht damit: Ihr ist ein besonderes Schicksal bestimmt. Von einem Tag auf den anderen wird ihre Welt auf den Kopf gestellt und Charlotte muss sich ihren Fähigkeiten stellen. Kann sie ihr eigenes Leben und die Zukunft der Magie retten?